엘리아스

Elias Portolu

엘리아스

그라치아 델레다 지음
나윤덕 옮김

1.

누오로에 사는 포르톨루 가족에게 기쁜 날이 다가오고 있었다. 4월 말이 되면 육지에 있는 교도소에서 형을 살던 아들 엘리아스가 집으로 돌아오고, 포르톨루 가문의 맏아들인 피에트로가 결혼식을 올리기로 되어 있었다. 집안에서는 잔치 준비가 한창이었다. 회벽을 새로 칠하고, 포도주와 빵*을 미리 준비해 두었다. 마치 엘리아스가 공부를 마치고 집에 돌아오는 분위기였다. 불행에 종지부를 찍었다는 사실을 천만다행으로 여기며, 부모는 그의 귀환을 애타게 기다렸다.

◆

마침내 기다리던 날이 찾아왔다. 엘리아스를 누구보다도 기다렸던 이는 그의 어머니 안네다 숙모†였다. 살결이 희고 과묵하고 가

---

* 사르데냐의 많은 지역에서는 몇 주가 지나도 상하지 않는 특별한 빵을 먹는다

† 사르데냐에는 연장자를 삼촌 또는 숙모라고 부르는 풍습이 있다

는 귀를 먹은 어머니는 세 아들 중 엘리아스를 가장 아꼈다. 농사를 짓는 큰아들 피에트로, 양을 치는 막내아들 마티아, 그들의 아버지 베르테 삼촌도 들판에서 돌아왔다. 두 아들의 생김새는 구분하기 어려울 정도로 엇비슷했다. 키가 작고 다부진 몸집에 구릿빛 얼굴은 온통 수염으로 뒤덮여 있었고, 검은 머리카락을 길게 기른 모습이었다. '늙은 여우'라 불리는 베르테 포르톨루 삼촌도 두 아들과 마찬가지로 키가 작았다. 벌건 눈동자 위로 까만 곱슬머리가 병자처럼 늘어져 있었고, 귀 옆에는 수염이 잔뜩 돋아나 있었다. 꼬질꼬질한 옷차림의 그는 털이 달린 검은 양가죽으로 만든 긴 조끼를 걸치고 있었다. 그의 커다란 구릿빛 손은 시커먼 털로 뒤덮여 있었고, 커다란 코는 늘 새빨갰다.

성대한 행사를 앞둔 포르톨루 삼촌은 손을 씻고 얼굴을 단장하기로 마음먹고, 안네다 숙모에게 올리브기름을 조금만 갖다 달라고 했다. 그는 잔뜩 뒤엉킨 머리카락에 기름을 바르고, 나무 빗으로 머리를 빗기 시작했다. 빗질을 하는 게 어찌나 아팠던지 그는 고래고래 소리를 질러댔다.

"이런, 못돼먹은 빗질 같으니라고."

포르톨루 삼촌이 머리통을 뒤흔들며 말했다.

"제기랄, 양털도 이렇게 엉켜 있진 않겠다."

뒤엉킨 머리를 겨우 풀고 나서, 포르톨루 삼촌은 관자놀이 오른편 머리카락을 가늘게 땋기 시작했다. 관자놀이 왼편에도 또 하나,

세 번째는 오른쪽 귀 아래, 네 번째는 왼쪽 귀 아래에 가늘게 땋은 머리들이 만들어졌다. 그리고는 턱수염을 빗기 시작했다.

"두 개만 더 땋아요, 어서요!"

피에트로가 아버지를 놀리며 말했다.

"신랑 꼬락서니 된 거 안 보여?"

포르톨루 삼촌이 웃으며 소리쳤다. 턱수염의 털 한오라기조차 움직이지 않는 특유의 억지스러운 웃음이었다. 아들들이 아버지에게 농을 거는 게 거슬렸던 안네다 숙모가 뭐라고 구시렁거리자, 포르톨루 삼촌이 그녀에게 따지듯 말했다.

"저놈의 여편네가 뭐라고 구시렁대는 거야? 애들이 웃게 좀 내버려 둬. 우리도 젊었을 적에는 저랬잖아. 이젠 쟤들도 즐겨야지."

◆

어느덧 엘리아스가 도착할 시간이 되었다. 몇몇 친척들과 피에트로 약혼녀의 오빠 되는 사람이 집에 찾아왔고, 모두 함께 역으로 마중을 나갔다. 안네다 숙모는 고양이와 닭들과 집에 혼자 남았다.

마당이 있는 작은 집은 길가로 내려가는 경사가 있는 오솔길에 자리 잡고 있었다. 오솔길과 집 사이를 가로막는 울타리 밖에는 언덕을 바라보며 밭이 펼쳐져 있었다. 울타리 위로 길게 드리워진 나뭇가지가 그림 같은 분위기를 더해 주는 전원적인 분위기의 집이었다. 지평선 너머로는 오르토베네 바위산과 짙푸른 오리에나 산이 보였다.

안네다 숙모는 신선한 공기로 충만한 세상의 한구석에서 태어나서 자랐고, 그곳에서 나이를 먹었다. 그 때문인지 몰라도 그녀는 늘 일곱 살 난 어린애처럼 때 묻지 않고 순수했다. 이웃들도 모두 좋은 사람들이었다. 소녀들은 성당에 다녔고, 다들 소박한 옷차림을 하고 있었다.

안네다 숙모는 이따금 대문 밖으로 나가, 주위를 두리번거리고 다시 들어오곤 했다. 이웃 사람들도 모두 나와서 현관문 앞에 서 있거나, 담벼락에 허술하게 기대 놓은 돌 위에 앉아 죄수의 귀향을 기다리고 있었다. 안네다 숙모의 고양이가 창가에 앉아 물끄러미 창밖을 내다보고 있었다.

멀리서 발소리와 떠드는 소리가 들려왔다. 이웃 아주머니가 잰걸음으로 오솔길을 가로질러, 안네다 숙모 집 대문 안으로 고개를 불쑥 디밀었다.

"다들 왔어요. 왔다고요!"

아주머니가 소리치자, 자그마한 여인은 평소보다 창백해진 안색으로, 몸을 부르르 떨며 밖으로 나왔다. 곧이어 한 무리의 이웃들이 오솔길로 밀려들었고, 감정에 복받친 엘리아스가 어머니에게로 달려가 몸을 굽혀 그녀를 꼭 끌어안았다.

"백 년 하고도 일 년 더, 백 년 하고도 일 년 더..."[‡]

---

‡ 축하와 장수를 기원하는 사르데냐 표현

안네다 숙모가 눈물을 흘리며 중얼거렸다.

엘리아스는 키가 크고 호리호리한 체구로, 수염이 없는 희고 가냘픈 얼굴을 하고 있었다. 까만 머리카락을 빡빡 민 그의 눈동자는 초록빛이 감도는 하늘색이었다. 감옥에서 오래 지낸 그의 손과 얼굴은 새하얗게 변해 있었다.

엘리아스를 에워싼 이웃들이 서로 밀치며 그의 손을 꼭 붙잡고 인사를 건넸다.

"다시는 그와 같은 불행이 없기를."

"하느님의 뜻대로 되길."

엘리아스가 대답했다.

가족들은 다 함께 집 안으로 들어갔다.

갑자기 몰려든 이웃 사람들을 보고 깜짝 놀란 고양이가 창가에서 물러나 바깥 계단으로 가서는 아래로 펄쩍 뛰어내렸다. 갈팡질팡하더니 어디론가 몸을 숨겼다.

"음악! 옳거니, 음악이 있어야지."

포르톨루 삼촌이 소리치기 시작했다.

"왜들 이래? 우리는 고양이도 무서워서 도망치는 살인자들이라는 거야 뭐야? 우린 정직한 사람들이야, 신사들이라고!"

떠들어대고 싶은 마음으로 가득했던 늙은 여우는 커다란 목소리로 황당한 말을 늘어놓았다.

모두가 함께 부엌에 둘러앉았다. 안네다 숙모가 마실 거리를 준비하는 동안 포르톨루 삼촌은 숨을 몰아쉬고 있던, 얼굴색이 붉고 몸집이 건장한 미남 친척 자쿠 파레에게 딴지를 걸기 시작했다.

"어이, 여기 좀 보게나."

포르톨루 삼촌이 그의 웃옷을 잡아당기며 큰 소리로 아들 자랑을 늘어놓기 시작했다.

"자, 내 아들들이 보이지? 튼튼하고 건강하고 잘생긴 세 마리 비둘기! 줄지어 서 있는 게 보이지 않나? 엘리아스가 돌아왔으니 우린 네 마리 사자가 될 거라네. 파리 한 마리도 감히 우릴 건드리지 못할 거야. 자네도 알다시피 난 힘이 세다고. 어이, 그런 눈으로 날 쳐다보지 말게나, 자쿠 파레. 자네한테는 관심조차 없으니까 말이야. 내 아들 마티아는 내 오른팔이고, 이제 엘리아스가 내 왼팔이 되어줄 걸세. 그리고 피에트로, 한 송이 꽃! 나의 작은 피에트로가 보이지? 쟤를 장가들게 하려고, 난 열 하고도 사분의 일의 보리와 밀 여덟, 둘 하고도 사 분의 일의 콩을 심었다네. 자네도 결혼하게 되면 부인을 위해주는 게 좋을 거야. 그러면 나처럼 수확이 없지는 않을 걸세. 한 송이 꽃 같은 내 아들, 오, 나의 아들들! 누오로에서 나 같은 아들들을 둔 사람은 아무도 없지. 아무렴 그렇고말고."

"아무렴! 그렇다마다요!"

상대방의 입에서 비웃는듯한 소리가 흘러나왔다.

"아무렴 이라니, 그게 대체 무슨 뜻이지? 자쿠 파레? 내가 지금 자네한테 거짓부렁을 하고 있나? 당장 가서 내 아들들 같은 젊은이 세 명을 내 눈앞에 데려와 보게. 정직하고 성실하고 튼튼한 진짜 사나이들 말이야. 얘들은 진짜 사나이들이라고!"

"누가 여자들이라고 합디까?"

"여자들, 여자들! 여자는 바로 자네야, 이런 배불뚝이 같으니라고."

포르톨루 삼촌이 그의 배를 짓누르며 큰 소리로 말했다.

"자네 말이야. 내 아들들, 쟤들 말고. 안 보여?"

포르톨루 삼촌은 세 젊은이를 칭송하는 말을 이어 갔다.

"보이지 않는다니 자네 진짜 눈이 먼 게로군. 세 마리 비둘기…"

한 손에 잔을 다른 한 손에 술병을 든 안네다 숙모가 다가왔다. 잔을 가득 채워 파레에게 건네자, 그는 포르톨루 삼촌에게 공손하게 잔을 건넸고, 삼촌은 단숨에 술잔을 비웠다.

"자, 마시자고! 모두의 건강을 위하여! 그리고 당신, 내 아내, 내 여편네, 이제 아무것도 무서울 게 없어. 파리 한 마리라도 네 마리 사자 같은 우리를 감히 건드리지 못할 테니."

"알겠어요. 알겠다니까요."

그녀는 파레에게 마실 거리를 따라주고 지나갔다. 포르톨루 삼촌의 시선이 그녀를 따라가며, 손가락으로 오른편 귀를 가리키며 말했다.

"여기가 좀 안 좋아. 귀가 잘 안 들리긴 하지만 좋은 여자지. 자기가 할 일은 다 한다니까. 내 여편네는 할 건 다 한다네. 양심적인 여자야. 아, 그녀 같은…”

“누오로에 그런 여자는 없다고요?”

“그렇지.”

포르톨루 삼촌이 소리쳤다.

“다들 뭐라고 떠들어대는 줄 알아? 피에트로가 신부로 데려올 그 아가씨가 여기서 잘 지내지 못할 거라고 하지. 걱정일랑 붙들어들 매시게.”

이제 그는 며느릿감에 대한 칭찬을 늘어놓기 시작했다. 장미, 보석, 종려나무! 바느질을 하고 실을 잣고 살림꾼인데다, 예쁘고 착하고 정직하고 복스럽다고 했다.

“결국,”

파레가 빈정대며 말했다.

“누오로에 그런 며느릿감은 없다!”

한편에서는 한 무리의 젊은이들이 술을 마시고 웃고 침을 튀기며 엘리아스와 활기차게 이야기를 나누고 있었다. 가장 많이 웃는 이는 다름 아닌 전과자였지만, 그의 웃음은 힘이 빠져 있었고 목소리 또한 가냘팠다. 구릿빛 얼굴과 손을 가진 남자들에게 둘러싸인 새하얀 엘리아스의 얼굴과 손은 유달리 두드러져 보였다. 마치 남자 옷을 입혀 놓은 여자 같았다. 그의 말투 또한 다른 지방 분위기를 풍기며 희한하게 변해 있었는데, 이탈리아 말과 사투리가 반쯤 섞인 가식적인 말투로 육지 사람들을 비방하는 이야기를 했다.

"너희 아버지가 칭찬하는 말을 좀 들어봐라."

장차 피에트로의 처남이 될 젊은이가 말했다.

"너희더러 비둘기라는데, 사실 넌 비둘기처럼 새하얗긴 하지. 엘리아스 포르톨루."

"하지만 곧 새까맣게 변할걸."

마티아가 말했다.

"내일부터 우리에서 가축을 돌봐야 할 테니, 안 그래, 형?"

"희든 검든 그게 뭘 그리 중요해."

피에트로가 말했다.

"쓸데없는 소리 그만들 하고 엘리아스 이야기나 계속 들어 보자."

"내가 어디까지 얘기했더라."

엘리아스가 기운 없는 목소리로 말을 이었다.

"감옥에서 나랑 같이 지냈던 그 거물은 말이야. 도둑들의 우두머리였거든. 큰 도시에서, 어디였더라... 기억이 통 나질 않네. 어쨌든 나랑 한 감방 안에서 지내면서 자기 얘길 죄다 털어놓았어. 진짜 도둑질은 그 사람들처럼 하는 거야. 좀도둑질이나 하는 우리랑 차원이 다르다고. 예를 들어, 우리는 돈이 필요하면 소 한 마리를 훔쳐서 내다 팔잖아. 그리고는 잡혀가서 옥살이를 하지. 소 한 마리 판 돈 가지고는 변호사를 살 수 없으니까 말이야. 하지만 그 거물 도둑들은 진짜로 말이지. 수백을 싹 쓸어다가 꼭꼭 숨겨둔다니까. 감옥을 나와서는 떵떵거리며 갑부로 사는 거야. 마차를 타고 홍청

망청 놀러 다니면서 말이야. 그 사람들에 비하면 우리는 사르데냐의 멍청이들이라고."

젊은이들은 바다 건너편 거물 도둑들을 흠모하며 귀를 쫑긋 세우고 그의 말을 경청했다.

"참, 그리고 신부님도 있었지."

엘리아스가 말했다.

"통장에 수백만 리라나 있는 대단한 부자."

"뭐? 신부님도!..."

마티아가 깜짝 놀라 소리쳤다.

피에트로가 놀란 티를 내지 않으려 애쓰며 동생을 향해 말했다.

"신부님이 뭐 어때서? 신부님들은 뭐 우리처럼 사람이 아닌가? 감옥은 사람들을 집어넣으려고 만든 곳인데."

"대체 왜 감옥에 들어왔는데?"

"그게 말이지... 왕을 내쫓고 그 자리에 교황을 앉히려고 했다는 것 같아. 돈 문제로 감옥에 들어 온 거라고도 하고. 키가 크고 머리카락이 눈처럼 새하얀 남자였고, 늘 책을 읽었어. 죽으려고 감옥에 들어왔다고 말하는 사람도 있었어. 통장에 있는 돈을 전부 죄수들한테 나눠주고 말이야. 나한테도 5리라를 주고 싶다고 했는데 내가 단칼에 거절했지. 사르데냐 남자는 절대로 동냥하는 법이 없으니까."

"멍청하긴! 나 같으면 받았겠다!"

마티아가 소리쳤다.

"죽은 이의 명복을 빌면서 신나게 술을 마셨을 텐데."

"감옥에서 술은 금지야."

엘리아스가 대답했다. 아련한 기억에 젖어 잠시 침묵을 지키던 그가 소리 높여 말했다.

"오, 주여! 주님이시여! 별의별 사람들이 얼마나 많던지! 또 다른 사르데냐 사람 하나가 있었는데 헌병 사령관이 칼리아리에서 나랑 같은 날 밤에 그를 배에 태웠거든. 그 사람은 자기가 곧 풀려날 줄 알고 있었어. 감옥에 갈 거란 걸 몰랐지."

"그래? 아마 알고 있었을 텐데."

"그러게."

"그 사람 친척이 장관이고, 또 다른 친척은 왕실에 있다는 거야. 그러니 곧 풀려날 거라고 했지. 하지만 아니었어. 아무도 그에게 편지를 보내지 않았지. 땡전 한 푼도 보내오지 않았다고. 그런 곳에서 돈이 없으면 굶어 죽게 되고 말지. 오, 하느님, 도우소서. 그리고 그 교도관들!"

엘리아스가 얼굴을 잔뜩 찌푸리며 말했다.

"그 간수 놈들! 대부분 나폴리 놈들이었는데 말도 못하게 악독했지. 죽은 사람 얼굴에 침을 뱉을 정도로 말이야. 감옥에서 나오기 전에 내가 그중 한 놈에게 한 마디 해줬어. 우리 근처에 얼씬거리기만 해 봐라. 이 촌뜨기 같은 놈아. 내가 니 모가지 뼈를 분질러 버릴 테니."

"암, 그렇고 말고."

마티아가 말했다.

"우리 농장 근처에 한번 와 보라고 하지 그랬어. 본때를 보여 주게!"

"아마 오지 않을걸!"

"누가 안 온단 말이냐?"

포르톨루 삼촌이 다가와서 물었다.

"아니에요. 엘리아스한테 침을 뱉은 간수요."

"아니, 나한테는 침을 뱉은 적이 없어. 무슨 소릴 하는 거야? 이런 나쁜 자식 같으니."

모두가 호탕하게 웃자, 포르톨루 삼촌이 소리 높여 말했다.

"아마 엘리아스가 가만히 있지 않았을걸. 주먹으로 이빨을 부러뜨렸겠지. 엘리아스는 사나이니까. 우린 전부 사나이들이란 말이다. 신선한 치즈나 처먹는 육지의 뚱보들과는 차원이 다르지. 설사 사람들을 감시하는 간수라 해도..."

"네, 간수요."

엘리아스가 어깨를 들썩이며 말했다.

"어쨌든 그 간수들은 죄다 촌뜨기들이었어요. 반면에 신사들도 있었죠. 아버지가 그 사람들을 한번 보셨어야 하는데! 마차를 타고 다니는 진짜 신사들 말이에요. 통장에 수백만 리라를 감춰놓고 감옥에 들어온 사람들이라고요."

포르톨루 삼촌은 몸을 부르르 떨더니 침을 퉤 뱉고 말했다.

"그놈들이 뭐 그리 대단해? 신선한 치즈나 처먹는 것들! 가서 길들지 않은 노새를 줄에 묶거나 황소를 잡아 보라고 해 보시지. 아니면 소총을 쏴 보든가. 신사는 개뿔? 내 양들도 그놈들보다는 용감하겠다. 하느님, 도우소서."

"그렇지만, 하지만..."

엘리아스가 계속 우겨댔다.

"만일 아버지가 그 사람들을 봤다면..."

"대체 뭘 봤다는 게냐?"

포르톨루 삼촌이 그의 말을 끊으며 받아쳤다.

"넌 아무것도 보지 못했어. 나도 네 나이 때는 아무것도 보지 못했다. 하지만 나중에는 보게 되었지. 신사들이 어떻고, 육지 사람들이 어떻고, 사르데냐 사람들이 어떤지 난 이제 다 안단 말이다. 넌 이제 막 달걀을 깨고 나온 햇병아리에 불과해."

"병아리라니."

엘리아스가 쓴웃음을 지으며 구시렁거렸다.

"아마 닭이겠지."

마티아가 말했다.

"아니면 작은 새거나."

파레가 작은 소리로 말했다.

"새장에서 갓 나온!"

다른 이들이 깔깔 웃으며 외쳤다.

지극히 평범한 대화였다. 엘리아스는 거의 정확한 기억력으로 자신이 지냈던 장소와 사람들에 대해 말했고, 다른 이들은 웃으며 맞장구를 쳤다. 고요한 미소를 머금은 안네다 숙모도 엘리아스의 이야기를 들었지만, 전부 다 알아들을 수는 없었다. 파레가 그녀의 곁에 앉아 귀에 얼굴을 갖다 대고, 큰 소리로 그녀가 놓친 이야기를 되풀이해 주었다.

그러는 동안 다른 사람들이 집에 찾아왔다. 친구들, 이웃들, 친척들, 막 도착한 사람들은 엘리아스에게 가까이 다가가 입을 맞추고 안부를 물었다.

"백 년하고도 일 년 더."

"하느님의 뜻대로 되길."

엘리아스가 베레모를 들어 올리며 대답했다.

안네다 숙모가 돌아다니며 손님들의 잔에 마실 거리를 채워 주었다. 얼마 지나지 않아, 부엌은 사람들로 왁자지껄했다. 포르톨루 삼촌은 세 마리 비둘기 같은 세 아들을 자랑하느라 끊임없이 목소리를 높였고, 손님들을 계속 자기 집에 붙들어 두고 싶어 했다. 그러나 피에트로는 동생을 밖으로 데리고 나가 자기의 약혼녀 이야기를 들려주고 싶어 하는 눈치였다.

"밖에 나가서 바람이라도 쐬고 오자."

피에트로가 말했다.

"이 불쌍한 악마는 너무 오래 갇혀만 살았어. 설마 저녁 내내 집 안에 데리고 있는 건 아니겠지."

"바람이야 계속 쐬게 될 텐데 뭐."

친척 하나가 말했다.

"색시 같은 저 얼굴이 석탄처럼 새카맣게 변할 거라고."

"그렇고 말고요."

엘리아스가 자기의 새하얀 얼굴이 부끄러운 듯 감싸 쥐며 큰 소리로 대답했다.

마침내 피에트로는 장차 장모가 될 여인 곁으로 엘리아스를 데려갔다. 그녀는 과부였고, 늘씬한 키에 몸가짐이 꼿꼿했다. 흙빛 얼굴을 하고 머리에 검은 두건을 두른 그녀는 두 명의 어린 자식들과 함께 있었다. 하나는 여자아이였고, 다른 하나는 싹수가 노란 젊은 남자였다.

"내 아들아!"

그녀가 양팔을 활짝 벌리고, 엘리아스를 향해 몸을 던지며 격앙된 목소리로 외쳤다.

"하느님께서 백 년 하고도 일 년 더 너에게 이런 불행을 내리지 않으시길."

"하느님의 뜻대로 되길."

과부의 뒤편에 예의 바르게 서 있던 안네다 숙모가 그녀를 칭찬하는 말을 하려고 했으나, 포르톨루 삼촌이 갑자기 끼어들었다. 사돈 될 여인의 손을 잡고 세차게 흔들며 그가 말했다.

"봤어요?"

포르톨루 삼촌이 과부의 얼굴에 침을 튀기며 말했다.

"봤냐고요? 아리타 스카다! 비둘기가 둥지로 돌아왔지 뭐요. 이제 누구 차례죠? 누가 일을 치를 차례냐고요? 당신이 말해봐요. 아리타 스카다..."

무슨 말을 해야 할지 몰랐던 그녀는 잠자코 있었다.

"떠들게 내버려 두세요."

피에트로가 과부를 향해 외쳤다.

"오늘은 기쁜 날이니까요."

"물론, 기뻐해야지!"

"암, 기뻐해야 하고 말고. 당신 생각은 어때요? 내가 기뻐하면 안 되는 이유라도 있나요? 둥지로 돌아온 이 비둘기가 안 보여요? 백합처럼 새하얗죠. 제법 재미난 이야기를 들려줄 줄도 알아요. 내 말 들려요, 아리타 스카다? 우리 집은 사나이들의 집이고, 이제 우리는 한 가족이에요. 당신 딸한테 가서 그렇게 얘기해요. 당신 딸은 쓰레기가 아니라 한 송이 꽃과 결혼하게 될 거라고."

"저도 그 말을 믿어요."

"믿는다니? 설마 당신 딸이 우리한테 와서 하녀처럼 일할 거라고 믿는단 게요? 그건 안될 말이지, 당신 딸은 귀부인처럼 지내게 될 거요. 빵과 포도주, 곡식, 보리, 콩, 기름, 하느님이 주신 온갖 좋은 것들을 다 갖게 될 거라고요. 저기 저 문이 보이죠?"

그는 부엌 구석에 나 있는 작은 문을 향해 몸을 돌려보라고 사돈 될 이에게 큰 소리로 말했다.

"저 문이 보이죠? 그렇죠? 자, 저 뒤에 뭐가 있는지 알아요? 치즈가 무려 백 냥 어치나 있답니다. 다른 것들도 잔뜩 있고요."

"그만 하세요. 그만 좀 하시라고요."

속이 상한 피에트로가 말했다.

"저분은 하느님이 아버지한테 주신 재산에는 관심이 없어요."

"그리고 또."

엘리아스가 덧붙였다.

"마리아 막달레나 스카다가 치즈 때문에 피에트로와 결혼하려고 하는 건 아니잖아요."

"사랑하는 내 자식! 세상에서 제일 소중한 것들!"

아리타 숙모가 자식들 사이에 다시 앉으며 외쳤다. 포르톨루 삼촌은 말을 멈췄지만, 여전히 장난기로 가득한 표정이었다.

"제발 그만 좀 하세요!"

피에트로가 다시 말했다.

남편이 계속 사돈의 말문을 막자, 안네다 숙모는 그녀를 위해 커피를 준비하기 시작했다.

"제 남편은 말이죠,"

여자들 둘만 남게 되자, 그녀가 말문을 열었다.

"세상사에 너무 집착한답니다. 하느님께서 그분의 좋은 것들로 부족한 우리를 채워 주셨다는 생각을 전혀 하지 않아요. 그분께서 원하시면 언제든 도로 가져가실 수 있다는 것도요."

"사랑하는 안네다, 남자들은 다 똑같답니다."

아리타가 그녀를 위로하며 말했다.

"세상사 말고는 다른 생각이 없어요. 그냥 내버려 둡시다. 그나저나 지금 뭘 하고 계세요? 폐를 끼치다니, 안될 말이죠. 저는 잠깐 들른 것뿐이랍니다. 바로 가 봐야 해요. 엘리아스가 무탈한 모습을 보니 참 좋네요. 얼굴이 여자처럼 새하얗게 변했더군요. 하느님의 축복이 있기를"

"네, 감사하게도 엘리아스는 괜찮은 것 같아요. 정말이지 힘들어 했답니다. 불쌍한 어린 새 같으니!"

"맞아요, 나쁜 친구들과 어울려 다니는 일은 더 이상 없을 테니 이제 다 끝난 거죠. 그 나쁜 친구들 때문에 엘리아스가 불행을 자초한 거잖아요."

"정말이지 금처럼 귀한 말씀이네요, 아리타 스카다. 참, 우리가 어디까지 이야기하다가 말았죠? 남자들은 세상사 말고 다른 생각이 없다고 했죠. 저세상 일을 아주 조금만 생각해도 좋을 텐데 말이죠. 이 땅에서의 삶이 영원히 지속될 거라 여기죠. 인생은 9일 기도만큼이나 짧은 거랍니다. 사는 동안은 누구나 고통을 겪죠."

"맞아요, 이 작은 새를 힘들게 하죠."

아리타 스카다가 심장께를 어루만지며 말했다.

"진정하시고, 지나간 일은 다 잊어버리세요. 이제 모든 게 잘 흘러갈 거예요. 설탕을 좀 넣으셔야죠. 아리타, 커피가 너무 쓰면 안 되잖아요."

"괜찮아요. 단 걸 별로 안 좋아한답니다."

"그래요. 우리 여자들은 평온한 마음만으로도 충분하잖아요. 남자들은 그렇질 않아요. 한해 수확이 좋으면 그걸로 충분하죠. 치즈와 곡식과 올리브를 잔뜩 거둬들이면 그걸로 족해요. 인생은 그토록 짧고, 세상사는 순식간에 지나가 버린다는 사실을 모르죠. 커피잔은 저한테 주세요. 거들지 마시고요. 이런, 아무것도 아니에요. 찻숟가락이 떨어졌어요. 세상사란! 아리타 스카다, 바다 끄트머리에 가서 모래알들을 세어 보세요. 모래알의 수를 세어보면 영원한 세월 속에서 우리는 아무것도 아니란 걸 알게 될 거예요. 우리에게 주어진 세월, 이 세상에서 지내는 세월은 한 줌에 불과해요. 베르테 포르톨루와 아들들에게 늘 이런 말을 하지만 다들 세상사에만 매달려 있죠."

"아직 젊은이들이잖아요. 안네다, 아직 젊으니까요. 그건 그렇고 엘리아스가 정당한 대가를 치른 걸 봤지요. 정말이지 엄중한 일이에요. 적지 않은 배움이었겠죠. 그 애한테 평생 도움이 될 겁니다."

"언덕 위 마리아여, 그러길 바랍니다! 아, 엘리아스는 정말이지 착한 청년이에요. 어릴 적에는 꼭 여자아이 같았답니다. 나쁜 말이라고는 한마디도 입에 담지 않았죠. 그 애가 내 눈에서 피눈물이 나게 할 줄이야?"

"그만 하세요. 다 지나간 일이잖아요. 당신 남편 베르테 말마따나 이제 당신 아들들은 정말이지 비둘기 같답니다. 아들들이 서로 이해하고 사랑하면 된 거지요."

"그럴 거예요. 걱정일랑 붙들어 매세요."

안네다 숙모가 미소 지으며 말했다.

◆

저녁 식사가 끝나자, 안네다 숙모는 드디어 엘리아스와 시간을 보낼 수 있게 되었다. 둘은 선선한 정원에 자리를 잡고 앉았다. 대문은 활짝 열려 있었고, 오솔길은 텅 비어 있었다. 마치 고요한 여름밤 같았다. 투명한 하늘 위로 맑은 별들이 꽃처럼 총총 피어났다. 텃밭과 길 뒤편 저 멀리서 풀을 뜯는 양들의 방울 소리가 들려왔다. 여린 풀의 아릿한 내음이 공기에 실려 왔다. 엘리아스는 코를 벌름거리며 맑고 향긋한 공기를 한껏 들이마셨다. 혈관 속에서 피가 순환하는 기분이었다. 그는 적당히 취기가 올라 있었고, 머리는 조금 띵했지만, 기분은 상쾌했다.

"형의 약혼녀를 보러 갔었어요."

엘리아스가 꿈꾸는 듯한 목소리로 말했다.

"정말이지 아름다운 아가씨였어요."

"그래, 머리카락은 갈색이지만 예쁘장하지. 정말 사려 깊은 아이이기도 하고."

"어머니 되시는 분은 좀 거들먹거리는 것 같던데요. 동전 한 닢 갖고도 금화처럼 굴더라고요. 하지만 딸은 겸손한 것 같았어요."

"무슨 소릴 하는 거니? 아리타 스카다는 훌륭한 여인이야. 그러니 자존심이 센 게 당연하지. 어쨌든 간에."

안네다 숙모가 좋아하는 주제를 거론하며 말했다.

"교만을 떨고 잘난 척하는 게 무슨 도움이 되는지 난 도통 모르겠다. 하느님께서 말씀하셨지. 사람에게는 사랑, 자비, 겸손, 세 가지만 있으면 된다고 말이야. 다른 열정들로부터 뭘 얻을 수 있겠니? 너도 인생을 겪을 만큼 겪어보았으니 알 테지. 내 아들아, 하고 싶은 말이 있으면 해 보렴"

엘리아스는 크게 한숨을 내쉬고 하늘을 향해 얼굴을 들었다.

"어머니 말씀이 맞아요. 저도 인생을 겪어보았죠. 제가 겪은 불행이 제 책임은 아니었지만요. 어머니도 아시다시피 저는 죄가 없었지만, 주님께서 그런 것까지 보상해주시지는 않잖아요. 저는 못된 아들 노릇을 했고, 신께서 제게 벌을 내리셨어요. 저를 세월에 비해 성숙하게 만드셨어요. 저는 나쁜 친구들과 어울렸고, 그 대가로 그런 불행에 휘말리게 된 거죠."

"그 친구들 말이다. 네가 그 고초를 겪는 동안, 네 소식을 한 번도 묻지 않더구나. 네가 자유의 몸이었을 적에는 문턱이 닳도록 드나들더니 말이야. 엘리아스가 왔나요? 엘리아스가 갔나요? 엘리아스가 온다느니 간다느니 하더니만 그 후에는? 그 후에는 멀어져 버리더구나. 길에서 마주치면 자기들을 알아볼까 봐 베레모로 얼굴을 가리곤 했지."

"그만 하세요. 제발! 이제 다 끝난 일이잖아요. 전 새로운 삶을 시작할 거라고요."

엘리아스가 또다시 한숨을 내쉬며 말했다.

"이제 저한테는 오로지 가족밖에 없어요. 어머니 당신과 내 아버지, 나의 형제들. 아, 믿어 주세요. 과거는 싹 잊어버리도록 할게요. 어머니 말이라면 무조건 순종하는 노예처럼 될 테니까요. 다시 태어난 것처럼요."

안네다 숙모의 눈에서 눈물이 주르륵 흘러내렸다. 감정이 북받쳐 오른 그녀는 이내 화제를 돌렸다.

"그동안 건강하게 지냈지?"

그녀가 물었다.

"넌 너무 야위었어."

"뭘 바라세요? 그곳에 있으면 아프지 않아도 저절로 살이 죽죽 빠져요. 그 어떤 어려움보다 일하지 않는 게 사람을 죽게 만들죠."

"일하지 않았다니?"

"하긴 했죠. 시시콜콜한 일들을 했어요. 구두 수선이니 여자들이나 하는 그런 일 따위요. 시간이 흐르지 않는 것만 같았어요. 일

분이 일 년 만큼이나 길었죠. 끔찍한 일이에요. 정말이지."

그리고 그는 입을 다물었다. 마지막 말을 마친 엘리아스의 목소리가 깊이 잠겼다. 오랜만에 누리는 자유로움에 심취했던 그는 오후 내내, 감옥 생활과 액운의 동반자들에 대해 떠들어 댔다. 마치 기분 좋은 추억으로 남겨진 머나먼 일인 양 말이다. 하지만 그는 지금, 행복한 어린 시절을 보냈던 오두막에서, 상쾌한 시골 내음을 맡으며, 고요한 암흑 속에 들어와 있었다. 아버지의 울타리 안에서 무한한 자유를 누리며, 착하고 순수한 어머니, 이전보다 늙은 그녀와 마주하고 있었다. 순간 고통스러운 감옥에서 헛되이 보냈던, 잃어버린 몇 년 동안의 기억이 엄청난 무게가 되어 그를 짓눌렀다.

"저는 정말이지 나약해요. 기운이 하나도 없어요. 마치 누군가 제 허리를 잡고 뚝 분질러버린 것 같아요. 아픈 적도 없었는데 말이죠. 딱 한 번, 진짜 심한 배앓이를 했던 적은 있었지만요. 아, 그땐 정말이지 죽는 줄 알았어요."

잠시 후 엘리아스가 말했다.

"성 프란체스코여, 이 끔찍한 병에서 저를 구해주소서. 자유의 몸이 된다면 제일 먼저 당신의 성당에 찾아가 초를 밝히겠나이다."

"아름다운 성 프란체스코여!"

안네다 숙모가 두 손을 모으며 외쳤다.

"가야지, 갈 거란다. 아들아! 축복이 임해서 네가 기운을 되찾게 될 거란 걸 난 믿어 의심치 않아. 프란체스코 성인께 9일 기도를 드리러 가자꾸나. 피에트로는 약혼녀를 말에 태워서 산등성이까지 데리고 올 거란다."

"피에트로의 결혼식은 언제죠?"

"추수를 마치고 결혼할 거란다, 아들아."

"신부를 우리 집으로 데려오는 건가요?"

"적어도 처음 몇 년 동안은 우리와 함께 지내게 되겠지. 나도 늙기 시작했단다, 아들아. 며느리의 도움이 필요해. 내가 살아있는 동안이라도 온 가족이 한집에서 지냈으면 좋겠구나. 내가 주님의 품으로 돌아가고 나면, 너희들도 각자의 삶을 꾸리겠지. 너도 아내를 맞이할 거고…"

"에이, 누가 저를 좋다고 하겠어요?"

엘리아스가 씁쓸한 말투로 대꾸했다.

"그런 말 말거라, 엘리아스? 누가 널 좋아한다니! 하느님의 딸이지. 자신을 바로잡고, 하느님을 두려워하는 마음으로 정직하게 일하며 살다 보면 행운이 널 피해 가지 않을 거다. 돈 많은 여자를 찾으라는 얘기가 아니야. 정직한 신붓감이 널 기다리고 있을 거야. 하느님께서는 성스러운 결혼이란 제도를 통해 한 남자와 한 여자를 맺어주셨지. 부유한 남녀나 가난한 남녀만의 일이 아니란다."

"그렇군요."

엘리아스가 웃으며 말했다.

"그런 얘긴 그만 하세요! 오늘 막 돌아온 제게 벌써 결혼 얘기라니요. 다음에 얼마든지 얘기할 기회가 있을 거예요. 전 고작 스물셋이니 아직 시간이 많잖아요. 그나저나 피곤해 보이세요. 어머니. 가세요. 가서 좀 쉬세요. 어서 가세요."

"그래, 가마, 하지만 너도 이제 쉬려무나, 엘리아스. 찬 공기가 너한테 안 좋을 수도 있단다."

"안 좋다고요?"

엘리아스가 입을 크게 벌리고 공기를 한껏 들이마셨다.

"어떻게 안 좋을 수가 있어요? 제게 생기를 불어넣어 주는 게 안 보이세요? 먼저 가세요. 저도 곧 들어갈게요."

◆

잠시 후, 엘리아스는 문 앞 계단 위에 팔꿈치를 고이고 땅에 반쯤 드러누운 채 혼자 남았다. 어머니가 나무 계단을 올라가 창문을 닫고, 신발을 벗는 소리가 들려왔다. 그리고는 모든 게 다시 고요해졌다. 공기는 상쾌했고, 눅눅하지만 향기로웠다. 엘리아스는 어머니가 자신에게 했던 말을 떠올려 보았다. 그리고는 혼잣말처럼 말했다.

"아버지와 형제들은 세상모르고 자고 있군. 아버지는 드릉드릉 코를 골고, 마티아는 간간이 잠꼬대를 하면서 꿈을 꾸고 있는 게지, 맞아. 동생은 꿈속에서도 어찌 그리 순박한지. 잘들 자고 있구먼. 다들 코가 삐뚤어지게 술을 마셨지만, 날이 밝으면 아무렇지도 않다는 듯 벌떡 일어나겠지. 나도 술을 좀 마셨으니 분명 숙취가 있을 거야. 난 왜 이리도 나약한 남자인지! 아니, 난 더 이상 남자도 아니야, 좋은 사람이고 나발이고 그냥 아무것도 아니라고. 아, 어머니는 내가 아내를 맞길 바라시겠지! 하지만 대체 어떤 여자가 나 같은 남자를 좋아하겠어? 아무도 없을 거야. 아, 그만하자, 공기가 습해지고 있어. 그만 안으로 들어가자."

하지만 엘리아스는 움직이지 않았다. 풀을 뜯는 양들의 방울 소리가 딸랑딸랑 들려왔다. 눅눅하고 향긋한 바람 사이로 들려오는 그 소리는 가까운 것 같기도, 먼 것 같기도 했다. 엘리아스는 피곤했고, 머리가 무거웠다. 그는 좀처럼 몸을 움직일 수 없었다. 아니, 움직일 수 없을 것만 같았다. 그의 시야가 점점 흐려지더니, 물결처럼 요동치며 환상이 보이기 시작했다.

◆

초가집이 있었고, 높다란 건초 더미로 뒤덮인 울타리와 털이 길고 살찐 양들이 푸른 초원 여기저기 흩어져 있는 모습이 보였다. 양들은 사람의 얼굴을 하고 있었다. 감옥에서 함께 지냈던 사람들의 얼굴이었다. 엘리아스는 말로 표현하기 힘든 고통을 느꼈다. 포도주의 술기운 탓에 미열이 나는 것일 수도 있었다. 온종일 자신에게 일어났던 일들이 떠올랐고, 마치 꿈을 꾸는 것만 같았다. 자신이 아직도 그곳에 있는 것처럼 느껴지자, 음울한 아픔이 밀려왔다.

꿈인지 생시인지 모를 환상적인 장면들이 출렁이다가 멀어지고 사라져갔다. 사람 얼굴을 한 이상한 양들이 초가집 벽을 타고 오르더니 벽을 훌쩍 뛰어넘었다. 엘리아스는 숨을 헐떡이며 초가집 벽을 뛰어넘어, 코르크나무가 빽빽한 초록빛 숲까지 양들의 뒤를 좇아갔다. 키가 크고 건장한, 붉은빛이 감도는 회색 수염을 지닌 거인이 장엄한 걸음걸이로 숲속을 천천히 걷고 있었다. 엘리아스는 단번에 그를 알아보았다. 오루네 종족에 속한 남자였다. 그는 누오로에 사는 대지주가 소유한 여러 채의 초가집들을 돌보며 야생에서 지내는 은둔자였다. 밀수업자들이 나무에서 코르크를 채취하지 못하도록 숲을 지키는 일을 맡고 있었다. 엘리아스는 거인처럼 보이는 그 남자를 어린 시절부터 알고 있었다. 거인은 좀처럼 웃는 법이 없었는데, 지혜가 풍부하기 때문이라고들 했다. 그의 이름은 마틴 몬네였는데, 모두가 그를 야생의 아버지라고 불렀다. 어릴 적부터 그는 단 하룻밤도 마을에서 묵은 적이 없었기 때문이었다.

"어딜 가고 있니?"

그가 엘리아스에게 물었다.

"이 미친 양들의 뒤를 좇고 있어요, 야생의 아버지. 전 정말 힘들어요. 더 이상 못하겠어요. 전 약해빠진 데다 엉망진창이라고요. 아무짝에도 쓸모없어요."

"그래, 그런 걸 신경을 쓰지 않으려거든 가서 신부님이 되려무나."

마르티누 삼촌이 엄한 투로 말했다.

"안 그래도 그곳에 있을 적에 그런 생각을 했었어요."

엘리아스가 큰 소리로 대답했다.

◆

몸을 파르르 떨며, 엘리아스는 자리에서 일어났다. 추위로 몸이 떨려오고 있었다.

"여기서 잠이 든 게로구나."

눈을 뜬 게 다행이라는 생각이 들었다.

"여기 있다가는 병이 나겠어."

엘리아스는 비틀거리며 부엌으로 들어갔다. 아버지와 형제들은 침대에서 쿨쿨 자고 있었다. 벽난로 석판 위에는 아직도 등잔불이 타오르고 있었다. 가엾은 엘리아스, 약해 빠진 엘리아스의 잠자리는 지층 방에 놓여 있는 침대였다. 그는 등불을 집어 들고, 고약한 냄새가 풀풀 나는 누렇고 기름진 치즈 덩어리들이 식탁 위에 수북이 쌓여 있는 작은 방을 지나 침실로 들어갔다.

엘리아스는 옷을 벗고 비스듬히 누워 불을 껐다. 허리는 부러진 것처럼 아팠고, 머리는 돌처럼 무거웠다. 좀처럼 잠이 오지 않았다. 비몽사몽 중에 숨 가쁘게 뒤척이며, 그는 혼란스러운 꿈을 꿨다. 또 다시 초가집이 보였고, 건초 더미와 누런 털이 뒤엉킨 살찐 양들, 가까운 숲의 초록빛 윤곽선이 보였다. 마르티누 삼촌도 여전히 그곳에 있었다. 하지만 이번에는 높고 튼튼한 벽 가까이에 서 있었다. 벽에 꼿꼿이 기대서 있는 그에게 엘리아스는 그곳에 대해 많은 이야기를 들려주었다. 개중에는 이런 이야기도 있었다.

"그곳에서 지내는 동안, 우리를 늘 미사에 데려갔어요. 신부님께 고해성사를 드렸고, 대화를 나누기도 했어요. 아, 정말이지 좋은 분들이셨어요. 주임 신부님은 성인 같은 분이었죠. 한번은 제가 중학교 2학년까지 공부했는데, 양치기가 된 후로는 학업을 계속하지 못한 게 후회스럽다고 그분께 고백했어요. 그러자, 신부님께서 제게 책 한 권을 선물해 주셨어요. 한쪽은 라틴어로, 다른 한쪽은 이탈리아어로 쓰인 성주간 책이었어요. 그 책을 백 번, 아니 천 번도 더 읽었어요. 집에 올 때도 들고 왔고요. 덕분에 이탈리아어만큼 라틴어도 읽을 줄 알게 되었죠."

"넌 정말 똑똑한 아이로구나!"

"삼촌만큼은 아니에요! 하지만 하느님을 두려워할 줄 알죠."

"그래, 하느님을 두려워한다는 건 왕보다도 똑똑한 게야."

마르티누 삼촌이 말했다.

엘리아스의 꿈은 그 시점에서 혼란에 빠졌고, 또 다른 기괴한 꿈들과 뒤섞였다.

2.

마티아는 형도 올리브밭에 나가 함께 일해야 한다며 고집을 부렸지만, 엘리아스는 며칠 동안 집에 머물렀다. 그를 찾아온 친구들과 친척들을 대접하며 휴식을 취했다. 올리브밭에서 일하던 베르테 삼촌과 마티아가 집으로 돌아왔고, 아직 일하고 있던 피에트로도 엘리아스와 함께 시간을 보내기 위해 곧 마을로 돌아올 참이었다. 봄기운이 완연한 정원과 벽난로 주위로 모여든 사람들 사이에 끝없는 수다와 이야기들이 오갔다.

엘리아스는 재범 방지를 위한 특별 감시를 받지 않았지만, 출소한 뒤로 며칠 동안은 경찰국에서 주시하는 대상이었다. 저녁이 되면 두 명의 특수 경찰들이 말을 타고 묵직한 발걸음으로 집 앞 오솔길을 지나쳐갔고, 베르테 삼촌네 대문 안을 슬쩍 들여다보기도 했다. 베르테 삼촌은 시력이 그리 좋지 않았지만, 특수 경찰들을 바로 알아보았고, 대문 앞까지 나가서 그들을 집 안으로 불러들였다.

"잘 오셨습니다. 왕이여, 환영합니다. 힘 있는 분들이여!"

베르테 삼촌이 존경의 표시로 베레모를 들어 올리며 소리 높여 말했다.

"자, 어서 들어들 오시게나. 젊은 친구들, 와서 포도주라도 한잔하고 가시게. 오, 들어오고 싶지 않다고? 살인자나 도둑들이 사는 집이라고 여기시나? 우린 신사들일세. 설마하니 우리 집안일에 간섭하려는 건 아니겠지?"

혈색이 붉고 통통한 두 젊은이는 조소 어린 미소를 지었다.

"어째 들어오겠나, 안 들어오겠나?"

포르톨루 삼촌이 말을 이었다.

"내가 억지로 끌고 들어와야 쓰겠나? 자네들 말이야, 내 손아귀를 조심해야 할 걸세. 들어오지 않으려거든 지옥에나 가 버리든가. 포르톨루 삼촌한테는 맛 좋은 포도주가 있다네."

결국 그들은 집 안으로 들어왔고, 잔뜩 긴장한 안네다 숙모가 그 유명한 술병을 들고나왔다.

"왕 만세, 경찰 만세, 포도주 만세! 자, 쭉 마시게나. 누가 더 센지 어디 한번 겨루어 보자고."

"하, 하, 하!"

"웃을 일이 아닐세. 마시게나, 마셔. 마티아, 너도 마시지 그래? 넌 머리가 좋아질 필요가 있어. 술을 마시면 똑똑해질 게다. 엘리아스, 너도 좀 마시거라. 넌 얼굴이 영 잿빛이로구나. 남자라면 얼굴이 벌개야지. 여기 이 젊은이들 보이지? 이렇게 시뻘개져야 하는 거야. 암, 그렇고말고. 자네들은 얼굴이 더 빨개져야지, 젠장! 포르톨루 삼촌 말이 창피한 게야? 자네들 말고도 우리 집에서 얼굴이 빨개진 사람들이 수도 없이 많다네! 무시무시한 용들도 얼굴이 새빨개졌다고, 이 포르톨루 삼촌 때문에 말이야. 자네들은 포르톨루 삼촌이 누군지 모르지? 좋아, 내가 말해주지. 내가 누군지 말이야."

"기꺼이 그럽죠."

두 젊은이가 몸을 굽히고 웃으며 말했다.

포르톨루 삼촌의 포도주는 정말이지 맛이 기가 막혔다. 향긋하고 톡 쏘는 맛이 일품이었다.

술기운이 거나하게 오르자, 베르테 삼촌은 경찰들의 몸에 손을 갖다 댔다.

"자네들이 벼슬이라도 한 줄 아나? 경찰은 개뿔! 긴 칼과 권총과 몽둥이들을 내가 벗겨 줌세. 자, 보게. 이제 뭐가 남았나? 젠장, 이것들을 엘리아스에게 마티아에게 나의 피에트로에게 줘 보라고. 당신들보다 백배 낫지. 안 그런가? 세 송이 꽃, 세 마리 비둘기. 내 아들들! 내 아들들한테 한마디도 지껄이지 말게나. 쟤들은 어디 가서 뭘 훔칠 필요가 없어. 우리한테는 개나 까마귀한테 던져줄 정도로 먹을 게 잔뜩 쌓여 있으니까."

"에이!..."

입을 꾹 다물고 한 구석에 앉아 있던 엘리아스가 말했다.

"너무 심하잖아요, 아버지."

"그냥 내버려 둬..."

아버지의 허풍이 마음에 든 마티아가 웅얼거렸다.

"조용히 해라. 내 아들, 넌 이런 일들을 잘 몰라. 넌 고작 어제 세상에 태어났다고. 자, 뭣들 하시오, 젊은 친구들? 마시게나. 죽 마시라고, 젠장! 남자는 마시기 위해 태어난 거라네. 우린 남자들이잖아."

"그래, 우린 모두 남자들이지."

포르톨루 삼촌은 설득력 있는 말투로 철학적인 결론을 맺었다.

"내 말인즉슨, 자네들이나 우리나 다 똑같은 남자들이니 너그럽게 사정을 봐줘야 한다는 걸세. 오늘은 자네들이 칼을 차고 악마도 도망친다는 왕을 대변한다지만 내일은? 알 수 없지. 내일은 개뿔을 대변하게 될 거라고 누가 장담하지 않을 수 있겠나. 그때는 자네들도 포르톨루 삼촌의 도움이 필요할 게야. 난 좋은 사람이니까. 베르테 삼촌 같은 사람은 찾아보기 힘들다는 건 온 동네가 다 알고 있네. 내 아들들도 전부 마음씨가 착하다네. 비둘기처럼 선량하지. 자네들이 첩첩산중에 있는 우리 오두막 앞을 지나간다면 우유와 치즈 그리고 꿀까지 주겠네. 우리한테는 꿀도 있단 말일세! 그러니 젊은 자네들이 한쪽 눈을 찡긋 감아 주게나. 아니, 둘 다 감으면 더 좋고. 자네들이 본 걸 왕한테 가서 고자질하지 말라는 거야. 결국 우리는 다 같은 남자들이고, 누구나 실수는 할 수 있는 법이니까..."

두 젊은이는 웃고 떠들며 술을 마셨고, 집에 다녀간 뒤로는 포르톨루 삼촌과 그의 친구들의 사소한 잘못을 보고도 한쪽 눈, 아니 양쪽 눈을 꼭 감아 주었다.

친구들 얘기가 나왔으니 말이지만, 엘리아스가 어울렸던 나쁜 친구들, 가족들에게 불행을 몰고 왔던 그 친구들 또한 엘리아스를 찾아왔다. 집에 찾아오면 코앞에서 문을 쾅 닫아 버릴 거라 결심했음에도 불구하고, 그는 신사적인 태도로 친구들을 맞았다. 안네다 숙모는 그들에게 마실 거리를 내왔다.

"걔들은 뭘 하고 싶다고 하든?"

친구들이 돌아가자, 그녀가 물었다.

"신앙인답게 행동해야지. 너그럽게 말이야. 하느님께서 그들을 용서하시길!"

"모두와 평화롭게 지내는 게 낫죠. 주님께서 우리에게 평화를 명하셨으니까요."

엘리아스가 대답했다.

"너에게 복이 임하길, 엘리아스, 위대한 진실이로구나."

아, 아들이 하느님의 이름을 입에 담았을 때 안네다 숙모는 어찌나 흐뭇했던지! 아들이 미사를 드리고 돌아올 때와 그곳에서 가져온 두툼한 검은 책을 읽을 적에도!

"하느님께서 그 아이를 칭찬하실 거야!"

그녀는 목이 메었다.

"어릴 때처럼 착한 아이로 되돌아온 거야."

◆

어머니와 아들은 프란체스코 성인에게 했던 약속을 지키기 위해 준비를 시작했다.

성 프란체스코 성당은 룰라 산꼭대기에 솟아 있었다. 전설에 따르면, 성당을 지은 이는 산적이었는데, 방랑 생활에 염증을 느낀 그는 스스로 재판에 출두해서 풀려나게 되면 성당을 짓겠노라고 서약했다고 한다. 전설이 사실이든 아니든 간에, 성당에서는 매년 축제가 열렸고, 누가 축제를 진두지휘할지는 성당 창립자의 후손들 또는 성당을 건축했던 사람들끼리 제비를 뽑아서 정했다. 자칭 프란체스코 성인의 친지들이라는 후손들은 성당에서 열리는 축제와 9일 기도 동안 공동체를 이루어 특권을 누렸다. 포르톨루 가족도 그 해의 제비뽑기에 당선된 이들 중 하나였다. 축제가 시작되기 며칠 전, 피에트로는 소들이 끄는 달구지를 몰고 프란체스코 성인을 찾아갔고, 다른 주민들과 벽돌공들과 함께 자신의 일손을 바쳤다. 그들 중에는 제비를 뽑아서 온 일꾼들도 있었다. 다 함께 성당을 단장하고, 성당 주위에 작은 움막들을 짓고, 9일 기도 동안 쓸 땔감을 날랐다. 안네다 숙모는 적잖은 양의 곡식을 헌납했고, 성당 창립자 후손 가문의 다른 여자들과 함께 밀가루를 씻어 9일 기도 동안 먹을 빵을 만들었다. 성인에게 바치는 빵 중에는 누오로 마을의 오두막에 사는 사람들이 심부름꾼을 통해 보내온 것도 있었다. 대부분 한집당 빵 하나씩을 보내왔다. 목동들은 이웃들이 보내온 선물을 귀중한 헌납으로 받았고, 그들 또한 할 수 있는 만큼 물건을 헌납했다. 어떤 이들은 돈과 살아 있는 양을 바쳤고, 다른 이들은 토지와 돈과 가축들로 이미 풍성해진 성인에 대한 헌신으로, 암소들 전부를 바치겠노라고 약속하기도 했다. 포르톨루 오두막에 심부름꾼이 도착하자, 베르테 삼촌은 모자를 벗어들고 인사를 건넨 뒤, 빵에 입을 맞췄다.

"내 아직은 아무것도 바칠 수 없네만."

그가 배달꾼에게 말했다.

"하지만 축제가 열리는 날에는 나의 작은 아내를 데리고 그 자리에 갈 걸세. 내 가축 중 털을 안 자른 양 한 마리를 성인께 데려갈 작정이라네. 포르톨루 삼촌은 구두쇠가 아니야. 프란체스코 성인을 믿는다네. 프란체스코 성인께서는 늘 우리에게 도움을 베푸셨지. 그러니 하느님의 가호 아래 가 보게나."

안네다 숙모는 준비하느라 쉴 틈이 없었다. 특별한 빵과 과자, 아몬드와 꿀을 넣은 케이크를 만들었고, 커피와 시럽과 필요한 다른 것들을 샀다. 엘리아스는 분주한 어머니의 모습을 애정 어린 눈빛으로 바라보며 그녀 곁에서 일을 돕기도 했다. 그는 늘 무기력하고 기운이 없었고, 집 밖으로 나가려 하지 않았다. 가늘게 파인 눈 속에 하늘빛이 감도는 초록색 동공은 유리알처럼 보였고, 이따금 어딘가를 응시했으나, 이내 허공에서 빛을 잃곤 했다. 마치 죽은 사람의 눈처럼 보였다.

◆

드디어 떠나는 날이 되었다. 5월 초의 일요일이었다. 모직 자루 안에 한가득 짐을 챙겨 넣었다. 길가 여기저기에서 연장과 필요한 물건들을 잔뜩 실은 다른 마차들이 고삐를 매어 놓은 소들을 앞세우고 기다리고 있었다. 안네다 숙모와 엘리아스는 출발하기 전에 로사리오 소성당으로 미사를 드리러 갔다. 미사가 시작되기 조금 전, 마을의 한 사내가 유리함 안에 들어있는 나무를 깎아 만든 성인의 조각상을 제단 앞에 내려놓았다. 기도를 마친 사내가 성당을 나가려고 하자, 한 무리의 여자들이 그에게 손짓하며 조각상에 입을 맞추어도 되는지를 물었다. 엘리아스도 손짓으로 그를 불러세워 유리함 속에 있는 성인의 발치에 입을 맞췄다.

잠시 후, 일행은 다 함께 여행길에 올랐다. 일행의 우두머리는 턱수염을 기른 젊은 금발의 마을 남자로, 근사한 회색 말을 타고 깃발과 성인의 조각상을 들고 있었다. 다른 마을 사람들이 그의 뒤를 따랐다. 말 등에 탄 여자들과 혼자서 말을 모는 여자들, 걷는 여자들, 점잖은 아가씨들, 마차들, 개들. 길가 여기저기에 흩어진 사람들은 저마다의 방법으로 여행길에 올랐다. 흰 줄무늬가 있는 온순한 암말을 탄 엘리아스와 안네다 숙모는 일행에서 뒤처진 사람들 틈바구니에 있었다. 개보다 조금 덩치가 큰 새끼 망아지가 그들의 곁에서 졸졸 따라왔다.

너무나도 아름다운 아침이었다. 여명의 보랏빛이 채 가시지 않은 푸른 하늘 사이로 여행의 목적지인 험준한 산들이 삐죽삐죽 솟아 있었다. 드넓은 이살레 언덕은 풀과 꽃들로 온통 뒤덮여 있었다. 바위로 이루어진 오솔길 위로 샛노란 금작화들이 불을 밝혀 놓은 것처럼 금빛을 흩날리며 흐드러지게 피어 있었다. 초록빛 숲과 금빛 꽃들, 붉고 청명한 오르토베네 산이 진줏빛 지평선을 배경으로 길손들의 어깨 너머로 멀어지는가 싶더니, 순식간에 눈앞이 활짝 열렸다. 반짝이는 아침 이슬이 송골송골 매달린 여물지 않은 곡식들로 뒤덮인 평야가 모습을 드러냈다. 나지막한 태양 아래, 곡식들이 은빛 물결을 이루며 출렁였다. 양귀비와 타임, 데이지로 뒤덮인 풀밭에서 풍겨오는 진한 향기가 코끝을 찔렀다.

하지만 길손들은 바다로 향하는 평야를 지나쳐, 산으로 올라가야만 했다. 해가 쨍쨍 내리쬐기 시작하자, 누오로의 어설픈 마부들은 목을 축인다는 핑계로 술을 마시기 시작했다. 그들은 종종 말을 멈춰 세우고 포도주가 담긴 호롱박 통에 얼굴을 처박았다. 모두가 흥에 겨웠다. 어떤 이들은 말들을 재촉하며 경주마처럼 앞으로 달려나가게 했다가, 원시적인 환호성을 지르며 뒤로 끌고 오기도 했다. 엘리아스는 시선을 고정한 채 그들의 모습을 바라보았다. 그의 얼굴에서도 광채가 났다. 그 또한 그들처럼 함성을 내지르고 싶었다. 경주에 대한 본능적인 기억이 떠오르자, 폐에서부터 전율이 흘러나왔다. 순수하고 자유로운 경주를 펼치는 민첩한 경주마처럼 그 또한 힘차게 내달리고 싶었다. 하지만 안네다 숙모의 가느다란 팔이 엘리아스를 다시 현실로 이끌었다. 말들이 일으키는 흙먼지 때문에 노파는 심히 괴로워하고 있었다. 그녀는 아들의 원시적인 본능을 잠재웠고, 일행 중에 가장 뒤처지도록 만들었다.

마침내 다들 산을 오르기 시작했다. 활짝 핀 들장미로 뒤덮인 회색 바위틈으로, 촘촘하게 자라난 유향나무들이 산을 물들였다. 진한 초록빛 들판에 파도를 일으키며 향기를 실은 바람이 불어왔고, 저 멀리 광활하고 순수한 지평선이 펼쳐져 있었다. 형언할 수 없는 평화와 고독으로 물든 야생의 무한한 침묵을 깨고, 소쩍새의 울음소리와 흩어진 길손들의 목소리가 들려왔다. 어느 순간 시커먼 광산의 입구가 나타나자, 웅장했던 풍경은 세속적이고 황폐하게 변모했다. 그리고 다시금 평화, 꿈, 빛나는 하늘, 어두운 바위, 머나먼 바다, 또다시 수풀, 들장미, 바람, 영원토록 지속될 고독한 왕국.

수풀 사이로 드러난 평지에 다다르자, 모두가 발길을 멈췄다. 몇몇 여인들은 안장을 풀었고, 남자들은 술을 마셨다. 전통에 따르면 성인의 조각상을 성당으로 가져가는 동안, 그곳에 멈춰서 술을 마셔야 했다. 저 멀리 초록빛 들판의 경사진 곳에 자리 잡은 하얀 벽과 붉은 지붕이 있는 성당이 보였다.

짧은 휴식을 마치고 또다시 여정이 이어졌다. 엘리아스와 안네다 숙모는 무리 중 가장 끝으로 뒤처졌다. 목적지가 다가오고 있었다. 들장미 향을 머금은 기분 좋은 바람이 불어와 이글거리는 태양의 열기를 식혀 주었다. 작은 언덕을 지나자 또다시 오르막길이 나왔다. 하얀 벽과 붉은 지붕이 점점 가까워지고 있었다.

영차, 영차, 메마르고 가혹한 오르막길. 힘내라, 엘리아스. 힘내라, 안네다 숙모. 지친 암말은 온통 땀으로 뒤범벅이 되었다. 망아지도 지쳐 있었다. 영차, 영차. 목적지가 가까워지고 있었다. 성벽 너머 문을 활짝 열어 놓은 성당 주위로 작은 움막과 정원들이 보였다. 짙푸른 하늘 아래, 초록빛 물결이 넘나드는 들판에 세워진 희고 붉은 성채 같았다.

엘리아스와 안네다 숙모는 언덕 아래편에 서서, 말들을 열린 문 안으로 들어가게 하려고, 구름처럼 이는 먼지 속에서 고삐를 잡아끄는 마부들을 쳐다보았다. 남자들은 베레모를, 여자들은 손수건을 땅에 떨어뜨렸고, 어떤 이들은 숨 가쁜 말들의 난리 통에 흩날리는 머리카락을 부여잡고 있었다. 위편에서 쩽그렁 쩽그렁 종소리가 울려 퍼지며, 작고 경쾌한 메아리 소리가 초록빛 풍경과 짙푸른 하늘 속으로 흩어졌다.

엘리아스와 안네다 숙모는 마지막으로 성당 안에 들어갔다. 타오르는 태양 아래 아무렇게나 웃자란 풀들로 뒤덮인 정원은 숨이 차서 헐떡이는 남자와 여자들, 땀에 젖어 지친 짐승들로 난장판이었다. 울부짖는 아이들과 마구 짖어대는 개들도 있었다. 거대한 고독에 휩싸여 있던 산이 갑자기 시끌벅적해지자, 놀란 제비들이 지저귀며 정원 위로 날아올랐다. 먼 곳을 떠돌던 부족이 아무도 살지 않는 작은 마을을 습격하려고 찾아온 것 같았다. 문들이 활짝 열렸고, 함성과 웃음소리로 지붕이 온통 들썩거렸다. 엘리아스는 어머니가 말에서 내리도록 돕고, 자신도 말에서 내렸다. 암말을 묶어 놓고, 물건과 이불들로 가득 찬 짐 꾸러미들을 차례로 등에 실었다.

다른 성당 창시자 가문들과 마찬가지로 포르톨루 가족도 넓직한 숙소 안에 자리를 잡았다. 거칠게 칠해 놓은 벽 위에 갈대를 엮어 만든 지붕을 얹어놓은 기다랗고 컴컴한 장소였다. 바닥에는 돌화덕이 마련되어 있었고, 벽에는 두툼한 나무못들이 박혀 있었다. 각각의 나무못마다 성당 창립자 후손들의 자리가 표시되어 있었다. 포르톨루 가족의 자리는 숙소 가장 안쪽에 있는 화덕이었다. 그해에는 사람들이 그리 많지 않아서 여섯 가족만 큰 숙소에 머물렀고, 다른 가문 사람들은 작은 움막에서 지내기로 했다.

수도원장 가족들은 벽에 딸린 붙박이장을 사용하는 특권을 누렸는데 두세 가족이 함께 사용했다. 식구가 많은 가족으로 암소처럼 살결이 희고 투실투실한 부인과 예쁘장한 두 딸, 전통 의상을 차려입은 아이들이 있었다. 강보에 싸인 가장 어린아이는 한 살밖에 안 되었는데, 다행히 흰 나무로 만든 요람이 있어서, 그 와중에도 아기를 편안히 누일 수 있었다.

포르톨루 가족은 이내 짐 정리를 마쳤다. 안네다 숙모가 벽에 파인 홈 안에 케이크와 빵과 커피가 담긴 바구니를 집어넣었다. 화덕 위에는 모카 포트와 프라이팬을 올려 두었다. 긴 벽에 박혀 있는 못에 자루와 덮개들, 붉은 천으로 감싼 관찰레 햄을 걸어 두었고, 갈대 바구니 안에 잔과 접시들을 정리했다. 그게 전부였다. 포르톨루 가족 바로 옆자리에는 두 명의 조카들을 데리고 온 등이 구부정한 과부가 있었는데, 금세 친한 사이가 되어서 선물과 칭찬이 오갔다. 짐 정리를 마치자마자 엘리아스는 암말에게서 안장을 내렸고, 망아지와 함께 가까운 들판으로 풀을 뜯으러 가도록 풀어 주었다.

정원과 작은 움막에서는 여전히 큰 소리가 오가며 혼란이 이어지고 있었다. 안네다 숙모는 성당으로 기도를 드리러 갔다. 산뜻하고 깔끔한 작은 성당 바닥에는 대리석이 깔려 있었고, 애정보다 공포심이 느껴지는, 수염으로 뒤덮인 프란체스코 성인의 거대한 조각상이 놓여 있었다. 잠시 후, 엘리아스도 성당 안으로 들어왔다. 제단 앞 계단 위에 무릎을 꿇고, 베레모를 벗어 어깨 위에 두고서 그는 기도를 드리기 시작했다.

간곡하게 기도하던 안네다 숙모는 열렬한 눈빛으로 엘리아스를 바라보았다. 그녀의 눈에 비친 아들의 모습은 마치 성인과도 같았다. 그녀의 모든 기도는 오로지 아들을 향한 것이었다. 아, 가냘프고 지친 저 윤곽선, 희고 창백한 저 얼굴, 정말이지 사랑스럽기 그지없구나! 머나먼 땅, 불모의 장소에서 일어났던 일들을 되새기며, 성인의 발등 아래 무릎을 꿇은 아들의 모습을 이처럼 가까이서 보게 되다니, 아, 안네다 숙모의 마음은 찢어질 것만 같았다.

"아, 아름다운 성 프란체스코여, 나의 작은 프란체스코 성인이여, 당신께 뭐라 감사해야 할지 모르겠습니다, 원한다면 제 목숨을 거두어가소서. 제 아들들이 행복하고, 주님께서 이끄시는 길을 간다면 뭐든지 다 가져가소서. 세상사에 치우치지 말게 하소서, 나의 성 프란체스코여!"

◆

다들 제 자리를 잡고 소동과 혼란이 잠잠해지자, 사교적인 성격의 주임 신부님이 얼굴을 내밀었다. 난쟁이 똥자루 같은 작달막한 키에 얼굴이 몹시 붉은 신부님은 흥에 겨워 휘파람을 능숙하게 부는가 하면, 노래 한 곡조를 뽑기도 했다.

말들은 풀을 뜯으러 갔고, 화덕마다 불길이 피어올랐다. 수도원장의 부인과 다른 가문의 여자들이 어마어마하게 큰 솥 안에 신선한 치즈를 넣고 수프를 끓이기 시작했다. 평화롭고 원시적인 무리 속에 활기가 깃들기 시작했다. 양들과 어린 양들을 잡고, 엄청난 양의 마카로니를 요리했다. 커피를 마시고, 코가 삐뚤어지도록 술과 독주를 퍼마셨다. 주임 신부님은 9일 기도문을 읊었고, 휘파람을 불며 노래를 흥얼거렸다.

◆

유향나무 땔감을 지핀 불이 타닥타닥 타오르는 밤이 되자, 커다란 숙소 안의 분위기는 후끈 달아올랐다. 해가 떨어지자 바깥은 한기가 느껴질 정도로 선선해졌다. 들판 위로 떠 오른 달이 야생의 황홀함을 선사하며 광활한 서쪽을 향해 기울어가고 있었다.

오, 사르데냐의 고독하고 창백한 밤이여! 올빼미들이 떨며 서로를 부르는 소리, 야생 타임의 향기, 유향나무 불길의 시큼한 내음, 멀리서 들려오는 고독한 숲의 속삭임이 단조롭고 애잔하게 어우러지며, 해맑은 슬픔과 오래되고 순수한 것들에 대한 향수를 불러일으켰다.

큰 숙소 안에 지핀 불 주위에 옹기종기 모여든 사람들은 술을 퍼

마시며, 익살스러운 이야기들을 나누고 노래를 불렀다. 그들의 목소리가 울려 퍼지며 메아리가 되어 차츰 바깥으로 사라졌다. 거대한 고독과 침묵의 달, 말들이 잠자는 건초 사이로.

엘리아스 포르톨루도 어린아이처럼 즐거운 분위기 속으로 흔쾌히 빠져들었다. 새로운 세상에 와 있는 것만 같았다. 사람들에게 자신의 이야기를 들려주었고, 다른 사람들의 이야기를 들으며 감동하기도 했다. 주임 신부님과도 친밀한 사이가 되었는데, 신부님은 흥겨운 말투로 과거는 잊어버리고 새로운 삶을 즐기라며 엘리아스를 북돋아 주었다.

"즐거워하며 신을 섬기세."

그가 엘리아스에게 말했다.

"춤추고 노래하고 휘파람을 불자꾸나, 즐기자꾸나. 하느님께서는 우리가 잠시 즐기도록 생명을 허락하셨다네. 죄를 지으란 말이 아닐세. 아무렴, 아니고말고! 죄는 후회와 고통만을 남기지. 나의 친애하는 친구여... 자네는 이미 고통을 겪어보았으니 잘 알 테지. 하지만 정직하게 즐기는 일은 네. 네. 네! 내 이름은 자쿠 마리아 포르쿠라네. 다들 작은 포르케투 신부라고 부르지, 왜냐고? 난 키가 지지리도 작으니까. 내 얘길 좀 들어 보게나! 어느 날 밤, 난 열두 시가 넘어 집에 들어갔다네. 누님께서 내가 술에 취했다고 하더군. 난 그렇지 않은 것 같았는데 말이야.

'저녁으로 나한테 뭘 해 줄 건데, 안나?'

'너한텐 아무것도 해줄 수 없어. 자쿠 마리아 포르쿠, 자정이 지났어. 부끄러운 줄 알아야지. 너한테는 국물도 없어.'

'저녁을 해 줘야지, 안나. 신부님이 저녁을 안 먹어서야 쓰겠나.'

'좋아, 그럼 빵이랑 치즈를 좀 주지, 철면피 같으니라고. 자쿠 마리아 포르쿠, 뻔뻔하기는, 자정이 지났다고.'

'자쿠 마리아 포르쿠 신부님께 빵과 치즈라니?'

'그래, 빵이랑 치즈야, 먹기 싫으면 관두시든가.'

'자쿠 마리아 포르쿠 신부님께 감히 빵과 치즈라니? 자자, 이리 온... 옛다!'

포르케투 신부는 음식을 개들에게 죄다 던져 버렸다네. 창백한 얼굴을 한 젊은이여. 본때를 보여 주게나! 나는 신부니까 즐기면 안 된다고? 그건 안 될 말이지! 죄짓는 건 절레절레, 즐기는 건 끄덕끄덕!"

말을 마친 신부님은 노래를 흥얼거리기 시작했다.

사랑은 웃기 위해 하는 것,
사랑은 웃기 위해 하는 것,
단지 웃기 위해.
오늘은 당신, 내일은 그녀!

"저이는 정말 미쳤구먼."

엘리아스가 웃으며 생각했다. 하지만 그 또한 즐거웠고, 포르케투 신부님의 말씀이 마음에 와닿았다. 지나간 일은 다 잊어버리고, 노래하고 즐기고 싶은 열망으로 숨통이 트이는 것 같았다.

◆

엘리아스와 포르케투 신부님, 수도원장 그리고 다른 친구 하나는 거의 매일, 나무숲 사이에 펼쳐진 그늘을 찾아 멀리까지 걸어갔다. 금속처럼 날카로운 한낮의 정적 속에 가는 동안 다들 입을 꾹 다물었다. 그림 같은 룰라 산봉우리들이 선명한 물빛 하늘 위로 희미하게 펼쳐져 있었다. 저 멀리 초록빛 들판에서 말들이 동그라미를 그리며 빠르게 뛰놀고 있었다. 마치 한 폭의 풍경화 같았다. 부드러운 풀 위에 기분 좋게 몸을 눕힌 친구들은 한 명씩 돌아가며 과거의 모험담 이야기를 털어놓았다. 성당에 얽힌 전설, 여자들에 대한 소소한 이야기들, 오래전 사르데냐 사람들에게 벌어졌던 서사시 같은 이야기들이 오갔다. 새들이 지저귀는 소리와 포르케투 신부님의 휘파람 소리에 이따금 대화가 끊어졌다. 수도원장은 벌떡 일어나 총총걸음을 걷거나, 괴기스러운 몸짓을 하며 우스운 노래를 부르기도 했다.

축제를 얼마 앞둔 어느 날에도, 무성한 유향나무 그늘에 다들 그렇게 누워있었다. 성당 쪽에서 화살처럼 날카롭게 울려 퍼지는 휘파람 소리가 들려왔을 때, 엘리아스는 동료 수감자가 간수를 두들겨 팼던 이야기를 들려주고 있었다. 다른 수감자들과 벌인 술자리에 오라는 초대를 그가 거절했기 때문이었다.

엘리아스가 벌떡 일어나 소리쳤다.

“어, 저건 우리 형 피에트로 휘파람 소리인데.”

“왜 그러나.”

포르케투 신부님이 말했다.

“자네가 여기 잘 있단 걸 형도 알 텐데, 뭘 그리 감격해 하나?”

“아버지도 와 계실 거예요. 그리고 아마 피에트로의 약혼녀도요. 갑시다. 어서 가자고요.”

엘리아스가 말했다. 그는 정말이지 흥분한 것 같았다.

“그래, 그렇다면 가 보자고.”

수도원장이 말했다.

“가서 인사를 해야지. 베르테 포르톨루는 프란체스코 성인의 선한 친척이고, 마리아 막달레나 스카다는 아리따운 아가씨니까 말이야.”

“뭐? 아리따운 아가씨라고?”

포르케투 신부님이 소리쳤다.

“그렇다면 서둘러 가세.”

엘리아스가 천박하다는 표정으로 그를 쳐다보았지만, 신부님은 아랑곳하지 않고 실실 웃으며 가장 좋아하는 노래를 흥얼거렸다.

사랑은 웃기 위해 하는 것,

단지 웃기 위해,

단지 웃기 위해…

향긋한 초록빛 풀과 나무숲, 덤불 사이로 난 오솔길을 지나 다들 성당을 향해 발걸음을 재촉했다. 멈추지 않고 계속되는 휘파람 소리가 점점 가까이서 들려왔다. 엘리아스의 말대로 피에트로와 포르톨루 삼촌이 우물 앞에 서 있었다. 둘 사이에 서 있는 마리아 막달레나의 모습에서 찬란한 광채가 퍼져 나오고 있었다. 엘리아스는 심장을 둔기로 세차게 얻어맞은 느낌이었다. 포르케투 신부님이 옆에 서서 혀를 끌끌 찼다. 뭐라 표현할 수 없는 동경심으로 모두가 할 말을 잃고 말았다. 막달레나는 아담한 키에 빼어난 생김새는 아니었지만, 너무도 매력적이고 발랄한 아가씨였다. 비단결 같은 피부는 붉은 기가 감도는 갈색이었고, 짙은 눈썹 아래 반짝이는 눈동자와 육감적인 입술을 지니고 있었다. 빳빳한 셔츠 위에 입은 단추를 풀어 헤친 주홍빛 조끼와 난초와 장미꽃 무늬가 있는 스카프는 그녀의 모습을 한층 돋보이게 해 주었다. 꼬질꼬질한 행색의 피에트로와 포르톨루 삼촌 틈에 서 있는 그녀의 모습은 하늘에서 강림한 은총과도 같았다. 그녀의 빛나는 눈동자, 두꺼운 쌍꺼풀, 기다란 속눈썹, 가까이서 바라보니 약간 짝눈인데다 반쯤 감긴 관능적인 그녀의 두 눈은 매혹 그 자체였다.

"잘 오셨어요."

엘리아스가 앞으로 한 발짝 나서며 아버지를 향해 손을 내밀었다.

"벌써 오셨어요? 내일 오실 줄 알았는데."

"그게 그거지, 뭐 다르다더냐."

포르톨루 삼촌이 대답했다.

"어이, 안녕들 하셨나. 수도원장님, 안녕하시지요. 딸기코 신부님도. 야, 저 모습 좀 보게나, 자네는 바지를 입고 있어도 꼭 신부처럼 보이는구먼. 포르케투 신부님, 안 그렇소?"

"바지를 입었든 안 입었든 우리는 다 똑같은 사람들이지요."

신부님이 입을 삐죽 내밀며 대답했다. 그리고는 막달레나를 바라보며 칭찬을 늘어놓기 시작했다.

"그만 좀 하세요."

엘리아스가 미소 지으며 말했다.

"포르케투 신부님은 여자들한테 정말 고약하다니까."

"너보다는 나을걸."

키 작은 신부님이 맞받아쳤다.

"호호호!"

막달레나가 상냥하게 웃으며 말했다.

"전 아무도 무섭지 않아요."

"암, 그렇고 말고, 아무도 무서워하지 말거라. 내 딸, 나의 비둘기야, 아무도 두려워하지 말거라. 포르톨루 삼촌이 있잖니. 그걸로도 부족하다면 여기, 이렇게 칼도 있단다."

그는 허리띠에 차고 다니는 칼집에서 칼을 빼내 허공에 휘둘렀다. 포르케투 신부님이 뒷걸음질 치며 우스꽝스러운 몸짓으로 무서워하는 시늉을 하며 말했다.

“뭡니까, 마호메트잖아! 이건 아랍 칼이라고!”

“더 이상 뭘 바라는데?”

칼을 도로 집어넣으며 포르톨루 삼촌이 말했다.

“이 비둘기의 어머니가 이 아가씨를 내게 맡겼다네. 그녀는 과부가 된 비둘기이지. 아리타 스카다, 내가 그녀에게 이렇게 말했다네. 마음 푹 놓으시게. 내 손안에 있으면 당신 딸은 무사할 거요. 설사 금쪽같은 내 아들 피에트로라 해도 내가 맞서 싸울 테니, 다른 솔개나 독수리는 말할 것도 없다오.”

포르톨루 삼촌의 말은 진심이었다. 그는 이따금 애정이 깃든 눈길로 젊은 아가씨를 바라보았다.

“정 그렇다면 조심합죠.”

포르케투 신부님이 잘라 말했다.

“자, 그럼 이제 한잔 걸치러 갑시다.”

“한잔이라, 그거 좋지. 훌륭한 포르케투 신부. 술을 마시지 않는 놈은 남자도 아니지. 제아무리 신부라도 말이야.”

모두가 발걸음을 재촉했다.

안네다 숙모가 모카 포트와 술병, 케이크가 담긴 소쿠리를 손에 들고 있었다. 막달레나와 그녀가 데려온 하녀가 숙소 안에 들어와 웃고 떠들며 자리를 잡았다. 사람들이 웃고 떠들고 외치는 소리, 술잔과 커피잔이 부딪치는 소리가 숙소 안에 가득 울려 퍼졌다. 포르톨루 삼촌은 프란체스코 성인께 바치기로 약속했던 양을 여행길 내내 말 등에 묶어서 성당까지 데려온 이야기를 들려주었다.

"내 양 떼 중에서 제일 멋진 놈이라네."

그가 수도원장에게 말했다.

"털도 이렇게나 길고 말이야. 포르톨루 삼촌은 구두쇠가 아니거든."

"웃기고 있네!"

그러자, 수도원장이 그에게 대답했다.

"다 늙어 빠진 양이로구먼. 자네처럼 말이야!"

"이 영감탱이가 뭐라고 씨부렁거리는 거야? 늙어빠진 건 자네야, 안토니 카르타! 날 계속 놀렸다가는 칼부림이 날 줄 알아."

포르케투 신부님은 술잔을 높이 쳐들고 있었다. 어깨 위로 머리를 살짝 기울인 그는 홀린 눈빛으로 막달레나와 수도원장의 아리따운 딸들을 바라보고 있었다.

나의 가슴 위로는 오,
맛 좋은 시가를 피우고 있고
술잔으로는 예,
밀수한 술을 마시고 있네.

"하하 호호!"

신부님의 노래를 듣고서 여자들이 웃음을 터뜨렸다.

엘리아스만이 홀로 침묵을 지키고 있었다. 그는 방 안 여기저기 널려있는 안장 위에서 포도주를 홀짝이며, 고개를 숙이고 앉아서 이따금 고개를 들곤 했다. 고개를 들 적마다, 그의 눈은 가까이서 웃고 있는 막달레나의 눈과 마주쳤다. 열정으로 불타오르는 그녀의 두 눈이 그의 영혼 깊이 파고들었다. 그녀를 바라볼 때마다 엘리아스는 술에 흠뻑 취한 기분을 느꼈고, 애간장이 모조리 녹아내릴 것만 같은 육체적인 감정을 느꼈다. 목소리, 수다, 웃음, 포르케투 신부님의 깜찍한 노래, 여자들의 외침 소리, 그 모든 소리가 뒤섞여 윙윙거리며 아주 먼 곳에서 들려오는 것만 같았다. 아주 오래전 어느 곳에서 들려오는 소리처럼 느껴졌기에 엘리아스는 그들의 즐거움에 기꺼이 동참할 수 없었다.

누군가 그에게 다가와 말을 걸자, 엘리아스는 흠칫 놀라며 자신으로 되돌아왔다. 꿈에서 깨어난 것만 같았다. 그는 어두워진 얼굴로 재빨리 몸을 일으켜 밖으로 나갔다.

"어디 가, 엘리아스!"

등 뒤에서 피에트로가 외치는 소리가 들렸다.

"말들을 살펴보려고, 날 좀 내버려 둬."

엘리아스가 대충 둘러댔다.

"말들은 잘 있어. 그나저나 왜 그리 기분이 안 좋은 건데, 엘리아스? 막달레나가 여기 온 게 싫은 거야?"
"무슨 소리야! 왜 나한테 그런 말을 해?"
"아니, 네가 뿔이 난 것처럼 보여서 그래. 막달레나가 맘에 들지 않는 것처럼 말이야. 그런 거야, 내 동생?"
"형은 미쳤어! 당신들은 다들 미쳤다고! 저 여자도 마찬가지고, 얌전한 척하면서 계속 배실배실 웃고 있잖아."
피에트로는 동생의 심한 말을 듣고도 기분 나빠 하지 않았다. 어쨌든 집안사람들 모두가 엘리아스를 어린아이처럼 아니, 병든 사람처럼 대했다. 엘리아스의 기분을 상하게 할까 봐 염려했고, 무슨 수를 써서라도 그를 기쁘게 해 주려고 노력했다. 피에트로는 엘리아스가 조용히 있도록 내버려 두고, 약혼녀 곁으로 돌아갔다.
'다들 미쳤어.'
밖으로 나간 엘리아스가 오락가락하며 생각했다.
'하지만 난? 아, 그녀는 내 형의 신부잖아. 내가 왜 미친놈처럼 그녀를 계속 쳐다보는 거지?'
엘리아스는 저녁 내내 밖에 머물렀다.
"엘리아스는 어디 있지?"
불안해진 안네다 숙모가 종종 주위를 둘러보며 물었다.
"우리 복덩이가 어디 간 거지? 가서 좀 찾아보려무나, 피에트로."
그러나 피에트로는 막달레나의 곁에서 그녀의 기분을 맞추느라 정신이 없었다. 아니, 사실대로 말하자면, 그녀는 피에트로에게 쌀

쌀맞게 구는 것처럼 보였다. 적어도 겉보기에는 그랬다. 어쩌면 그녀의 어머니가 남편 될 사람과 약간의 거리를 두는 게 낫다고 그녀에게 충고했는지도 모른다.

"가요, 간다고요."

피에트로는 대답만 하고서 꼼짝도 하지 않았다.

"대체 엘리아스는 어디 있는 거야?"

저녁 식사 시간이 다가오자 안네다 숙모가 다시 물었다.

"포르톨루, 가서 당신 아들을 좀 찾아봐요."

베르테 삼촌은 화덕 옆 땅바닥에 주저앉아, 양을 통째로 나무 꼬치에 꽂아 굽고 있었다. 그는 세상에서 자신보다 양이나 돼지를 잘 굽는 사람은 없을 거라는 자만에 빠져 있었다.

"알겠어, 갈 거라고."

그가 아내에게 대답했다.

"그전에 이 동물이랑 할 일을 마저 끝내야 하니 날 좀 내버려 둬."

"양은 다 구워졌어요, 베르테. 이제 아들이나 찾으러 가 봐요."

"양은 아직 구워지지 않았어, 작은 여편네야. 당신이 뭘 안다고 그래? 뭘 안다고 감히 베르테 포르톨루에게 충고를 하는 거야? 애들이 놀게 좀 내버려 둬. 걔들도 즐겨야 한다고."

그러나 그녀는 계속 고집을 부렸고, 베르테 삼촌이 자리를 뜨려는 찰나에 엘리아스가 숙소로 들어왔다. 그의 눈빛은 반짝거렸고 얼굴은 환하게 빛나고 있었다. 정말이지 멋져 보였다. 모두가 동시에 그를 쳐다보았고, 안네다 숙모는 안도의 한숨을 내쉬었다. 엘리아스가 약간 취했다는 걸 알자, 베르테 삼촌은 기뻐하며 웃음보를 터뜨렸다. 엘리아스는 막달레나의 매혹적인 짝눈을 바라보지 않으려고 애를 썼다. 이유는 알 수 없었지만, 아이처럼 울고 싶은 심정이었다.

'저 여자는 미쳤어!'

엘리아스가 생각했다.

'왜 저런 눈으로 날 쳐다보는 거지? 왜 날 가만히 놔두지 않는 거냐고? 안 되겠어, 피에트로 형한테 말해야지. 모두에게 말할 거야. 사랑하지도 않으면서 왜 형과 결혼하려는 거냐고? 저 여자는 미쳤어, 미쳤다고. 하지만 미친 건 나도 마찬가지야. 그녀 쪽을 쳐다보면 안 돼. 내 마음을 갈기갈기 찢어버려야 해. 그래, 저쪽으로 가야지. 수도원장 딸 파스카한테 가 봐야지… '

"파스카." 엘리아스가 수도원장의 화덕 가까이 다가가서 말했다.

"성 프란체스코의 친척 중에 당신이 가장 아름답군요."

"당신도 가장 멋진 분이에요."

화덕 주위에서 분주하게 일하던 그녀가 기다렸다는 듯이 대답했다.

엘리아스는 파스카의 곁에 앉아, 농밀한 눈빛으로 기쁨에 차서 웃는 그녀의 모습을 바라보았다. 하지만 그의 마음은 죽음을 향해 치닫는 심정이었다. 방 한구석에서 막달레나가 이쪽을 쳐다보며,

이따금 몸을 앞으로 숙이곤 했다. 두꺼운 눈꺼풀과 기다란 속눈썹을 지닌 그녀의 모습은 체념한 성모 마리아처럼 슬퍼 보였다.

저녁 식사 준비가 끝나자, 베르테 삼촌이 엘리아스를 불렀다.

"저는 여기 있을래요."

엘리아스가 큰 소리로 말했다.

"성 프란체스코의 친척 중에 가장 아름다운 아가씨가 저를 자신의 화덕으로 초대했어요."

"이리 오라니까!"

포르톨루 삼촌이 소리쳤다.

"아무도 널 초대하지 않았어. 설사 그녀가 널 초대했다 해도 내가 허락하지 않을 거다. 좋은 말로 할 때 안 오면, 나쁜 방법으로 널 끌고 갈 테다."

엘리아스는 몸을 일으켜 아버지의 말을 따랐다. 하지만 먹지도 마시지도 않았고, 누군가 말을 걸어도 얼버무리고 말았다.

"왜 그렇게 기분이 나쁜 거예요?"

식사가 끝나갈 무렵, 막달레나가 다정한 목소리로 엘리아스에게 물었다.

"수도원장의 화덕에 머물지 못하게 해서 그런가요? 이제 가세요, 가서 재밌게 노세요."

"좋아요, 내가 그리로 돌아간다면?"

엘리아스가 무례하게 대답했다.

“그게 당신이랑 무슨 상관이란 말이오?”

“오, 아무 상관도 없어요.”

그녀가 딱딱한 말투로 대답했다. 그리고는 혼자 있는 피에트로를 향해 몸을 돌리며 미소를 지었다.

엘리아스는 벌떡 일어나 자리를 피했다. 수도원장의 화덕으로 돌아가는 대신, 그는 밖으로 나가서 정원에 앉았다. 주먹을 물어뜯고 소리소리 지르며 땅바닥에 데굴데굴 구르고 싶은 격렬한 고통이 밀려왔다. 하지만 포도주의 술기운과 억누르기 힘든 열정 사이에서 괴로워하면서도 그는 자신의 양심을 지키고자 부단히 애를 썼다.

‘난 그녀와 사랑에 빠졌어. 나의 성 프란체스코여, 어째서 내가 그녀와 사랑에 빠졌단 말입니까? 도와주소서, 당신께서 날 도우소서! 전 미쳤습니다, 나의 성 프란체스코여, 불쌍한 저를 도우소서!’

맑고 포근한 밤의 정적 가운데 숙소는 온통 들썩거렸다. 목소리, 노랫소리, 외침과 웃음이 뒤섞인 혼란스러운 소리가 그의 귓가에 들려왔다. 엘리아스는 아버지의 목소리와 포르케투 신부님의 휘파람 소리 그리고 막달레나의 웃음소리를 분간할 수 있었다. 홍청망청하는 사람들 속에서, 엘리아스는 고독한 밤 황폐한 황무지 한가운데 버려진 아이처럼 절망과 슬픔에 빠져들었다.

3.

왁자지껄했던 소리가 서서히 잠잠해지고, 대가족 같은 사람들이 모두 잠들자 침묵이 찾아왔다. 엘리아스는 안으로 들어가 풀 향기가 코를 찌르는 침대 위에 누워있는 피에트로 옆에 몸을 눕혔다. 숙소 전체에 풀로 된 침대들이 띄엄띄엄 놓여 있었다. 불씨가 채 꺼지지 않은 화덕에서 새어 나오는 붉고 흐릿한 빛이 넓고 고요한 풍경 사이로 흔들리며 퍼져나갔다. 긴 수염, 모직 옷, 여자들의 얼굴, 안장, 화덕 옆에 웅크린 개, 벽에 기대 놓은 총이 보일 듯 말 듯 했다. 엘리아스는 좀처럼 잠을 이룰 수 없었다. 안네다 숙모와 포르톨루 삼촌 사이에 누워있는 막달레나의 숨결이 자신에게로 와 닿는 것만 같았다. 그는 여전히 그녀를 향한 절망적인 욕망과 투쟁하고 있었다.

'아니야, 걱정하지 마, 형.'

엘리아스가 피에트로를 쳐다보며 마음속으로 말했다.

'그녀가 내 품에 몸을 던진다 해도 내가 뿌리칠 테니. 난 그녀의 손가락 하나도 건드리지 않을 거야. 그녀는 형의 여자야. 내가 그곳으로 다시 돌아가는 대가를 치른다 해도 그녀는 형의 여자야. 잘 자, 형. 나도 곧 아내를 맞게 될 거야. 수도원장의 딸 파스카에게 청혼할 작정이야.'

'그리고 보니,' 엘리아스는 생각했다.

'난 정말 멍청이로군. 내가 왜 아내를 맞아야 하지? 왜 여자 생각에만 빠져 있는 거지? 여자 없이도 난 잘 살 수 있어. 삼 년 동안 여자 얼굴 한 번 보지 않고도 살았는걸. 그래, 아마 그 때문일 거야. 돌아오자마자 처음 본 여자가 날 사랑에 빠지도록 만들다니? 내가 미쳤지. 그래, 날 미치게 하는 여자들은 내버려 두고 이만 잠이나 자야겠다.'

그러나 그는 밤새 이리저리 몸을 뒤척였고, 도무지 잠을 이룰 수 없었다. 그렇게 밤을 보낸 엘리아스는 아침이 되자, 제일 먼저 일어난 이들 중 하나였다. 열린 창문으로 은빛 풍경이 펼쳐졌고, 축축하고 서늘한 새벽 공기가 밀려 들어왔다. 안네다 숙모와 막달레나는 일찍 일어나 잠이 덜 깬 채로 커피를 준비하고 있었다. 엘리아스는 몸을 일으켰다. 시체처럼 얼굴이 창백한 그의 머리카락은 잔뜩 헝클어져 있었고, 목소리는 푹 잠겨 있었다.

"좋은 아침이에요."

막달레나가 미소를 지으며 그에게 인사를 건넸다.

"안네다 숙모, 좀 보세요. 아드님 얼굴에서 잿빛이 돌아요. 빨리 커피를 좀 주세요."

"어디 아프니, 아들아?"

"아무래도 감기에 걸린 것 같아요."

엘리아스가 잔뜩 쉰 목소리로 대답했다.

"마실 것 좀 주세요. 물병이 어딨죠?"

물병을 찾은 그가 벌컥벌컥 물을 마시자, 막달레나가 그를 쳐다보며 미소를 지었다.

“왜 웃는 거죠?”

엘리아스가 물병을 내려놓으며 말했다.

“왜요? 내가 눈을 뜨자마자 물을 마시는 게 우스워요? 어젯밤 술에 취했거든요. 포도주는 남자들을 위해서 있는 겁니다.”

“넌 남자도 아니야.”

눈을 뜨자마자 독한 술 한잔을 걸친 포르톨루 삼촌이 대화에 끼어들었다.

“넌 신선한 치즈나 처먹는 애송이라고, 여자 하나가 와서 후하고 불면 휘리릭 날아가 버릴걸. 쓰러져 죽을 거라고.”

“그럴지도 모르죠.”

엘리아스가 발끈하며 말했다.

“여자 하나가 와서 날 불어버리면 쓰러져 죽을지도 모르니 제발 저를 좀 내버려 두라고요.”

“아, 당신 진짜로 기분이 나쁜가 봐요.”

막달레나가 목소리를 높이며 말했다.

“제가 여기 있어서 그런가요?”

“정확히 맞아요, 당신이 이곳에 있기 때문이에요.”

“비둘기여!”

포르톨루 삼촌이 막달레나를 향해 두 팔을 벌리며 외쳤다.

“비둘기는 지나가는 곳마다 기쁨을 선사하지. 그리고 내 아들, 고양이 눈깔을 한 멍청한 자식 같으니, 이 비둘기가 널 기분 나쁘게 한다고? 닥치고 저리 꺼져버려. 악마의 자식 같으니라고! 그렇게 기분 나쁘거든 너도 가서 짝을 찾으면 되잖아. 하지만 넌 우리 집을 빛내 줄 아름다운 장미를 포르톨루 삼촌 앞에 데려오지 못할 거다."

아버지의 말이 엘리아스의 마음 한가운데 와서 박혔다. 몇 주 뒤면 피에트로의 아내가 될 막달레나와 한 지붕 아래서 살게 되리라는 사실이 떠올랐기 때문이었다. 안 돼, 그건 안 될 말이었다.

"커피를 마시렴, 내 아들아."

안네다 숙모가 말했다.

"이 과자를 좀 먹어봐라, 축제 때는 다들 기뻐하는 게 당연하잖니. 네가 슬퍼한다면 프란체스코 성인도 싫어하실 거야."

"아니요, 저도 기쁜걸요. 그래요. 저도 한 마리 새처럼 기쁘답니다."

수도원장의 화덕 쪽으로 몸을 돌리며 엘리아스가 소리쳤다.

"잘 잤어요? 꽃피는 부활절처럼 아름다운 여인이여."

◆

그 이후로 온종일, 그리고 다음날에도 포르톨루 가족의 화덕에서는 별다른 일이 벌어지지 않았다. 축제 전날이 되자, 누오로와 근처 다른 마을에서 사람들이 많이 찾아왔다. 특히 룰라 산에서 내려온 사람들이 많았는데, 그들은 산 중턱에 난 반짝이는 금작화로 수놓아진 험준한 오솔길을 걸어서 내려왔다. 재미난 전통 의상을 입은 여인네들이 산꼭대기에서부터 기나긴 행렬을 이루며 내려왔다. 여인네들은 술이 달린 긴 두건을 머리에 쓰고, 두툼한 모직으로 만든 짧은 치마를 입고, 은으로 만든 신기한 장식들이 주렁주렁 달린 긴 묵주를 두르고 있었다.

누오로에서 온 손님들도 많았기에 엘리아스와 피에트로는 축제를 즐기기 위해 찾아온 젊은이들을 맞이하느라 온종일 분주하게 움직여야만 했다. 다들 정신이 나갈 정도로 술을 퍼마시고, 노래하고, 춤을 추고, 고함을 질러댔다. 엘리아스도 제정신을 잃은 듯했다. 그는 초록빛 눈동자가 새빨갛게 되도록 웃으며, 기쁨에 차서 고래고래 소리를 질러댔다. 길고 우렁차게 울려 퍼지는 그들의 함성은 야만족 전사가 전쟁이 시작되었음을 알리는 소리 같았다.

안네다 숙모를 도와 음식을 준비하고 포도주와 커피를 대접하던 막달레나는 이따금 엘리아스의 모습을 흘낏대며 중얼거렸다.

"안네다 숙모, 아드님이 정말 즐거운가 봐요. 얼굴이 얼마나 빨개졌는지 좀 보세요. 저렇게 활짝 웃고 있잖아요!"

안네다 숙모는 엘리아스의 모습에 한숨을 내쉬었고, 가시에 찔린 것처럼 마음이 아팠다. 일하던 도중 잠시 틈이 나자, 그녀는 성당에 들어가 기도를 드렸다.

"오, 성 프란체스코여, 아름다운 성 프란체스코여, 제 마음속에 가시를 뽑아 주소서. 제 아들 엘리아스가 나쁜 길로 되돌아가고 있습니다. 술을 마시고 정신을 잃고 있어요. 집에 돌아왔을 적에는 그토록 선한 결심을 했었는데! 저희를 불쌍히 여겨 주소서. 나의 성 프란체스코여, 나의 작은 성 프란체스코여, 아들이 다시금 올바른 삶의 길로 되돌아가도록 인도하소서. 아들의 마음을 되돌려 주소서. 나쁜 행실과 나쁜 친구들, 세상으로부터 돌아서게 하소서. 나의 작은 형제 성 프란체스코여, 제게 은총을 베푸소서."

냉혹할 정도로 근엄하고 거대한 성인은 제단 위에 매달 바치는 알록달록한 꽃들에 둘러싸인 채, 성가시다는 표정으로 그녀의 기도를 듣고 있었다. 그러나 성인은 안네다 숙모의 기도를 들어준 것 같았다.

그날 저녁, 엘리아스는 자신이 포르케투 신부님을 어떻게 생각하는지를 사람들 앞에서 이야기했다. 어떤 이들은 신부님을 헐뜯었고, 심지어 신부님을 희롱하는 이들도 있었다. 엘리아스는 여전히 술에 취해 있었지만, 그리 심한 정도는 아니었다. 엘리아스가 포르케투 신부님을 감싸며 말했다.

"좋아, 다들 그렇게 떠들어 대라고. 더러운 개들 같으니. 맘껏 헐뜯어 봐자, 신부님은 콧방귀도 끼지 않을 테니 말이야. 그분은 교황님보다도 훌륭한 분이셔. 그리고 나도 신부가 될 거야."

모두가 깔깔대며 웃자 엘리아스가 말했다.

"다들 왜 웃는 거지? 거지새끼들, 더러운 개들, 짐승만도 못한 놈들. 무슨 욕을 더 퍼부어 줄까? 그래, 난 신부가 될 거야. 더 이상 무슨 말이 필요해? 난 라틴어도 읽을 줄 알아. 너희 모두에게 성체를 나눠 주든지 너희를 쫄쫄 굶겨 죽일 거라고."

"나한테도 그럴 거야, 동생?"

피에트로가 소리쳤다.

"그래, 형도 마찬가지야."

그러자 막달레나가 말했다.

"나한테도요?"

"당신한테도요!"

엘리아스가 사납게 소리쳤다.

"당신한테는 그러면 안 된다는 법이라도 있나요? 당신이 여자라서? 나한테는 여자든 남자든 마찬가지예요. 아니, 여자들은 남자들보다 더 형편없죠."

"그런 건 중요한 게 아니야."

엘리아스의 말을 진지하게 듣고 있던 포르톨루 삼촌이 말했다.

"계속해 보거라. 그래서 넌 신부가 되겠다는 게냐?"

"아마도 그런 것 같아요!"

엘리아스가 술을 따르며 큰 소리로 말했다.

"자, 단숨에 마셔 보자고."

술잔에 술이 철철 넘쳐흘렀다.

"워, 워, 천천히, 천천히."

다들 즐거워하는 와중에 포르톨루 삼촌이 외쳤다.

"마시기 전에 어디 한번 따져 보자꾸나..."

"마시지 않는 자는 남자도 아니에요, 아버지."

아버지가 수없이 내세웠던 원칙을 반복하며 피에트로가 말했다. 하지만 아버지는 노발대발하며 소리쳤다.

"짐승들도 이치는 안단 말이다, 이 악마의 자식 같으니! 네 아비를 존중할 줄 알아야지. 친구들과 비둘기가 이 자리에 있어서 고마운 줄 알아라. 그렇지 않았다가는 네 머리카락 수만큼 따귀를 날렸을 테다."

"에이, 포르톨루 삼촌, 정말 너무하시네요. 신랑한테 그런 말씀을 하다니요."

"막달레나, 당신이 날 도와주지 않으면 난 죽게 될 거요."

피에트로가 웃으며 외쳤다.

"오, 비둘기여, 도와주소서!"

포르톨루 삼촌이 우스갯소리로 말했다.

그리고는 엘리아스에게 몸을 돌려 진심으로 그런 말을 했는지 물었다. 하지만 엘리아스는 웃고 마시고 소리치며 아버지의 질문에 대답하지 않았다. 그의 황당한 선언은 손님들의 즐거운 소란 속에 파묻혀 버렸다.

하지만 그들 중 누군가는 엘리아스의 이야기를 몹시 진지하게 받아들이고 있었다. 안네다 숙모였다. 엘리아스의 말을 잘 알아듣지 못했기에 그녀는 침착하게 입을 다물고 있었지만, 주의 깊은 눈으로 주위를 둘러보았다. 이따금 막달레나가 그녀 곁에 다가가 귀에 얼굴을 갖다 대고 이런저런 말을 전달해 주었다. 안네다 숙모는 고개를 끄덕이며 웃기도 했다.

아, 만일 엘리아스가 진심으로 그런 말을 했다면! 하지만 가당키나 한 일일까? 그처럼 커다란 기적이! 아, 하지만 프란체스코 성인께서는 그와 같은 기적은 물론이고 다른 기적들도 행하실 수 있는 분이시지. 엘리아스는 아직 젊으니까 열심히 공부하면 신부가 될 수도 있어. 그래, 그게 내 아들의 길인 게야. 주님께서 부르신 길이지. 세상에서 길을 찾지 못한 젊은이가 갈 길인 게야. 아들을 잘 알고 있다고 믿었던 안네다 숙모는 생각했다.

◆

잠시 틈이 나자, 그녀는 엘리아스에게 그런 생각을 심어준 성 프란체스코에게 감사하기 위해 성당 안으로 들어갔다. 한밤중이었다. 제단 앞 등불이 깜빡이며 텅 빈 성당 안에 빛과 그늘을 퍼트리고 있었다. 암흑처럼 거대한 성인은 알록달록한 꽃들 사이에서 잠든 것처럼 보였다. 안네다 숙모는 성당 구석에 무릎을 꿇고 앉아 기도하기 시작했다. 그녀의 생각은 오로지 엘리아스에게로 향했다. 신부가 된 아들의 모습이 눈에 선했고, 헌금으로 바쳐진 곡식들과 꽃으로 장식한 포도주 항아리들, 케이크, 친구들이 새신부에게 선물하는 가토스*가 눈앞에 보이는 듯했다.

* gattos 아몬드와 설탕, 꿀로 만든 누오로 전통 디저트

그녀가 황홀한 꿈을 꾸며 기도드리던 중, 막달레나가 성당 안으로 들어왔다. 안네다 숙모를 찾으러 온 그녀는 가까이 다가와 곁에 앉았다.

"아, 여기 계셨군요!"

막달레나가 말했다.

"다들 찾고 있었어요. 전 숙모님이 여기 계실 줄 알았죠."

"조금 더 있다가 가마."

"그럼 저도 잠깐 여기 있을래요."

그리고는 둘 다 입을 다물었다. 정원 쪽에서 혼란스러운 소리가 들려왔다. 청명한 밤중에 울렁울렁 들려오는 구슬픈 곡조의 노래였다. 멀리서 아름다운 테너 음색의 누군가가 노래를 불렀고, 그에 맞춰 누오로의 서글픈 노래를 부르는 합창 소리가 들려왔다. 황무지의 밤을 지배하는 찬란한 고독과 슬픔을 대변하는 구슬픈 노랫소리가 꽃처럼 피어올랐고, 꿈처럼 공기에 실려, 군중들의 소음 사이로 퍼져 나갔다.

노랫소리를 듣는 막달레나의 마음속에 깊은 슬픔이 드리워졌다. 혹시 그일까, 아니야, 목소리의 주인공을 알 것 같기도 했다. 피에트로일까? 엘리아스일까? 그녀는 알 수 없었다. 막달레나는 좀처럼 알 수 없었지만, 밤공기를 가르며 퍼져나가는 목소리와 합창 소리는 병적으로 슬픈 희열을 느끼게 해 주었다. 자기 옆에 있는 막달레나가 사랑에 빠진 비둘기처럼 몸이 떨려오고 가슴이 두근거리는 것도 모른 채, 안네다 숙모는 계속 꿈꾸며 기도하고 있었다.

그리고 마침내, 두 여인은 생각하기를 멈췄다. 한 남자가 성당 안에 들어오더니 비틀거리며 제단을 향해 걸어가고 있었다. 두 여인의 마음속에 동시에 있던 그 모습, 엘리아스였다. 그는 제단의 계단 위에 무릎을 꿇고 베레모를 벗어 오른쪽 어깨 위에 올려 두었다. 그리고는 가슴과 머리를 세차게 때리며 소리 없는 신음을 내뱉기 시작했다. 등불에서 흘러나온 희미하고 불그스름한 빛이 그의 머리카락 위로 반사되며 그의 모습을 비춰 주었다. 하지만 엘리아스는 누군가 자신을 보고 있다는 사실을 모르는 채, 자기의 가슴과 머리를 가혹하게 내리치고 있었다. 두 여인은 숨을 죽이고 그를 바라보았고, 안네다 숙모는 아들이 고통받는 모습을 보며 일종의 희열을 느꼈다.

'술에 취했던 걸 회개하고 있는 게야.'

그녀는 생각했다.

'제 아들이 부디 선한 결심을 하길. 축복하소서, 나의 성 프란체스코여, 나의 작은 성 프란체스코여.'

"이리 오렴, 아가, 어서 나가자꾸나. 걔가 우릴 보면 창피해할지도 모르잖니."

막달레나에게 소리 죽여 말하며 안네다 숙모는 그녀를 성당 밖으로 끌고 나갔다.

"엘리아스에게 무슨 일이 있는 거죠?"

막달레나가 걱정하며 물었다.

"나쁜 짓을 한 걸 회개하는 거란다, 내 딸아. 신앙심이 무척 깊은 아이야."

"아!"

"그래, 양심적인 아이란다, 내 딸아. 악마는 늘 곁에서 우릴 노리고 있고, 때로 우린 유혹을 따라갈 수도 있단다. 하지만 엘리아스는 어떻게 싸워야 할지 알고 있고, 죽을 죄를 짓기 전에 그만둘 줄도 안단다. 이따금 크고 작은 유혹들이 그 아이를 이기기도 하지, 오늘처럼 말이다. 술에 취해서 나쁜 말을 하는 걸 너도 봤잖니? 하지만 진심으로 회개하고 있더구나."

"아!"

막달레나는 세 번씩이나 감탄사를 내뱉었다. 이유는 알 수 없었지만, 그녀의 눈은 눈물이 날 것처럼 따끔거렸다.

◆

안네다 숙모와 막달레나는 정원을 지나 숙소로 되돌아갔다. 포르톨루 삼촌과 피에트로, 친구들이 화덕을 둘러싸고 바닥에 앉아 노래를 부르며 놀고 있었다. 창문 옆 구석에 앉은 막달레나의 표정은 평소보다 진지해 보였다. 피에트로가 다가가 그녀의 얼굴을 뚫어져라 바라보았다.

"막달레나, 왜 그리 심각한 거야? 엘리아스 못 봤어? 당신한테 또 뭐라고 한 거야?"

"아니요, 못 봤어요."

"엘리아스 기분이 좀 그래. 신경 쓰지 마. 알겠지, 모두에게 그런 식이니까."

"전 괜찮아요! 제게 예의 없는 말을 한 것도 아닌데요."

그녀가 밝은 목소리로 외쳤다.

"그래도 조심하라고! 조심하고 있는 거 맞지?"

피에트로가 한 손으로 그녀의 어깨를 쓰다듬으며 부드럽게 말했다.

"날 그냥 내버려 둬요!"

그녀가 퉁명스럽게 대답했다.

"가서 놀기나 해요."

"아니, 난 당신 곁에 있을 거야, 막달레나."

"가세요!"

"아니!"

"포르톨루 삼촌, 아들한테 돌아가서 놀라고 말 좀 해 주세요."

"피에트로, 내 아들아, 비둘기를 귀찮게 하지 말고 이리 오거라. 어서 이리 오지 못해! 몽둥이를 들어야 말을 듣겠냐?"

피에트로는 제자리로 돌아갔다.

"야, 다 큰 아들이 늙은 여우 말에 벌벌 떠는 꼴 좀 보소!"

무리 중 누군가가 감탄하며 말했다.

창문을 향해 몸을 돌린 막달레나는 자신의 어깨 뒤에서 벌어지는 시끌벅적한 광경과 동떨어진 생각을 하며 창밖을 바라보았다. 그녀의 아리따운 두 눈이 슬픈 꿈에 잠긴 듯 아련해졌다. 베일에 싸인 것처럼 포근한 밤이었다. 남쪽으로 기우는 달을 감싸며 피어오른 연기가 호수를 이뤘다. 황무지의 검은 덤불들이 진득한 향기를 내뿜으며 회색빛 배경 속으로 점차 사라져 갔다.

막달레나는 엘리아스를 생각하고 있었다. 무의식적인 암시에 이끌려 그를 생각하게 된 건 벌써 두 번째였다. 순간 엘리아스의 모습이 눈앞에 나타나더니 창문 아래로 쓱 지나갔다. 희미한 연기로 둘러싸인 달빛 속으로 그의 모습이 멀어져 갔다. 어디로 가는 걸까? 그는 어디로 가고 있는 걸까? 막달레나는 눈물이 복받쳐 오르는 심정이었다. 온몸을 타고 흐르는 전율이 내장을 관통하고 목구멍까지 차올랐다. 창밖으로 몸을 던져 엘리아스를 따라가고 싶었다. 그녀의 열정으로 그를 감싸 안고, 숨통이 트이도록 해 주고 싶었다. 하지만 엘리아스의 모습은 멀리 사라져 버렸고, 막달레나는 아무도 눈치채지 못하도록 눈물을 삼켰다. 엘리아스는 자신을 다독이며 형을 향해 혼잣말을 말하고 있었다.

'걱정하지 말고 편히 자. 피에트로 형, 그녀는 형의 여자야. 그녀가 내 품에 몸을 던진다 해도 내가 뿌리칠 테니.'

◆

술에서 깨어난 엘리아스는 성인의 발치로 자신을 이끌었던 위기에서 벗어났다. 기운이 샘솟는 것 같았고, 유쾌하기까지 했다. 막달레나의 눈빛과 숱김에 피어올랐던 모든 절망적인 계획들이 엘리아스의 머릿속에서 소용돌이쳤다. 신부가 되겠다는 생각, 수도원장 딸에게 구애하겠다는 생각, 취기와 더불어 모든 게 연기처럼 사라졌다. 엘리아스는 안정을 되찾았고, 더 이상 혼자 있지도 않았다. 그날의 혼탁했던 생각과 자신이 내뱉었던 말들을 떠올리자, 그는 부끄러워졌다. 엘리아스는 달빛 아래 평화롭게 풀을 뜯고 있는 말들에게로 가서 물을 주고는 다시금 성당으로 향했다.

'내일이면 괜찮아질 거야.'

'내일 모레면 올리브밭에 가야 할 테고, 몇 달 동안 마을 밖에서 머물겠지. 아버지와 순박하기 그지없는 마티아와 양치기 친구들과 함께 말이야. 삶은 어찌 그리 아름다운지! 거기서 혼자 지내게 되면 지금 이 말도 안 되는 일들이 꿈처럼 느껴질 거야. 그래, 선한 성인을 모시는 멋진 축제이긴 하지만 포도주와 사람들, 즐거움은 피를 달아오르게 만들지. 현명하지 않다면, 아주 현명하지 않다면 중대한 실수를 범하고 유혹에 빠져들게 될 거야. 아, 이제 가서 좀 자야겠다. 어젯밤에는 한숨도 못 잤으니, 그리고 내일이면... 난 떠날 테고 모레는 멀리, 더 멀리 갈 테지. 엘리아스 포르톨루, 설마 너 자신을 겁내는 거야? 근데 저기 보이는 저게 뭐지? 덤불 아래 잠든 사람인가? 아니야, 사람이 아닌걸. 그럼 뭐지? 맞아. 사람이 맞네... 오, 포르케투 신부님!'

깜짝 놀란 엘리아스가 몸을 잔뜩 웅크리고 잠자는 사람을 흔들어 깨웠다.

"어이, 어이, 포르케투 신부님! 뭐에요? 왜 여기 계세요? 찬 공기가 몸에 나쁘단 거 모르세요? 수풀 속에는 뱀과 벌레들도 우글거린다고요."

한참을 흔들어 깨운 뒤에야 겨우 일어난 포르케투 신부님은 게슴츠레한 눈빛으로 엘리아스를 쳐다보았다. 눈을 몇 번이나 깜빡거리고서 그는 겨우 몸을 일으켰다.

"이런, 저녁을 먹고 나와서 산책이나 하려고 했는데 잠이 들어 버렸군."

"그랬군요! 제가 우연히 못 봤다면 얼마나 더 여기 머물렀게요. 신부님이 없어진 걸 알고 다들 얼마나 걱정했을까요."

"내가 너무 마셨다고 생각하지는 말게나. 친구여, 그건 아닐세. 달을 보러 나왔다가 여기 잠시 앉아 있었던 것뿐이야. 자네는 내가 한때 시인이었다는 걸 알고 있나?"

"오! 정말요!"

"이리 와서 좀 앉아 보게나. 아름다운 밤을 보게. 그래, 난 시인이었네. 시집도 한 권 냈었지. 나의 시들은 전부 사랑을 노래했다네. 추기경님께서 나한테 뭐라고 하셨는지 알아? 당장 집어치우라고 하시더군. 신부가 할 짓이 못 된다면서."

"그래서요, 포르테투 신부님?"

"그만두었지. 내 아들이여, 자네가 날 미쳤다고 생각하는 건 아네만…"

"포르케투 신부님!"

"… 그래, 미친놈이지. 하지만 난 아무한테도 해를 끼치지 않는 미친놈이란 말일세. 사는 게 녹록치 않다는 걸 난 일찌감치 깨달았네. 흥이 많았지만, 한편으론 신중하기도 했지. 그렇게 난 시 쓰기를 그만두었다네. 하지만 시를 쓰던 습관은 아직 남아서 이따금 상상에 빠져들곤 해. 이 아름다운 밤을 좀 보게나, 나의 아들이여. 사색으로 초대하는 밤 아닌가. 삶의 본질에 다가가도록 해 주잖아. 잘못을 뉘우치면 좋은 일들이 다가온단 걸 일깨워주고 있잖아. 자넨 총명한 친구야. 엘리아스 포르톨루, 자넨 양이나 치는 목동이 아니잖아. 공부도 했고 고통도 겪었어. 그러니 이런 내 말을 이해할 수 있을 걸세."

"맞아요."

엘리아스가 나지막한 목소리로 말했다.

포르케투 신부님은 하늘을 향해 얼굴을 들고 달을 바라보았고, 엘리아스도 눈을 들어 위를 바라보았다. 신부님의 모습을 바라보며 엘리아스는 한없는 연민의 정을 느꼈다.

"그래, 나의 아들이여."

신부님이 말을 이었다.

"넌 내 말을 이해하는구나. 난 네가 총명하다는 사실을 진작부터 알고 있었어. 다른 양치기들처럼 단지 시간을 예측하기 위해서가 아니라, 숭고한 의미에서 달을 바라본다는 걸 말이야." 그러나 엘리아스는 그의 마지막 말까지는 제대로 이해할 수 없었다.

"아마 네 안에도 시인이 있는 게야. 너도 사랑의 시를 지을 수 있을 게야..."

"그건 아닌 것 같아요, 포르케투 신부님."

잠시 진지한 생각에 잠겼던 포르케투 신부님은 사투리로 짧은 시를 웅얼거렸다.

5월의 축복에 대한 시였다.

5월, 5월이여, 이리 오시게나,
태양일랑 사랑일랑 갖고서,
종려나무랑 꽃일랑
작은 데이지꽃일랑 갖고서...

엘리아스는 계속 달을 바라보았고, 누군가를 위해 시를 지을 수 있다면 멋진 일일 거라는 생각이 들었다. 막달레나. 아, 악마는 그녀를 잊고 있었던 엘리아스를 또다시 사로잡기 시작했다. 하지만 약간 떨리는 듯한 포르케투 신부님의 진지한 목소리가 그의 귓가에 들려왔다. 향기롭고 텅 빈 황무지에 울려 퍼지는 신부님의 목소리가 베일에 싸인 달의 거대한 침묵 속에서 어른거리며 내려앉았다.

"달을 보거라. 엘리아스 포르톨루, 시 한 편을 짓고픈 마음이 들지 않니? 좋아, 내가 어디 한번 맞춰 보지. 넌 사랑에 빠진 게야."

"포르케투 신부님!"

엘리아스가 깜짝 놀라 고개를 숙이며 말했다.

곁에 있는 이가 자신의 고통스러운 비밀을 알고 있다는 사실을 알자, 한 대 얻어맞은 기분이었다. 수치심으로 얼굴이 새빨개진 엘리아스는 자신도 모르게 분노가 치밀었다. 포르케투 신부님에게 달려들어 그의 목을 조르고 싶은 심정이었다.

"넌 막달레나와 사랑에 빠졌어. 어이, 그렇게 얼굴 붉히지 말게. 노하지 말게나, 내 아들이여. 내가 맞췄다고 해서 놀랄 건 없어. 모든 사람이 포르케투 신부 같은 건 아니잖나. 그녀는 여인이고 자네는 남자인데 뭘 그리 부끄러워하나? 남자인 이상 자네는 인간적인 열정과 유혹의 대상이라네. 자네 어머니 안네다 숙모는 이렇게 얘기하겠지. 부끄러운 일은 본래 있는 거란다, 내 아들아. 그걸 이기지 못하는 게 더 부끄러운 일이지. 하지만 넌 이겨낼 거다. 막달레나를 말이야..."

"쉿, 조용히 하세요..."

엘리아스가 말했다.

"막달레나는 너에게 있어서 성스러운 존재야. 그녀를 보면 마치 성녀를 바라보는 것 같은 심정이지. 내 말 이해했지, 그렇지 않아?"

"전... 저는 이해했어요..."

엘리아스가 중얼거렸다.

"이해했다니, 좋다. 내가 그랬잖아. 넌 총명하다고! 하느님께서 왜 낮과 밤을 창조하신 줄 아느냐? 낮 동안은 악마가 우리에게 덤벼들지만, 밤은 우리 자신을 되돌아보고 유혹을 물리치는 시간이지. 하느님께서는 그 때문에 밤을 창조하신 거야. 밤은 그토록 고요하단다. 밤의 침묵 속에서 우리는 인생이 너무도 짧다는 사실과 죽음이 생각지도 못했던 순간에 우릴 찾아올 수 있다는 사실을 되새겨야 해. 주님 앞에서 우리네 삶은 선한 행실을 행하고, 도리를 지키고, 유혹을 이겨내야 하지."

"그럼, 신부님의 시는 뭐죠?"

엘리아스가 입술에 웃음꽃을 피우며 물었다. 포르케투 신부님의 모순을 지적하는 걸 즐기는 듯했다.

"아름다운 시는 우리가 무엇을 해야 할지 알려주는 양심의 소리와도 같은 거란다. 어떻게 생각하니, 엘리아스 포르톨루?"

"저도 맞는 말이라고 생각해요."

"좋아. 이제 우리도 슬슬 가 봐야 할 것 같구나. 습한 기운이 올라오고 있어. 네가 그랬지, 여긴 뱀이 있다고. 자, 자, 내 손을 좀 잡아주련. 날 좀 일으켜 주게나. 난 자네처럼 팔팔한 스무 살 청년이 아니야. 잘했어, 고맙네. 이제 날 좀 부축해 주게. 그나저나 자넨 포르케투 신부에게 뭐라고 대답할 텐가?"

신부님이 엘리아스의 팔을 붙잡고 물었다.

"난 미치광일세. 밤늦도록 술을 마시고 노래하고 개들에게 빵을 던져주지, 하지만 나쁜 놈은 아니야. 양심, 무엇보다도 양심을, 엘리아스 포르톨루, 양심을 잊어서는 안 돼! 아, 저기 보이는 저 검은 게 뭔가? 자네도 보이지, 뱀 아닌가?"

"아니에요. 마른 나뭇가지에요."

"우리가 같이 돌아가는 걸 보면 다들 내가 술에 취했다고 할 거야. 하기야 나만 그렇지 않으면 된 거지. 네가 보기에도 내가 술에 취한 것 같으냐?"

"오, 아니요!"

엘리아스가 큰 소리로 외쳤다.

"좋다, 그럼 내가 너한테 했던 말을 늘 기억하도록 해라!"

"기억할게요."

"난 너의 가족들 모두를 사랑한단다."

포르케투 신부님은 그런 말까지 꺼낸 걸 후회하는 눈치였고, 엘리아스와 함께 있는 동안 더 이상 민감한 주제를 논하지 않았다. 그들은 더 이상 막달레나의 이름을 입에 담지 않았다. 엘리아스는 어느새 다른 사람이 된 것 같았다. 그는 강하고 평온하고 냉정해졌고, 자존심을 걸고 자신과 싸우기로 마음먹었다.

◆

이틀 후 아침이 되자, 모두가 성당에서 출발했다. 늙은 수도원장은 전날 추대된 새로운 수도원장에게 깃발과 벽감, 열쇠를 건네주었다. 수도원장의 부인은 남은 빵과 음식들 그리고 화덕에 있던 필

린데우[†]를 숙소에 있는 다른 가족들과 나눴다. 동이 트기 직전부터 떠날 채비가 시작되었다. 마차에 짐을 싣고, 말들에 안장을 채우고, 짐보따리를 꾸렸다. 모두 함께 미사를 드린 뒤 떠날 작정이었다. 새로운 수도원장이 숙소의 문을 열쇠로 잠갔다.

작은 움막들과 성당과 나무들은 고독한 산의 하늘빛을 배경으로 다시금 적막 속으로 되돌아갔다. 잘 가거라. 한없는 침묵 속에 서 있는 나무들 사이로, 올빼미의 기나긴 울음소리가 떨리며 울려 퍼졌다. 유향 나무 향기가 진동하는 밤과 밝고 기나긴 낮 동안, 올빼미는 자신만의 제국에 거하는 고독한 왕이었다. 몽상가의 목소리처럼 구슬픈 올빼미의 울음소리가 풍경 사이로 들려왔다. 잘 가거라.

말들은 초록빛 산의 경사길을 오르거니 내리거니 하며 발걸음을 재촉했다. 프란체스코 성인의 친지들과 자손들로 이루어진 선량한 부족은 해맑은 오르토베네 언덕을 뒤로 하고, 아래편에 있는 그들의 작은 마을로 되돌아갈 것이다. 그들의 일터와 올리브밭, 미사와 고된 삶 속으로 되돌아갈 것이다. 축제는 끝났다.

포르톨루 삼촌은 말을 타고 있는 안네다 숙모와 피에트로, 그의 약혼녀 가까이에 있었다. 일행의 가장 앞쪽에 자리를 잡은 엘리아스는 종종 질주하려는 말의 고삐를 잡아당기곤 했다. 향기로운 바람에 실려 온 꽃가루가 그의 두 눈을 붉게 만들었고, 따스한 바람

† 사르데냐에서 먹는 차가운 스프

이 불어와 그의 얼굴을 어루만졌다. 엘리아스의 태도는 점잖았고, 다른 남자들처럼 노래하지도 소리를 지르지도 않았다. 예전 수도원장의 딸 파스카에게 눈길을 주지도 않았다. 파스카는 수줍고도 부드러운 시선으로 엘리아스를 바라보았지만, 그는 생각했다.

'내가 왜 누군가를 농락해야 하지? 더구나 그녀는 순진한 아가씨잖아? 아니야, 누구도 농락해서는 안 돼. 나 자신조차도.'

엘리아스는 포르케투 신부님과 지난밤에 나눴던 이야기들을 떠올렸다. 파스카에게 다가가지 않았고, 막달레나에게서 멀찌감치 떨어졌다. 양심에 호소하지도, 자신으로부터 도망치려 하지도 않았고, 오로지 자신이 타고 있는 전속력으로 달리는 말의 질주에 집중했다.

망아지가 졸졸 따라오는 암말은 포르톨루 삼촌과 안네다 숙모가 타고 있었다. 피에트로와 막달레나는 비쩍 마르고 순한 말을 타고 있었다. 포르톨루 삼촌은 이따금 뒤를 돌아보며 제일 뒤편에서 따라오는 이들을 살피곤 했다.

◆

정오가 가까워지자, 일행은 이살레 언덕에 도착했다. 늘 하던 대로 모두가 언덕 아래 짐을 풀었고, 무성한 나무들과 이끼로 뒤덮인 바위들로 둘러싸인 시냇가에서 다 함께 점심 식사를 준비했다. 순식간에 야영지가 만들어졌다. 불이 활활 타올랐고, 꼬치에 꿴 고기가 냄새를 풍기며 익어갔고, 근사한 식탁이 차려졌다. 부드럽고 멋진 오후였다. 무더운 공기 속에, 먼 곳까지 흘러가는 시냇물 주위로 협죽도가 한 치의 흔들림도 없이 작은 숲을 이뤘고, 언덕 끝에 보이는 둥근 봉우리들은 햇빛을 받아 반짝이고 있었다.

프란체스코 성인의 벽감은 땅에 커다란 보자기를 깔고 그 위에 내려놓았는데, 식사가 끝나자, 남자와 여자들이 그 주위에 모여들었다. 성인의 조각상을 에워싼 그들은 무릎을 꿇고, 입을 맞췄고, 유리 안에 헌금을 집어넣기도 했다. 막달레나를 데리고 성인 앞으로 간 피에트로는 곁에 있는 그녀를 의식하며, 벽감 안에 두둑한 헌금을 집어넣었다. 다음으로 안네다 숙모가 왔고, 그녀 다음으로는 엘리아스가 왔다. 기도하는 눈빛으로 작은 성인을 바라보며, 그들은 잠시 그 앞에 머물렀다. 아, 엘리아스는 또다시 정신을 놓아버릴 것만 같았다. 쨍쨍한 한낮의 더위와 나른함, 포도주, 막달레나의 존재가 그를 괴롭히려 하고 있었다. 다행히도, 작은 성인은 그의 기도를 들어 주었고, 그는 용기를 내어 멀리 떨어진 물가로 가서 협죽도 아래 홀로 누웠다. 유혹을 뿌리치고서, 홀로.

야영지 주변에서는 여자들이 모여 수다를 떨었고, 커피를 마시며 떠날 채비를 하고 있었다. 남자들은 노래를 부르며, 과녁을 향해 총을 쏘며 놀았다. 언덕 사이로 울려 퍼지며, 먼 산까지 갔다가 메아리가 되어 되돌아오는 총성이 엘리아스의 귓가에 들려왔다. 고요한 오후의 정적을 깨고 멀리서 떠드는 사람들의 목소리가 그의 귓가에 희미하게 들려왔다. 작은 새들의 지저귐 소리와 졸졸 흐르는 시냇물 소리가 그의 마음을 어루만지자, 엘리아스는 달콤한 잠에 빠져들었다. 꿈속에서 누군가 그의 눈앞에 나타났다. 막달레나가 목욕을 하러 물가로 내려오고 있었다. 엘리아스를 보고서도 그녀는 놀라지 않았다. 오히려, 그의 곁으로 다가와 그의 위로 몸을 숙였다... 아, 너무해! 너무하다고! 그녀의 고혹적인 두 눈이 이글이글 타오르며 그를 바라보았다. 그는 자신이 내뱉었던 말을 떠올렸다.

"피에트로, 나의 형이여, 그녀가 내 품에 몸을 던진다 해도 내가 뿌리칠 거야..."

하지만 너무나도 힘겨운 일이었다. 눈앞이 뿌옇다 못해, 눈이 멀어버릴 것만 같았고, 숨이 멈춰버릴 것만 같았다. 몸을 일으켜 도망쳐보려고 했지만, 손가락 하나 까딱할 수 없었다. 그녀가 아주 가까이에 있었다. 반쯤 감긴 그녀의 눈이 커다란 눈꺼풀 아래 이글거리며 타오르고 있었다. 그녀의 입술 그리고 그녀의 이빨... 그는 의식을 잃을 것만 같았다.

"막달레나, 내 사랑..."

엘리아스는 그녀의 이름을 중얼거렸지만, 이내 후회하며 욕정과 고통에 찬 신음을 내뱉었다.

"피에트로, 나의 형이여! 피에트로, 나의 형이여..."

◆

부르르 몸을 떨며 그는 잠에서 깨어났다. 혼자였고, 물의 속삭임과 새들이 지저귀는 소리만이 들려왔다. 총소리도 떠드는 소리도 더 이상 들리지 않았다. 엘리아스는 몸을 일으켰다. 얼마나 잠들었던 걸까? 태양이 기울어가고 있었다. 야영지로 되돌아가 보니 다들 먼저 길을 떠났고, 남자 두 명만 그의 말을 지키고 있었다. 남은 음식과 치즈를 맞바꾼 지나가던 목동들이었다. 엘리아스는 그들에게 감사 인사를 한 뒤 말을 몰고 출발했다. 나는 듯 빨리 달리는 말 위에서 그는 일행을 따라잡아야 한다는 생각 때문에, 조금 전에 꾸었던 씁쓸하고 고통스러운 꿈을 잠시나마 잊을 수 있었다.

거의 한 시간을 내리 달리자, 높은 언덕길에서 말을 멈추고 있는 포르톨루 삼촌과 안네다 숙모, 피에트로와 막달레나의 모습이 보였다. 그를 기다렸던 걸까? 다른 사람들은 이미 멀리까지 가 있는 것 같았다.

"거기서 뭣들 하세요?"

엘리아스가 아래편에서 소리쳤다.

"악마더러 널 박살 내 버리라고 할 테다!"

포르톨루 삼촌이 소리쳤다.

"대체 어디서 꾸물럭거렸던 게야? 네 말을 얼른 형한테 줘라. 네 형 말은 너무 지쳤어."

"안 돼요. 줄 수 없어요."

"엘리아스, 내 아들아. 아버지 말을 들으렴."

안네다 숙모가 말했다.

"안 된다고요."

엘리아스가 성질을 부리며 대답했다.

“저를 망아지처럼 저 아래 혼자 남겨놓았으면서. 줄 수 없어요.”

“좋아, 그럼 저 아래까지만 네 말 위에 막달레나를 태워줘. 내 말은 지쳐서 더 이상 갈 수가 없어.”

피에트로가 말했다.

“아, 형 지금 무슨 소릴 하는 거야!”

엘리아스가 외쳤다.

그는 말을 주지 않겠다고 했던 걸 후회했지만 더 이상 거절할 수 없었고, 마음 한편에 밀려드는 기쁨을 좀처럼 감출 수 없었다.

언덕길을 내려가는 동안, 엘리아스는 막달레나의 부드러운 몸이 꿈속에서처럼, 어깨 뒤에서 가까이 다가오는 감촉을 느꼈다. 그녀는 양팔로 엘리아스의 허리띠를 힘껏 붙잡고 있었다. 엘리아스는 꿈을 꾸는 것만 같았고, 정신을 잃지 않으려 애를 써야만 했다.

말은 힘차게 내달렸고, 순식간에 그들은 구불구불한 언덕 아래까지 내려와 있었다. 엘리아스와 막달레나 두 사람뿐이었다. 꽃으로 뒤덮인 바위틈 사이로 그들의 서글픈 사랑이 오솔길을 따라 굽이굽이 휘감겼다. 열정적이고 연약한 심성을 지닌 막달레나는 그 순간을 차마 그냥 넘길 수 없었다.

“엘리아스.”

그녀가 조금 떨리는 목소리로 말했다.

“폐를 끼쳐서 미안해요!”

"아니에요!"

엘리아스가 고개를 내저으며 말했다.

"내년에는 당신의 말에 당신의 신부를 태우겠죠..."

"나의 신부라니?"

"네, 파스카 말이에요. 그럼 당신도 행복할 거예요."

"그럼, 당신은 행복하지 않다는 건가요?"

"오, 전 죽고 싶을..."

"죽다니!... 막달레나!..."

"죽고 싶어질... 인생... 사랑, 그러니까 제가 하고 싶은 말은..."

그녀의 목소리뿐만 아니라, 엘리아스의 허리띠를 꽉 쥐고 있는 그녀의 손 또한 떨리고 있었다. 그의 어깨 뒤에서 그녀는 온전히 자신을 내려놓고야 말았다. 끊어진 동아줄처럼 덜덜 떨고 있던 엘리아스 위로 그늘이 내려와 그의 눈을 뒤덮어 버렸다. 마치 꿈속에서처럼, 고통과 취기가 밀려왔다.

"막달레나..."

그녀의 손을 꼭 잡으며, 엘리아스가 중얼거렸다. 하지만 그는 이내 정신을 똑바로 차렸고, 큰 소리로 말했다.

"당신이 말에서 떨어질 것 같았어요. 중심을 잘 잡고 똑바로 좀 앉아 봐요."

포르케투 신부님의 말씀이 엘리아스의 마음속에서 세차게 울려 퍼졌다. 그는 자신이 했던 말을 되뇌었다.

'안심해. 피에트로, 나의 형이여. 그녀가 내 품에 몸을 던진다 해도 내가 뿌리칠 테니.'

◆

지는 햇살을 받아 반짝이는 언덕 저편으로, 누오로가 가까워지고 있었다. 일행은 언덕 위에 멈춰 섰다. 땀에 흠뻑 젖어 지친 말들이 금빛 하늘을 배경으로 광채를 발했다. 다 같이 마을에 들어가기 위해, 그들은 일행을 기다리며 그 자리에서 서 있었다. 마을에 도착하면 말을 타고 작은 로사리오 성당 주위를 세 바퀴 돌 것이다. 멀리서 작은 성인의 귀환을 송축하는 은빛 종소리가 울려 퍼지기 시작했다.

4.

마침내 엘리아스는 고독한 농장의 울타리 안에 들어왔다. 양치기들의 외침과 휘파람 소리, 가축들의 방울 소리와 울음소리만이 들려왔다. 지평선 끝에는 맑은 하늘을 배경으로 무성한 코르크나무 숲이 펼쳐져 있었다. 몇 해 전, 나무를 베어낸 포르톨루 가족의 농장은 태양이 내리쬐는 드넓은 벌판에 자리 잡고 있었다. 푸르른 잔디와 앉은뱅이 관목들, 그루터기들 사이로 몇 그루 남지 않은 코르크나무가 삐죽삐죽 솟아 있었다. 여린 풀들로 뒤덮인 축축하고 부드러운 땅에서 박하와 타임의 향기가 올라왔다. 울창하고 푸르른 초원은 늦봄이 되자, 금빛으로 반짝이기 시작했다. 엉겅퀴마다 금빛과 보랏빛 꽃들이 피어났고, 그루터기 주위로는 야생 장미가 꽃잎을 너풀거리며 피어났다. 코르크나무 그늘 밑 습한 땅에서 자라는 풀들만 연둣빛을 간직하고 있었다. 농장은 숲이 아닌 들판에 있었지만, 곳곳에 바위와 관목들이 있었기에 울타리 안에 숨을 구석이 없는 건 아니었다. 딱총나무들이 자라는 작은 숲을 따라 햇빛 아래 졸졸 흐르는 시냇물은 바위 사이로 굽이굽이 놀며 작고 푸른 신비로운 호수를 만들어 냈다. 시냇물 주위로 울창하게 자라난 식물들은 하나같이 생생하고 보드라웠다. 밤이 되면, 갈대와 박하 향기가 코를 찔렀다.

울타리 안에서는, 그리 많지도 적지도 않은 포르톨루 농장의 가축들이 풀을 뜯으며 자랐다. 길게 자란 털이 잔뜩 뒤엉킨 양들은 통통했고, 새끼 양들도 제법 덩치가 크고 토실토실했다. 이삼 일 후면, 양털을 자를 시기였다. 엘리아스는 원시적인 아름다움을 간직한 고독한 장소, 그가 자라나고 어린 시절을 보냈던 그곳에서 활기를 되찾는 기분이었다. 울타리 안은 그에게 날마다 새롭게 다가왔고, 구석구석에 이르기까지 다시금 발견하는 기분이었다.

농장에서 기르던 두 마리 개 중 한 마리는 야생적인 눈빛을 지니고 있었는데, 묶여 있던 나무에서 풀려나기가 무섭게 올림픽 선수처럼 내달리곤 했다. 또 다른 개는 덩치가 작았고 돼지처럼 까칠한 붉은 털을 지니고 있었다. 오래도록 떠나있던 엘리아스가 농장에 돌아왔을 때, 개들은 그를 단박에 알아보았고, 엘리아스는 울먹이며 개들을 쓰다듬어 주었다.

개들 외에도 온순하지만 교활한 돼지 한 마리가 있었는데, 민첩하고 깜찍한 눈빛이 꼭 사람 눈처럼 보였다. 그 외에도 뚱뚱하고 검은 고양이와 작고 흰 염소 한 마리도 있었다. 양몰이를 돕는 염소는 양들이 힘든 길이나 물을 건널 때면, 앞서가면서 양들이 뒤따라오도록 했다. 양몰이를 하지 않을 때면, 염소는 늘 마티아 옆에 찰싹 달라붙어 있었다. 그의 뒤를 졸졸 따라다니며, 그를 따라 달리고, 그의 몸에 뛰어오르며 갖은 아양을 떨었다. 정말이지 사랑스러운 동물이었다. 우리에 가서 고양이를 괴롭히고, 돼지와 작은 개와 놀고, 마티아의 발밑에 가서 잠을 자곤 했다.

포르톨루 오두막의 삶은 소박하고 원시적으로 흘러갔고, 근처 목동들이나 이따금 들리는 길손 외에는 딱히 찾아오는 사람도 없었다. 수상한 사람이나 숨을 곳을 찾는 나쁜 사람들은 들락거리지 않았다. 포르톨루 삼촌은 강직하고 활기가 넘쳤고, 마티아는 순박하기 짝이 없었다. 엘리아스 또한 과거에 어울렸던 나쁜 친구들을 더 이상 만나지 않았고, 새로운 친구들을 사귀고 싶은 마음도 없었다.

◆

엘리아스는 차차 고독에 익숙해져 갔다. 오두막에서 지낸 처음 며칠 동안은 이전에 자신에게 일어났던 일들이 아예 없었던 일처럼 느껴지기도 했다. 농장 안 여기저기를 돌아다니며 그는 어린 시절의 추억이 깃든 장소들을 하나둘씩 발견해 냈다. 감정이 복받쳐 오른 그는 사소한 것에도 마음이 울컥해지기 일쑤였다. 영혼에서 우러나오는 엘리아스의 감성적인 행동을 보고서 동생 마티아와 특히 포르톨루 삼촌은 나약해 빠졌다며 그를 놀려대곤 했다.

"넌 도대체가 왜 그 모양 그 꼴이냐?"

포르톨루 삼촌은 엘리아스에게 묻곤 했다.

"엘리아스, 내 아들아. 넌 신선한 치즈나 처먹는 남자가 되어 버렸구나. 사소한 일이나 하는 여자처럼 창백한 네 꼬라지를 좀 봐라. 남자, 남자가 되어야지. 사자 말이다. 감탄하고 얼굴에 티를 내고 울지 말고 말이야. 찔찔 짜기나 하는 너 같은 게 무슨 남자라고? 좀팽이 같으니. 네 동생 마티아를 좀 봐라. 독수리도 아니고, 이런저런 일에 감탄하기도 하지만 너처럼 얼굴색까지 변하지는 않잖니. 그런 눈으로 마티아를 쳐다보지 마라. 그래도 걔가 너보단 나으니까."

수시로 반복되는 짧은 설교를 듣고 나면, 엘리아스는 강해질 거라고 스스로 다짐하곤 했다. 하지만 어쩌란 말인가? 시도 때도 없이 밀려드는 생각과 기억, 감정들이 순식간에 그를 사로잡아 버리곤 했다. 좀처럼 감정을 추스르기 어려울 때마다 엘리아스는 자신의 나약한 모습에 분노했고 수치스러움을 느꼈다.

◆

엘리아스는 그곳에서 갖고 있던 얼마 되지 않는 책들을 전부 집으로 들고 왔다. 성주간 책, 그곳에서 받은 종교 서적 몇 권, 베네벤토의 전투, 얇은 사르데냐 시집들 그리고 삽화가 그려진 오래된 식물도감 한 권이었다. 그는 가장 좋아하는 장소였던 딱총나무 숲 바위 밑 안전한 곳에 자신의 책들을 숨겨두었다. 포르톨루 삼촌과 마티아도 (그들도 글을 읽을 줄 알았다) 책을 갖고 있었다. <프랑스의 왕족들>, <불행한 기사 구에리노> 그리고 <프란체스코의 생애>도 있었다. 엘리아스가 가장 좋아했던 건 성주간 책이었다. 그는 성경을 암송했고, 라틴어로도 쉬지 않고 성경을 읽었다. 갈대 향이 물씬 풍기는 시냇물이 졸졸 흐르는 딱총나무 숲속 그늘에 누워 그는 성스러운 말씀을 읽곤 했다.

그즈음이면 올리브밭의 일도 끝날 무렵이었다. 하루 일을 마친 마티아는 신선한 치즈와 리코타 치즈로 불룩해진 주머니를 들고,

망아지가 따르는 암말을 타고 누오로를 향해 달려가고 있었다. 포르톨루 삼촌은 오두막 끝에 앉아 커다란 호박 위에 구에리노의 한 장면을 참을성 있게 파서 새기고 있었다. 그는 종종 함께 작업을 하는 호박과 칼과 손가락과 잉크에게 주절주절 말을 걸기도 했다. 돼지, 염소, 고양이, 나머지 가축들은 키 작은 나무 그늘에서 낮잠에 빠져들었다. 태양이 활활 타오를 때면, 주름 하나 없이 팽팽한 회색 지평선 위로 펼쳐진 금속 빛 하늘 아래 농장 전체가 휴식을 취했다.

엘리아스는 아이를 어르듯 졸졸 흐르는 물소리를 들으며 계속 책을 읽었다. 하지만 한없는 평화 속에서도 그의 마음은 좀처럼 가라앉지 않았다. 글귀를 중간 정도 읽자, 그의 집중을 훼방하는 기억이 마음속에서 또다시 빛을 발했다. 좋지 않은 기억이었다. 좋지 않은, 좋지 않은!

한낮의 깊은 고요 속에서 엘리아스는 깜빡 잠이 들기도 했는데, 그럴 때면 어김없이 막달레나가 꿈속에 나타났다. 그를 괴롭히고 아프도록 흥분하게 만들었던 바로 그 꿈이었다. 꿈에서 깨어나면 엘리아스는 심란한 기분으로 남은 하루를 보내곤 했다. 그녀에게서 멀리 떨어진, 농장의 고독 속에서 그는 마음을 다잡고, 그녀를 잊기만을 바랐었다. 하지만 성 프란체스코 축제에서의 기억과 이살레 물가에서의 꿈, 돌아오는 길에 있었던 치명적인 일, 그 모든 게 불과 얼마 전에 벌어졌던 일이었다. 엘리아스의 피는 여전히 끓어

올랐고, 그의 의지는 타오르는 불을 다스리기에 턱없이 부족했다. 내면적인 고독과 육체적인 회복 사이에서 막달레나를 향한 엘리아스의 열정은 점점 더 커져만 갔다.

무엇보다 축제에서 돌아오던 길에서의 기억이 시도 때도 없이 밀려들어 그를 괴롭혔다. 그 장면은 엘리아스의 꿈속에 거의 언제나, 생생하게 등장했다. 그녀의 어깨, 허리, 가녀린 손, 막달레나의 육체와 손에서 느꼈던 감촉들. 그녀가 했던 말들이 머릿속에서 맴돌다가 환희와 고통의 현기증을 남기며 사라져갔다. 엘리아스는 정말이지 어찌할 바를 알 수 없었다. 이따금 자신의 다짐을 소리 내어 말해보기도 했지만, 생각은 저 혼자 기억 속 저만치까지 가 있었다. 그럴 때마다, 엘리아스는 자신에 대한 혐오감에 휩싸였다. 자신을 두드려 패고, 벌하고 싶어졌지만, 이겨내기란 불가능했다.

'아버지 말씀이 맞아.'

엘리아스는 생각했다.

'난 신선한 치즈나 처먹는 소인배고, 짐승이야. 미친놈이라고. 여자, 그것도 쳐다보면 안 될 여자를 왜 자꾸 생각하는 거지? 달리 살 수는 없단 말인가? 남자, 남자가 되어야만 해. 사자가 되어야 해. 하지만 난 새끼 양이야. 미친 양이라고. 대체 내가 뭘 할 수 있을까? 난 그렇게 생겨 먹지 않았는걸. 만약 내가 날 만들었다면, 내 안에 돌처럼 단단한 마음을 욱여넣었을 텐데. 그래, 누가 알아. 시간이 지나면 이 미친 짓에서 벗어날 수 있을지.'

하지만 아무리 생각을 거듭해도, 엘리아스의 마음은 좀처럼 가라앉지 않았다. 자신의 미친 짓이 오래도록 계속되리라는 사실을 그는 잘 알고 있었다. 막달레나를 다시 만나고 싶다는 욕망은 엘리아스의 마음속에서 날로 커져만 갔고, 그는 도무지 어찌할 바를 알 수 없었다. 양털 자르는 일을 돕기 위해 막달레나와 피에트로, 안네다 숙모가 농장으로 올 거라는 생각을 하자, 엘리아스는 두려워졌다. 그러나 한편으로는 그날이 어서 다가오기만을 손꼽아 기다리며 두려움과 더불어 억누를 수 없는 기쁨에 사로잡혔다.

◆

양털을 자르기 전날 저녁이 되자, 엘리아스는 농장 벽에 있는 문을 닫으며, '야생의 아버지'라 불리는 마르티누 몬네가 지키고 있는 건너편 숲을 바라보았다. 마르티누 삼촌은 어디에 있을까? 그를 찾아 숲속으로 두세 번 가 보았지만, 엘리아스는 아직 그를 보지 못했다.

그날 저녁, 마르티누 삼촌은 숲에서 나와 엘리아스가 있는 벽을 향해 다가왔다. 거구의 노인은 여전히 강인하고 꼿꼿했다. 머리카락에는 노란빛이, 숱이 많은 턱수염에는 회색빛이 감돌았다. 그의 얼굴에는 청동에 아로새긴 듯한 깊은 주름들이 고랑처럼 푹 패여 있었다. 짙은 색 옷 위에 기름을 먹인 소매가 없는 가죽옷을 걸친 그의 모습은 정말이지 웅장했다. 마치 선사 시대에서 건너온 사람 같았다. 엘리아스는 기쁨을 감추지 못하며 벽을 뛰어넘어가 손을 붙잡고 그를 반겼다.

"이게 누구예요, 마르티누 삼촌! 삼촌을 두 번이나 찾아갔었어요. 어떻게 지내셨어요?"

"그렇군! 백 년 하고도 일 년 더 지나간 불행이 없기를. 넌 어떻게 지내냐? 난 잘 있지. 얼마 동안 다른 곳에 가 있었다."

마르티누 삼촌이 굵은 목소리로 느릿느릿 차분하게 대답했다.

둘은 벽에 걸터앉아, 오래도록 이야기를 나눴다.

"집에 돌아온 첫날에,"

엘리아스가 말했다.

"삼촌 꿈을 꿨어요. 우리 집 정원이었는데, 전 피곤했고, 술을 좀 마신 터라 잠이 들었더랬죠. 그리고는 삼촌 꿈을 꿨어요. 꿈속에서 지금처럼 우리가 벽에 앉아 있었어요. 꿈은 정말 이루어지나 봐요!"

"오! 오!"

마르티누 삼촌이 놀라는 기색 없이 말했다.

엘리아스는 꿈의 내용을 정확히 설명하지 않았지만, 그가 말을 이어갔다.

"글쎄다, 뭐라고 해야 할지. 꿈이 정말 이루지는 건 아니란다. 하지만 우리는 어떤 일을 예측하고, 그 일에 대해 많은 생각을 하고, 꿈을 꾸지. 나중에 그 일이 실제로 일어나면, 꿈이 이루어진 것처럼 느껴지게 된단다. 하지만 그 일은 어차피 일어나게 되어 있었던 거란다."

엘리아스는 마르티누 삼촌의 지혜에 대해 다시 한번 경외심을 느꼈지만 이내 고개를 내저었다. 이살레 물가에서 꾸었던 자신의 꿈을 떠올렸다. 축제에서 돌아오던 길에 막달레나와 둘이서 보낼 시간을 예측하고 갈망했던 것일까? 아니다, 아닐 것이다.

"내일,"

잠시 후 엘리아스가 말했다.

"내일 양털을 자를 거예요. 마르티누 삼촌, 도우러 오시는 거 맞죠? 어머니와 형과 형의 약혼녀도 올 거예요."

"아, 그래, 네 형이 약혼했다는 소식은 들었다. 약혼녀는 착하더냐?"

"네, 착해요. 그리고 예뻐요."

"예쁜 걸로는 부족하지. 그림을 봐라. 얼마나 아름답니. 하지만 벽에 걸어 두고 장식으로만 쓰일 따름이지. 여자는 마음씨가 곱고, 오로지 남편만 사랑해야 한단다. 지상의 다른 어떤 남자도 사랑하면 안 되는 거란다."

생각에 잠긴 엘리아스는 아무런 대답도 하지 않았다. 그들이 이야기를 나누는 사이에 하늘은 흐릿해졌고, 저녁을 맞은 숲은 잠잠해져 가고 있었다. 오두막으로 돌아갈 시간이었다.

"오실 거죠, 마르티누 삼촌? 기다릴 테니 꼭 오셔야 해요."

"그래, 가마."

"좋아요, 꼭!"

엘리아스가 벽을 뛰어넘으며 말했다.

"난 내가 한 말은 반드시 지킨단다, 엘리아스 포르톨루. 네 아버지께 안부를 전해 주렴."

"알겠어요, 좋은 저녁 되세요."

"좋은 저녁 보내거라."

◆

다음날 아침이 되자, 마르티누 삼촌은 전원에서 벌어지는 행사를 준비하는 양치기들의 일손을 돕기 위해 이른 시간에 농장에 왔다. 동쪽에서 타오르는 오렌지빛 여명 아래 농장의 풀밭과 바위들은 붉은 금빛으로 반짝이고 있었고, 서쪽으로는 연한 흑판 같은 하늘을 배경 삼아 숲이 침묵을 지키고 있었다.

포루톨루 삼촌은 양젖을 응고시켜 치즈를 만들 돌판을 깨고 있었다. 엘리아스와 마르티누 삼촌은 어미 양만큼이나 몸집이 큰 새끼 양을 잡아, 가죽을 벗기고, 배를 갈라서 김이 모락모락 피어오르는 내장을 밖으로 빼냈다.

잠시 후에 해가 떠오르자, 피에트로가 느릿느릿 모는 우마차를 타고 여인네들이 농장에 도착했다. 그들의 모습을 보자마자, 엘리아스의 심장이 요동치기 시작했다. 막달레나가 제일 먼저 잽싸게 내려서는 치마를 걷어 올리고, 그녀의 어머니와 안네다 숙모가 마차에서 내리는 걸 도왔다. 피에트로가 우마차에서 짐을 내리는 동안, (안네다 숙모는 신선한 빵과 포도주를 넉넉히 챙겨 왔다) 여인네들은 먼저 오두막으로 향했다. 막달레나는 그 어느 때보다 발랄하고 아름다운 모습이었다. 자수를 놓은 빳빳한 하얀 셔츠에, 하늘색으로 밑단을 장식한 진한 감색 치마를 입고 있었다. 그녀를 가까이서 보자마자, 타오르는 그녀의 눈빛에 빠져든 엘리아스는 정신이 나갈 지경이었다. 하지만 고통과 기쁨으로 정신이 오락가락하는 와중에도 그는 이성을 잃지 않으려고 안간힘을 썼다.

'그녀와 단둘이서 있게 된다면 난 정신을 잃고 말 거야. 그런 일은 절대 없어야 해. 그러려면 누군가에게 계속 내 옆에 있어 달라고 부탁해야 할 텐데. 아, 나 자신이 이토록 두려울 줄이야. 누구한테 말해야 하지? 어머니에게? 아버지에게? 아니, 안될 말이지. 마티아에게? 이해하지 못할 거야. 맞다, 마르티누 삼촌이 있었지!'

엘리아스는 안도의 한숨을 내쉬었다. 포르톨루 삼촌이 특유의 억지스럽고 장난기 있는 미소를 지으며 그녀를 소개하는 동안, 마르티누 삼촌은 밝은 표정으로 피에트로의 약혼녀를 내려다보고 있었다.

"에헴, 백발의 멧돼지 씨, 피에트로의 약혼녀를 보셨나요? 막달레나라고 한답니다. 실을 잣고 바느질도 할 줄 알죠. 아무도 당신한테 말해주지 않았겠지요. 저 새하얀 비둘기를 좀 보세요. 장미 향이 물씬 풍기지 않나요? 이 분은 아리타 스카다랍니다. 늙은 비둘기예요. 보이시죠, 마르티누 몬네 씨?"

"보입니다."

"안녕하세요."

아리타 숙모가 호기심 어린 눈빛으로 노인을 바라보며 말했다.

"당신은 오루네 사람이 맞지요? 농장 너머 숲속에서 산다는?"

"네, 제가 오루네 사람입니다. 농장 너머에서 지내고 있죠."

"자, 자, 얘기는 나중에들 하시고!"

포르톨루 삼촌이 목소리를 높여 말했다.

"치즈를 먹고, 양젖을 마시러 갑시다. 가요. 어서어서!"

"해가 뜨자마자 치즈를 먹는 건 좀 그렇지 않나요."

막달레나가 웃으며 말했다.

"딸아,"

그 말을 듣자 아리타 숙모가 말했다.

"해가 높이 떴든 낮게 떴든 초대받으면 언제든 먹고 마시는 거란다."

"에헴, 마르티누 몬네 씨, 늙은 비둘기가 하는 말을 들었죠? 지혜가 물처럼 철철 넘치는 여인이라고 내가 그랬잖아요."

오두막 안에 들어가자, 마티아가 염소와 고양이를 양옆에 두고 앉아 있었다. 피에트로가 들어오자, 한 폭의 그림이 완성되었다. 여인네들은 코르크로 만든 낮은 의자 위에 앉았다. 엘리아스가 말없이 양의 발톱으로 만든 숟가락을 모두에게 나눠 주자, 포르톨루 삼촌이 치즈와 양젖이 가득 든 통의 코르크 마개를 열었다. 마르티누 삼촌은 위엄 있는 모습으로 막달레나에게 계속 눈길을 주고 있었다. 치즈는 정말이지 꿀맛이었고, 모두가 배불리 먹고 마셨다. 통의 바닥이 드러날 때까지 싹싹 긁어먹지 않았다가는, 포르톨루 삼촌이 성질을 부릴 기색이었다.

◆

아침 식사가 끝나자마자, 털을 자르는 일이 시작되었다. 양들을 잡아다 끈으로 묶고 꼼짝달싹 못하게 풀밭 위에 누여 놓고는, 마티아와 엘리아스가 용수철이 달린 커다란 가위로 슬슬 털을 잘랐다. 땅 위 여기저기에 지저분하고 꼬불꼬불한 양털 뭉치들이 굴러다녔다. 올가미에서 풀려난 양들은 부쩍 쪼그라든 몸집으로 안도하며 풀밭을 향해 달려갔다.

여인네들은 양을 굽는 포르톨루 삼촌 옆에서 점심 식사 준비를 돕고 있었다. 하지만 막달레나는 마법의 실로 꽁꽁 묶인 것처럼 엘리아스의 꽁무니를 졸졸 따라다녔다. 엘리아스가 눈을 돌리는 곳마다 그녀의 눈길과 마주쳤다. 엘리아스는 마치 무언가에 홀린 기분이었다. 어느새 엘리아스와 막달레나는 단둘만 남게 되었다. 피에트로는 오두막 안에 들어가 있었고, 마티아는 이리저리 도망치는 양의 뒤를 좇아 저만치 달려가고 있었다. 마르티누 삼촌도 그를 도우려고 멀어져 갔다.

엉겅퀴꽃이 만발한 풀밭에서 막달레나와 단둘이 있게 되자, 엘리아스는 형언할 수 없는 두려움과 기쁨으로 정신이 나가버릴 것만 같았다. 막달레나의 애타는 눈빛과 마주치자, 그의 심장은 쿵쾅거리기 시작했고, 핑 돌아버릴 것만 같은 욕망이 그의 온몸을 사로잡았다.

'날 구해주세요! 우릴 구해주세요!'

그녀의 눈빛이 엘리아스에게 애원하고 있었다.

'당신은 날 사랑하고, 난 당신을 사랑해요. 제발 날 구해달라고, 제발 우릴 구해달라고 당신께 말하러 왔어요. 엘리아스, 엘리아스!'

더 이상 그녀의 눈을 바라보았다가는 자신뿐만 아니라, 그녀마저도 잃게 될 것만 같았다. 엘리아스는 힘겹게 자신을 추스르며, 먼 곳을 향해 눈을 돌렸다. 마르티누 삼촌과 마티아가 내달리는 양을 뒤쫓으며 풀밭 쪽으로 몰아 오고 있었다.

"저런 바보들 같으니라고."

엘리아스가 말했다.

"나 같으면 벌써 잡아다가 털을 잘랐을 텐데."

태양 아래 만발한 엉겅퀴꽃과 풀들 사이에서, 고통으로 두 눈을 내리감은 막달레나의 모습은 마치 성모마리아처럼 보였다. 그녀를 혼자 내버려 둔 채 엘리아스는 먼 곳을 향해 달려갔다.

"마르티누 삼촌."

마티아가 버티는 양을 질질 끌고 저쪽으로 가자, 엘리아스가 노인에게 말했다.

"부탁 하나만 할게요. 마르티누 삼촌, 제발 저를 저 아가씨와 혼자 있게 내버려 두지 말아 주세요."

엘리아스는 땅을 바라보며, 애절한 음성으로 천천히 부끄러운 듯 말을 이어 갔다. 마르티누 삼촌은 한참 동안 그를 내려다보았고, 알겠다는 듯 아무런 대답도 하지 않았다.

"오늘 저녁에... 다 얘기할 테니... 제발 나쁘게 생각하지 말아 주세요, 마르티누 삼촌."

엘리아스가 눈을 들어 그를 바라보며 말했다.

"아버지보다 삼촌이 더 믿음직스러워서 그래요."

마르티누 삼촌은 대답하지도, 감동하지도, 웃지도 않았다. 그저 엘리아스의 어깨를 손으로 두드려 주었고, 온종일 엘리아스의 곁에 그림자처럼 찰싹 달라붙어 있었다.

◆

점심 식사는 더할 나위 없이 유쾌하고 시끌벅적했다. 포르톨루 삼촌은 마르티누 삼촌에게 추수가 끝나는 대로, 막달레나와 피에트로가 결혼식을 올리게 될 거라고 말했다. 노인은 그 소식을 듣고도 그리 달가워하는 기색을 보이지 않았다.

황혼녘이 되자, 여인들과 피에트로는 길을 나섰다. 막달레나는 즐거워 보였고, 피에트로에게 쉴 새 없이 농담을 던지며 미소를 지어 보였다. 엘리아스에게는 더 이상 눈길도 주지 않았다. 하지만 그녀의 속내를 알고 있었던 엘리아스는 즐거운 척하는 그녀의 연기에 속아 넘어가지 않았다.

'그녀는 날 바보라고 생각할 거야.'

엘리아스는 생각했다.

'그래, 오히려 잘 된 거야. 하지만 그녀가 안다면... 만일 그녀가 내 마음을 안다면...'

그의 마음은 부서져 버릴 것만 같았다. 주먹을 불끈 쥐고, 큰 소리로 흐느끼며 소리치고 싶었다. 우마차가 멀어져갔다. 붉은 옷을 입은 여인네들과 검고 흰옷을 입은 피에트로의 모습이 초록빛 농장을 뒤로 한 채 붉은 석양 한가운데로, 저만치 멀어져 갔다. 안녕, 안녕. 봄날의 그 아침처럼 엘리아스의 곁에서 사랑에 빠진 그녀의 모습을 보는 일은 이제 다시는 없을 것이다. 농장에는 다시금 고독이 깃들었다. 모든 게 끝났다.

우마차가 멀리 사라지자, 엘리아스 주위에 모든 게 고요해졌고, 텅 비어버렸다. 오두막을 향해 걸어가던 중, 그는 자신을 기다리고 있던 마르티누 삼촌을 만났다.

"난 이만 가 보마."

노인이 말했다.

"날 배웅해 주련, 엘리아스?"

"같이 가요."

숲을 향해 그들은 함께 걸었다. 태양이 기울고 있었고, 보랏빛이 감도는 짙은 장밋빛 하늘 아래 먼 숲속까지 정적이 흘렀다. 반짝이는 관목들, 흔들림 없는 풀들, 바위들, 시냇물 위로도 작약처럼 뜨거운 붉은빛이 반사되고 있었다. 알 수 없는 근원으로부터 흘러나온 빛이 성당 안을 비추듯 농장 전체에 종교적인 평화가 깃들었다. 마르티누 삼촌과 엘리아스는 잠자코 농장을 가로질러 심각한 기색으로 울타리 위에 걸터앉았다.

엘리아스는 마음이 서글퍼졌고, 어디서부터 말을 꺼내야 할지 몰라 물끄러미 손만 내려다보고 있었다. 젊은 친구의 심정을 헤아린 마르티누 삼촌이 그를 방해하지 않으려 조심스럽게 입을 열었다.

"엘리아스 포르톨루,"

그가 심각하게 말했다.

"네가 무슨 말을 하려는지 안다. 막달레나는 너와 사랑에 빠졌어."

"조용히 하세요!"

깜짝 놀란 엘리아스가 한 손으로 그의 팔을 붙들며 말했다.

"작은 나무마다 작은 귀가 달려 있다고요!"

지나치게 흥분했던 걸 부끄러워하며, 엘리아스가 덧붙였다.

"그래,"

야생의 아버지가 심각한 목소리로 대답했다.

"작은 나무와 큰 나무들, 바위들도 귀가 있지. 그게 무슨 말인지 알겠니? 내가 했던 말과 내가 할 말은 누구나 들을 수 있다는 거란다. 저 위에 계신 신을 비롯해, 가장 비천한 하인에 이르기까지 말이다. 마리아 막달레나는 널 사랑하고, 넌 그녀를 사랑하잖니? 신께서 그녀와 너를 그렇게 만드셨으니 너희들은 신의 품 안에서 하나가 되어야 한단다."

엘리아스는 꿈을 꾸는 듯한 표정으로 그를 쳐다보았다. 성 프란체스코 축제 날 밤에 포르케투 신부님과 나눴던 대화와 신부님의 충고를 떠올렸다. 둘 중 누구의 말을 들어야 한단 말인가?

"하지만 그녀는 제 형의 신부잖아요, 마르티누 삼촌!"

"네 형의 신부인 게 어때서? 그녀가 네 형을 사랑한다고 하더냐? 아니잖니. 그녀는 네 형의 여자도 아니고, 신께서 정하신 네 형의 여자가 될 수도 없단다. 신께서 명하신 결혼은 오로지 사랑을 바탕으로 한단다. 조건에 매여서 하는 결혼은 악마의 짓이야. 너 자신을 구해라, 엘리아스 포르톨루. 그리고 네 아버지 표현대로 하얀 비둘기를 구해주거라. 막달레나가 피에트로와의 결혼을 수락한 건 주위 사람들의 권유 때문이란다. 피에트로에게는 곡식이 있고, 보리, 콩, 집, 소들, 땅이 있으니까. 악마의 계략이지. 하지만 신께서 계획하신 운명은 따로 있단다. 신께서는 네가 결국 그녀에게 돌아가게끔 하실 거야. 사람들의 선입견에도 불구하고 너희 둘은 서로를 알아보았고 사랑하게 되었잖니. 나아갈 길을 알려 주는 인간을 뛰어넘는 그 힘을 너도 느낄 수 있지? 신의 손이 아니면 뭐겠니? 잘 생각해 보거라. 엘리아스 포르톨루, 잘 생각해 봐. 그런 생각을 해 본 적이 있니?"

"삼촌 말씀이 맞아요. 하지만 피에트로는 제 형이에요."

"우린 모두가 형제란다, 엘리아스 포르톨루. 피에트로는 어리석은 사람이 아니니 사정을 이해해 줄 거다. 가서 네 형한테 말하렴. 형, 난 형의 신부를 사랑하고 그녀도 날 사랑해. 이제 우린 어떻게 하면 좋을까? 동생과 순수한 신의 딸을 동시에 불행하게 만드는 건 형도 원치 않겠지?"

형한테 그런 말을 내뱉는다는 생각만 해도 엘리아스는 간담이 서늘해졌고, 두려움과 고통으로 고개를 세차게 내저었다.

"절대, 절대로! 그랬다가는 형이 저를 죽여버릴 거예요. 마르티누 삼촌!"

"내가 보기에, 넌 두려워하고 있구나."

"맞아요. 왜 두려움을 숨겨야 하죠? 전 두려워요. 하지만 죽는 게 두려운 건 아니에요. 막달레나가 곤경에 빠지는 게, 그리고 피에트로 형과 가족 모두가 잘못되는 게 두려운 거라고요. 제 마음을 찌르는 가시는 그것만이 아니에요, 마르티누 삼촌. 전 형을 정말 사랑하고, 형이 절망하고 불행해지는 걸 원치 않아요."

"피에트로는 네 생각보다 훨씬 더 빨리 체념할 거다. 너랑 달리 성격이 화끈하잖니. 네 마음이 선하다는 걸 잘 알아. 엘리아스 포르톨루, 하지만 네 생각에 동의할 수는 없구나. 나중을 한번 생각해 보거라. 생각해 본 적이 없겠지? 막달레나는 널 진정으로 사랑하고 있어. 그 아가씨 눈에 그렇게 쓰여 있더구나. 만일 네가 입을 다물면, 그녀는 피에트로와 결혼할 테고, 너희 집에 들어와 살겠지.

그럼 너희 둘은 끝장나버릴 거야. 인간의 본성은 참으로 나약하단다. 내 말 듣고 있니, 엘리아스 포르톨루? 생각해 본 적이 있니? 유혹은 오늘도, 내일도 우리를 이기고, 모레가 되면 그녀마저 이기고야 말지. 우리는 돌로 만들어진 존재가 아니란다. 생각해 본 적이 있느냐, 엘리아스 포르톨루?"

"맞아요, 다 맞는 말씀이에요."

두려움에 가득 찬 눈으로 엘리아스가 대답했다.

잠시 침묵이 흘렀고, 그들 주위로는 한없이 깊은 정적만이 감돌았다. 숲 사이사이로 그늘이 내려앉았고, 작약 빛이었던 하늘이 부드러운 보랏빛 음영을 이루며 차츰 흐릿해지고 있었다. 엘리아스는 문득 내면 깊은 곳에서 차오르는 신비로운 평화를 맛보았다.

"저는,"

엘리아스가 달라진 말투로 말했다.

"저는 집을 떠날 거예요."

"아내를 맞겠다고? 아마도 최악일 거다."

"아니요, 아내를 맞겠다는 게 아니에요."

"그럼, 뭘 한단 말이냐?"

"신부가 될 거예요. 놀라지 않으셨죠, 마르티누 삼촌?"

"난 무엇에도 놀라지 않는단다."

"그럼 제게 뭐라고 충고하실 건가요? 제가 돌아온 첫날 꿈속에서 삼촌은 제게 신부가 되라고 말씀하셨어요."

"꿈은 꿈이고, 현실은 현실이야. 엘리아스 포르톨루. 만일 네가 하느님의 부름을 받았다면, 널 말리지는 않겠다. 하지만 그마저도 너를 구할 수는 없을 거다. 우린 인간들이야. 엘리아스, 갈대처럼 연약한 인간들이지. 잘 생각해 보거라."

"그럼 제게 어떤 충고를 하실 건데요?"

"이미 네게 이미 충고했잖니. 가거라. 마을로 돌아가서 형에게 말하거라."

"절대... 절대로 형한테는 말 못해요!"

"좋아, 그렇다면 네 어머니께 말씀드리렴. 네 어머니는 성인 같은 분이란다. 모든 상처가 아물도록 해 주실 거야."

"맞아요. 집에 가서 어머니께 말씀드려야겠어요!"

엘리아스가 순간 몸을 앞으로 내밀며 말했다. 마음을 굳힌 그의 눈이 기쁨으로 빛났다. 자리에서 일어나 몇 발짝 앞으로 나간 엘리아스는 빨리 집에 돌아가 자신을 짓누르는 악몽에서 벗어나고 싶은 듯했다. 모든 게 쉽게 풀릴 거란 기분에 사로잡힌 그는 전에 없던 기쁨에 사로잡혔다.

"좋다. 시간을 허비하지 말거라."

마르티누 삼촌이 말했다.

"내일 당장 가서 얘기하거라, 주저하지 말고 편견에 사로잡히지도 말고. 내일 저녁 같은 시간에 여기서 널 기다리마. 어떻게 되었는지 들려주려무나."

"다녀올게요, 마르티누 삼촌. 안녕히 주무세요. 그리고 감사합니다, 마르티누 삼촌."

"잘 자거라, 엘리아스 포르톨루."

둘은 각자의 길로 갔다.

◆

다음날 같은 시간에 둘은 농장 울타리 부근 같은 장소에서 다시 만났다. 어제와 마찬가지로 주위에는 한없이 깊은 정적만이 감돌고 있었다. 황혼이 숲의 꼭대기를 밝혀주었고, 멀리서 까치의 노랫소리가 들려왔다. 슬픈 표정의 엘리아스는 집에 돌아왔던 날처럼 고통과 피로에 찌들어 있었다.

"마르티누 삼촌,"

엘리아스가 말문을 열었다.

"일이 어떻게 되었느냐면요! 소용없는 짓이었어요. 전 할 수 없었어요. 말할 수 없었다고요. 어머니에게도, 그 누구에게도요. 어제 저녁때만 해도 전 결심했더랬죠. 사자처럼 마음을 단단히 먹었다고 생각했는데, 아니, 스스로 철면피라는 가책에 시달릴 정도였죠. 그리고는, 잠을 자다가 꿈을 꿨는데, 꿈속에서 집에 돌아가 어머니에게 털어놓았고... 모든 게 정말이지 쉽사리 느껴졌어요. 아침에 눈을 뜨자마자 전 길을 나섰고 집에 도착했어요. 제 마음은 희망과 용기로 부풀어 있었죠. 어머니를 따로 불러 준비했던 말을 입 밖으로 꺼내려고 할 때였어요. 어머니가 저를 바라보셨죠. 순간 갑자기 목구멍이 턱하고 막히면서 심장이 마구 뛰기 시작했어요. 아, 안될 일이에요. 마르티누 삼촌, 불가능한 일이라고요. 아무리 원한다 해도 전 말할 수 없어요. 설사 범죄를 저지른다 해도, 가족들에게 그 말만큼은 할 수 없어요. 안 돼요. 불가능해요."

"다시 시도해 보거라."

노인이 말하자, 엘리아스는 반항에 가까운 말투로 대답했다.

"아, 절대 안 된다고요!"

엘리아스가 소리쳤다.

"저를 시험하지 마세요, 마르티누 삼촌. 제 능력을 뛰어넘는 일이라고요. 천 번을 해본들 안될 게 뻔해요."

"그래, 네 말이 옳다."

어떤 기억이 떠오르는 듯 노인이 말했다.

"나도 기억나는 일이 한 가지 있구나."

잠시 숨을 돌리고서 그가 말을 이었다.

"정말이지 심각한 일이었지. 그 남자는 너보다 훨씬 힘이 세고, 용감하고, 편견이 없고, 폭력적이었단다. 그는 범죄를 저지르기로 마음먹었고 정직한 사람을 죽이려고 했어. 전에도 그런 일을 일삼았던 그에게 사람 하나 죽이는 일쯤은 아무것도 아니었지. 그날이 되어 정해진 시간이 다가오자, 그는 정직한 사람의 집을 찾아갔단다. 저녁을 먹고 있던 그를 죽이는 일은 식은 죽 먹기였지. 하지만 그 순간 정직한 사람이 그의 눈을 똑바로 쳐다보았고, 그는 결국 손을 내려놓고야 말았지. 두 차례, 세 차례 그리고 열 차례나 그런 일이 있었단다."

노인이 이야기하는 동안, 엘리아스는 잠자코 그의 눈을 들여다보았다. 아, 엘리아스는 그 이야기를 이미 알고 있었고, 그 폭력적인 남자가 다름 아닌 마르티누 삼촌이라는 사실도 알고 있었다. 모두가 알고 있는 이야기였다. 정직한 사람은 후에 마르티누 삼촌에게 일거리를 주었고, 자신의 농장에서 양치기와 농장지기로 일하도록 했다. 그 후로 마르티누 삼촌은 그의 오른팔이 되었다. 자신을 죽이려고 했던 사람이 가장 충실한 심복이 된 것이다.

이야기를 들은 엘리아스는 다행스럽다는 생각이 들었다. 나약하고 우유부단한 자신이 얼마나 부끄러웠던가. 하지만 마르티누 삼촌처럼 강인한 사람도 한창 젊었을 적에, 정직한 시선 앞에서 무릎을 꿇지 않았던가. 가련하고 약해 빠진 청년이 범죄에 버금가는 고백을 어떻게 할 수 있단 말인가?

"내가 들려준 이야기는,"

노인이 덧붙였다.

"네 이야기와 비교할 수는 없겠지만, 우리가 절대로 이길 수 없는 힘이 분명히 존재한다는 사실이란다. 어쨌든 엘리아스 포르톨루, 할 수 있거든 뭐라도 해 보거라!"

"전 아무것도 할 수 없어요. 마르티누 삼촌!"

의기소침해진 엘리아스가 말했다.

"만일 네가 원한다면, 내가 그 일에 끼어들 수도 있다만..."

생각에 잠겨 잠시 침묵하던 노인이 말을 꺼내자, 엘리아스는 그의 팔을 붙들고 절실하게 애원했다.

"절대, 마르티누 삼촌! 절대, 절대로 안 돼요! 아, 생각지도 못했던 걸로 저를 괴롭히다니요. 아니, 마르티누 삼촌, 만일 제 비밀을 입 밖에 낸다면 다시는 삼촌 얼굴을 보지 않을 거예요."

"네 말이 옳다. 쓸데없는 짓이지, 맞아!"

"그래서 제게 어떤 충고를 해 주실 건가요?"

"이미 충고했잖니, 엘리아스 포르톨루. 뭔가를 하라고, 행동하라고, 앞날을 내다보라고."

"저도 앞날을 내다보고 있어요, 마르티누 삼촌. 일이 흘러가는 대로 가만히 놔둘 거예요. 그런 다음, 도저히 참을 수 없게 된다면, 어제 말씀드렸던 그 일을 해야죠."

"그럼 넌 반드시 잘못될 거다."

노인이 몸을 일으키며 말했다.

"모든 면에서 시도해 보거라. 엘리아스, 내 아들아. 내가 들려준 이야기에서는 한 사람의 주저함이 결국 좋은 결과를 낳았지만, 너의 경우에는 나쁘게 끝날 게 분명해. 넌 쓸 줄도 알잖니. 그래, 글로 써 보거라. 네 형도 글을 읽을 줄 알잖니. 서로 의견을 나눠보렴. 훗날을 내다봐야지. 그 이상 너한테 해 줄 말이 없구나."

엘리아스의 눈에 한 줄기 희망의 빛이 피어올랐다.

"맞아요. 글을 쓰면 되겠네요."

◆

둘은 아무런 약속도 없이 헤어졌고, 엘리아스는 한층 밝아진 마음으로 오두막에 돌아왔다.

'그래, 맞아. 신사들이 하는 것처럼 피에트로 형한테 편지를 써야지. 사정을 다 얘기할 거야. 그러면 형도 이해하고 내 말을 들어 줄 거야. 나한테는 종이와 연필도 있으니까, 마티아에게 편지를 전해 주라고 부탁할까... 아니야. 내가 직접 전해 주는 게 좋겠어. 아니, 어머니에게 전해 달라고 해야지. 그래, 그게 좋겠어.'

엘리아스는 밤늦도록 편지를 어떻게 쓸까 고민을 거듭했다. 하지만 그는 어떤 말로 시작해서 어떤 말로 끝내야 할지 이미 알고 있었다.

다음날 아침이 되도록, 엘리아스는 편지를 쓸 생각에 사로잡혀 있었다. 시간이 나자마자, 그는 책과 펜, 잉크통을 숨겨 놓은 가장 좋아하는 장소에 가서 편지를 쓸 준비를 마쳤다. 편안하게 글을 쓸 수 있도록 높고 판판한 바위 위에 자리를 잡고 앉아서, 엘리아스는 생각에 잠겼다. 시냇물은 갈대 사이로 졸졸 흘렀고, 기분 좋은 바람이 살랑살랑 불어와 딱총나무와 다른 풀들을 다독여 주었다. 아련한 소리와 연기, 가까이 그리고 멀리 있는 모든 것들이 맑은 아침 선명한 햇살 아래 농장에 생기를 불어넣었다.

엘리아스는 더 이상 하얗지 않은 손으로 바위 위에 펼쳐 놓은 종이를 누르며 생각에 잠겼다.

어느 순간 고개를 든 그는 멀리서 들려오는 소리에 귀를 기울이는 듯했다. 그리고는 종이와 펜, 잉크통을 다시 제자리에 두고서 오두막을 향했다. 마르티누 삼촌이 말했던 인간을 뛰어넘는 힘을 엘리아스는 도저히 이겨낼 수 없었다.

5.

여름이 찾아왔다. 개울가를 따라 자라는 열대 식물과 관목들 외에 쨍쨍한 태양 빛에 바랜 농장은 온통 누런색으로 뒤덮였다. 화창한 아침이면 불그스레 금빛을 띤 아래편 내리막길이 짙은 배경처럼 펼쳐졌고, 별이 총총 빛나는 밤이면 고요한 숲 위로 새로운 달이 둥실 떠올랐다.

슬픈 사랑에 빠진 엘리아스는 마음이 갈기갈기 찢어질 것만 같았으나, 상황을 바꾸려는 아무런 시도도 하지 않았다. 그가 어물쩍거리는 동안, 시간은 계속 흘러만 갔다. 피에트로의 그해 수확은 풍년이었고, 결혼식까지는 불과 며칠밖에 남지 않았다. 엘리아스는 마르티누 삼촌을 다시 보지 못했고, 일부러 그를 찾아가지도 않았다. 마르티누 삼촌은 지혜로운 사람이었지만, 그의 말은 엘리아스에게 마음의 위안을 주기보다 그의 영혼을 지옥으로 내몰았기 때문이었다.

'삼촌 말이 옳았다면?'

엘리아스는 이따금 자신에게 묻곤 했지만, 이내 생각을 떨쳐버렸다. 상황에 대처하고, 움직이고, 자신의 비밀을 밝힐만한 힘이 그에게는 없었기 때문이었다. 무엇보다 피에트로 형의 행복을 무너뜨릴 용기가 그에게는 없었다. 그러나 막달레나에 대한 추억과 그녀를 향한 욕망, 그리고 얼마 뒤면 그녀를 무자비하게 잃게 될 거라는 생각이 들자, 엘리아스는 억장이 무너져 내렸다. 포르톨루 삼촌이 원하는 대로 강해져서, 내면의 감정과 맞서 싸우고 열정 따위에는 코웃음을 치자고 마음먹기도 했다. 젠장! 세상에 여자가 얼마나 많은데. 심지어 여자 없이도, 사랑 없이도, 살 수 있다고. 진정한 남자라면 그따위는 비웃을 줄 알아야지! 하지만 부질없는 싸움이었다. 막달레나의 존재가 없는 엘리아스의 앞날은 그저 어둡고 공허할 뿐이었다.

성 프란체스코 축제 때 멀리서 그녀를 흠모했던 것처럼, 그는 농장의 고독과 침묵 속에서 열렬하게 그녀를 갈구하고 있었다. 하지만 피에트로의 결혼식이 코앞으로 다가왔고, 그렇게 모든 게 영원히 끝나버릴 것이었다. 그리고 나면, 엘리아스 또한 나아질 테고, 육신의 건강과 마음의 평화를 되찾게 될 것이었다. 태양빛이 쨍쨍한 낮 동안의 열기와 향기롭고 긴 밤의 서늘한 기운 때문에 그의 몸은 쇠약해졌고, 종종 열이 오르기도 했다.

슬픔에 잠긴 엘리아스의 마음속에 인간에 대한 증오가 싹텄다. 자신을 쪼아대는 아버지와 마티아가 꼴 보기 싫어진 그는 그들과 늘 멀리 떨어져서 지냈다. 누렇게 타오르는 농장의 들판을 온종일 싸돌아다니다가 밤이 되면 오두막 밖에서 잠을 잤다. 성서들을 읽고 또 읽다가 오후에 낮잠을 자고 일어날 때면, 극심한 두통이 밀려왔고, 밤에도 제대로 잠을 이룰 수 없었다. 그는 바위들로 둘러싸인 자신만의 은신처에서 고통스러운 무기력함에 휩싸여, 황혼이 지나가고 숲 위편으로 달이 떠오를 때까지 머물러 있곤 했다. 포르톨루 삼촌, 일명 늙은 여우는 아들의 몸과 마음의 상태를 꿰뚫어 보고 있었지만, 이유는 헤아릴 수 없었다. 엘리아스와 잠시라도 같이 있게 되면, 그는 답답한 마음에 아들을 호되게 꾸짖곤 했다.

"왜 자꾸 숨는 건데?"

포르톨루 삼촌이 소리쳤다.

"네 꼴을 좀 봐라? 나쁜 짓을 하려거든 저지르고 끝장을 내버려. 사랑에 빠졌거든 짝짓기를 하든가. 네 놈이 무슨 남자라고. 못난 놈 같으니. 넌 썩어빠진 나뭇가지야. 암소 치즈로 만든 놈 같으니! 똑바로 서 있지도 못하는 꼬락서니 하고는. 개구리처럼 시퍼런 네 얼굴은 또 어떻고?"

"몸이 안 좋아요."

꾸중이 무섭기보다, 아버지가 자신의 비밀을 알아낼까 봐 두려웠던 엘리아스가 얼른 대답했다.

"몸이 안 좋거든 가서 치료하든가 뒈지든가 해라. 난 내 주위에 나약한 인간들이 득실거리는 꼴은 절대로 못 본다. 사자나 독수리를 보고 싶다고. 넌 도마뱀에 불과한 놈이야."

"저를 좀 내버려 두세요, 아버지."

포르톨루 삼촌 뒤에다 대고 엘리아스가 소리쳤다.

그러나 혼자 있을 때면 노인 또한 한없이 슬퍼졌고, 작은 새만큼이나 마음이 오그라들었다.

'내 눈에 흙이 들어가기 전에 엘리아스가 아픈 걸 보게 되다니.

아, 안 돼. 성 프란체스코여, 저를 거두어 가시고, 제 자식들은 건강하게 하소서! 내 아들들! 나의 비둘기들! 나의 작은 새들! 제 자식들만 행복하다면 포르톨루 삼촌은 절망에 빠져 죽어도 되나이다. 엘리아스, 엘리아스, 왜 너 자신을 돌보지 않는 게냐? 너 없이 내가 어떻게 살라고? 네 어머니를 부르마. 널 마을에 되돌려 보내마. 네 어미가 널 침대에 누이고 약초와 소금과 성스러운 부적으로 약을 만들어 줄 게다.'

서글픈 절망에 빠져든 엘리아스는 자신과 주위 사람들을 혐오하며, 정처 없이 떠돌고 있었다. 어느 날 밤 포르톨루 삼촌은 바위 위에 앉아 물끄러미 달을 쳐다보고 있는 아들의 모습을 보게 되었다.

'마법이라도 거는 건가? 나쁜 짓을 꾸미고 있나? 신부가 되고 싶어서 저러나?'

낮 동안 타올랐던 열기로 어느 때보다 눈이 붉어진 아들의 모습을 쳐다보며 노인은 되물었다. '성 프란체스코여, 성 프란체스코여, 제 아들을 돌봐 주소서.'

노인은 고통스러운 마음으로 오두막에 돌아왔다. 아, 정말이지 엘리아스의 알쏭달쏭한 태도는 다가오는 일요일에 있을 피에트로의 행복한 결혼식에 찬물을 끼얹고 있었다.

엘리아스는 선명한 달의 광채 아래 유리알처럼 빛나는 눈으로 혼란스러운 환영들에 사로잡힌 채, 아무런 움직임도 없이 바위 꼭대기에 앉아 있었다. 집으로 돌아왔던 날, 정원에서처럼 알 수 없는 어지러움이 그를 엄습해왔다. 그는 망연자실했고, 목놓아 울고 싶어졌다. 가벼운 바람이 바스락거리며 숲을 스쳐 지나갔고, 멀리서 무섭고도 달콤한 목소리가 들려오는 것 같았다. 뭐라는 거지? 바람이 무슨 말을 하는 거지? 숲이 뭐라고 속삭이는 거지? 그들이 들려주는 말을 들어보고자 했으나, 연약한 몸과 상처 입은 마음을 지닌 엘리아스는 도무지 알 수 없었다.

포르케투 신부님 목소리 같기도, 막달레나 목소리 같기도, 어머니 목소리 같기도, 마르티누 삼촌 목소리 같기도 했다. 이살레 강가에서 돌아왔던 날 밤의 꿈과 다른 꿈들, 또 다른 머나먼 환영들이 떠올랐다. 알아들을 수 없는 목소리들, 꿈들, 기억나지 않는 다른 것들이 한데 뒤엉키며 영혼 깊은 곳에서 혼란스러운 고통이 밀려왔다.

달빛이 그의 얼굴과 그의 눈을 비추며, 꿈같은 마법을 걸고 있었다. 머나먼 숲의 지평선 너머로, 하늘은 진줏빛을 발하며 흐릿해지고 있었다. 양들은 멀리서 아직도 풀을 뜯고 있었고, 짤랑짤랑 흔들리는 구슬픈 방울 소리가 밤의 고독 사이로 울려 퍼졌다. 엘리아스는 그날 밤처럼 외로운 기분을 느껴본 적이 없었다. 전에 없던 일이었다. 그곳, 감옥에서 보낸 세월이 떠올랐고, 이전에 미처 생각지 못했던 수치스러운 고통으로 다가왔다. 그가 혼란에 빠져 생각했다.

'아, 내가 나쁜 친구들과 어울려 다니며 죄를 짓지만 않았더라도, 그곳에 가지 않았을 테고 피에트로 형보다 먼저 막달레나를 알게 되었을 텐데. 그랬다면 지금 이토록 슬프지 않을 텐데. 그 일이 내

발목을 붙잡고, 날 이토록 나약한 여자처럼 만들어 버렸구나. 그런데도 난 그곳에서의 일들을 추억인 양 떠들어댔으니! 부끄러운 일이야. 엘리아스 포르톨루, 부끄러운 줄 알아야지!'

엘리아스의 얼굴은 붉어졌고, 그의 생각은 또다시 혼란 속으로 빠져들었다. 포르케투 신부님, 막달레나, 마르티누 삼촌 그리고 그곳에서 보았던 다른 사람들의 모습이 보였고, 혼란스러운 목소리들이 들려왔다. 혼미한 고통이 가뜩이나 무거운 그의 마음을 누름돌처럼 짓눌렀다.

마침내 엘리아스는 기억 속에서 끄집어낸 목소리의 정체를 알아낸 듯했다. 어깨를 부들부들 떨며 낯빛이 창백해진 그는 이빨을 딱딱 부딪쳤다.

"삼 일 후면 그녀는 결혼한다. 모든 게 끝났어!"

그는 자신을 향해 외쳤다.

"그 일이 날 죽어가게 만들고 있어. 그런데도 난 아무것도 하지 않다니. 꼼짝도 하지 않다니. 말리지도 않고..."

극심한 절망감에 사로잡힌 그는 돌연 말도 안 되는 용감한 짓을 하고 싶어졌다.

"갈 거야. 가서 뜯어말릴 거야. 난 죽기 싫단 말이야. 난 그녀를 사랑하고, 그녀도 날 사랑해. 이살레 물가에서 그녀가 내게 말했어... 집으로 돌아오는 길에... 그녀가 내게 말했고, 난 그녀에게 입을 맞췄지. 그녀는 나의 여자야. 나의, 나의... 갈 거야... 아, 나의 형이여, 원한다면 날 쳐 죽여도 좋아. 하지만 그녀는 나의 여자야. 모든 걸 제자리로 되돌릴 수 있어. 마르티누 삼촌 말이 옳았어. 하지만 서둘러야 해."

발끝에서부터 올라와 온몸을 휘감는 차가운 전율에 사로잡힌 엘리아스는 온몸을 부들부들 떨었다. 극적인 표정으로 이를 계속 부딪치며 그는 다시금 달을 바라보고 앉았다. 프란체스코 성인의 발치에서 어린아이처럼 목놓아 울었던 일이 떠올랐다. 하지만 이미 다 지나간 일이었다. 엘리아스는 더 이상 자신의 열정을 억누를 수 없었다.

"그때까지만 해도 결혼식 날이 멀게만 느껴졌었는데, 벌써 내일 모레로 다가와 버렸구나. 일어나야만 해."

"그런데 왜 몸을 움직일 수 없는 거지?"

정신을 차린 엘리아스가 자신을 향해 물었다.

"움직이려 해도 움직일 수가 없어. 온몸이 돌처럼 천근만근이야. 부들부들 떨리고 열이 나. 병에 걸린 거야."

"아,"

엘리아스는 두려움에 차서 말했다.

"만일 내가 병에 걸렸다면? 움직일 수 없다면? 그래 우선... 아, 안 돼. 안 돼. 난 갈 거야. 갈 거라고."

엘리아스는 돌덩어리 같은 몸을 억지로 일으켜 바위에서 내려왔다. 그루터기들과 달빛 아래 반짝이며 향기를 내뿜는 건초들 사이로 그는 비틀거리며 발걸음을 옮겼다.

멀리서 양들의 구슬픈 방울 소리와 숲을 스치고 지나가는 바람의 목소리가 여전히 들려오고 있었다. 엘리아스는 계속 발걸음을 옮겼다. 달려가고 싶었지만 도저히 그럴 수 없었고, 이따금 걸음을 멈춰야만 했다. 귓속에서 날카로운 휘파람 소리가 들리더니 머릿속에서 윙윙거렸다. 어느 순간 엘리아스는 나무 아래, 땅바닥에 픽하고 쓰러졌다. 나뭇가지 사이로 뜬 달이 하나뿐인 눈을 번뜩이며 그의 모습을 지켜보고 있었다. 마지막으로 달의 눈을 쳐다본 엘리아스는 왼편 속눈썹에 날카로운 통증을 느꼈다. 도끼로 한 대 얻어맞은 기분이었다. 귓속에서 윙윙거리는 소리는 점점 커져만 갔다.

악몽과도 같은 꿈속에서 알 수 없는 말을 지껄이며 엘리아스는 멈추지 않고 계속 걸어갔다. 푸르스름한 달빛 아래 괴물처럼 생긴 바위들, 가시투성이 관목들, 메마른 엉겅퀴들로 가득한 곳이었다. 헛것을 보는 와중에도, 그는 자신이 어디를 향해 가는지, 무엇을 원하는지 똑똑히 알고 있었다. 하지만 뜀박질하고, 바위를 오르고, 관목들을 뛰어넘고, 땀 흘리고, 고단하고, 고통스러워하면서도 그는 괴기스러운 장소에서 벗어날 수 없었다. 말로 다 할 수 없는 아픔과 분노가 치밀어 올랐다. 관절 마디마디가 콕콕 쑤셨고, 허리가 뚝 부러진 기분이었다. 관자놀이가 꾹꾹 쑤셨고, 손과 발과 온몸이 땀으로 흠뻑 젖었다.

그는 앞을 향해 계속 나아갔다. 자신을 무시하고 위협하는 바위

위로, 어둠보다도 무서운, 처절하고 괴상한 달을 둘러싼 창백한 희미함 속으로 그는 나아갔다. 바위들, 관목들, 엉겅퀴들에 저항하며 그는 앞으로 나아갔다. 끓어오르는 분노, 짓누르는 고통, 보이지 않는 괴물들에 대한 두려움, 끔찍한 달빛과의 격렬한 싸움이 얼마나 지속되었는지 알 수 없었다. 무시무시하고 혼란스러운 또 다른 형상들이 바람에 떠밀리는 구름처럼 그를 조르며 휘감았고, 서로 꼬였다가 풀어지기를 반복했다.

지칠 대로 지친 그의 영혼은 마지막 순간이 되자, 무의식의 어두운 심연 속으로 가라앉았다. 그의 육신은 여전히 고통으로 몸부림치고 있었다. 서글픈 여명과도 같은 빛이 심연으로 내려와 그를 감쌌고, 그의 영혼은 마침내 육신의 고통을 감지할 수 있었다. 더 이상 꿈이 아니었다. 열이 펄펄 끓어오르며, 그는 현실 속에서 눈을 떴다.

◆

자기 집의 희고 누추한 방 안에서 모직으로 된 낡은 이불을 덮고 그는 침대에 누워있었다. 반쯤 열린 창문 밖으로 애잔한 빛을 띤 관목들이 보였다. 오솔길에서 아이들의 쾌활한 외침 소리가 들려왔다. 정원과 부엌, 옆 방에서도 떠드는 목소리가 들렸다. 사람들이 많이 와 있는 듯했다. 무슨 말들을 하는 걸까? 뭣들 하는 걸까? 막달레나도 저기 있을까? 피에트로도? 결혼식을 올린 걸까?

엘리아스는 몸이 얼어붙는 것만 같았다. 더 이상 헛것은 보이지 않았다. 설사 결혼식을 하기 전에 막달레나가 그의 앞에 나타난다 해도 그는 아무 말도 하지 않을 작정이었다. 아니, 그는 오히려 결혼식이 빨리 끝나기만을 바랐고, 비통함으로 죽고 싶은 심정이었다.

죽음의 문턱에서 되살아난 엘리아스에게 불안이 엄습해 왔다. 섬망에 빠져서 헛소리를 지껄인 건 아닐까? 어떻게 되었던 걸까? 어떻게 날 찾아낸 걸까? 어떻게 날 집까지 데려온 걸까? 막달레나도 내 모습을 보았을까? 막달레나가 내게 동정심을 품었을까? 그녀가 자신을 동정했을 거란 생각이 들자, 엘리아스는 그 자리에서 죽고 싶은 심정이었다.

그 순간 안네다 숙모가 들어왔다. 엘리아스의 상태가 한결 나아진 걸 본 그녀는 아들의 뺨 위로 몸을 굽히며, 다정한 미소를 지었다.

"알고 있을까요?"

창백한 눈꺼풀을 내리깔며 엘리아스가 물었다.

"내 아들아, 좀 어떠니?"

어머니가 그의 이마에 손을 올리며 물었다.

"그저 그래요."

"하느님의 축복이야. 열이 펄펄 끓었단다, 엘리아스. 하마터면 결혼식을 미룰 뻔..."

'그녀가 알고 있어!'

아픈 와중에도 엘리아스는 생각했다.

"다행히 오늘 아침에 네 상태가 조금 나아졌더구나. 네 형은 열시에 결혼식을 올렸단다."

'아무도 모르고 있구나!'

엘리아스는 한편으로 다행이라 여겼지만, 어머니의 말을 듣고 형용할 수 없는 고통을 느꼈다. 마음 한구석에 여전히 희망을 품고 있었단 말인가? 도대체 무슨 희망이란 말인가? 알 수 없었다. 어리석고 불가능한 일임에도 그는 여전히 희망의 끈을 놓지 않고 있었다. 하지만 이제 모든 게 끝났다. 엘리아스는 눈을 꼭 감았고 더 이상 입을 열지 않았다. 어머니가 하는 말이 귀에 들어오지 않았다. 온몸이 무감각하고 천근만근이었고, 돌처럼 딱딱하게 굳어 도저히 움직일 수 없었다. 움직이고 싶었지만 그럴 수 없었다.

모든 게 끝났다.

안네다 숙모는 엘리아스를 혼자 있도록 놔두었다. 그녀가 나가려고 방문을 열자, 부엌과 정원에서 떠드는 손님들의 목소리와 웃음소리가 엘리아스의 귓가에 들려왔다. 그는 다시 눈을 뜨고 애잔한 관목들이 내다보이는 창문을 바라보며, 자신의 속사정은 모르는 채 즐거워하는 사람들에 대해 생각했다. 그러자 자신의 심각한 통증과 고독 그리고 비참한 결말이 더욱 처절하게 느껴졌다. 죽음보다 캄캄한 고통 속에서, 엘리아스는 소리 죽여 흐느꼈다.

안네다 숙모는 엘리아스가 나아졌다는 소식을 전했고, 가족들과 얼마 안 되는 손님들은 (모두 신랑 신부의 친지들이었다) 걱정의 그늘에서 벗어날 수 있었다. 누구보다 기뻐했던 사람은 당연히 포르톨루 삼촌이었다.

"프란체스코 성인께서 널 보살피셨구나."

그가 기뻐 뛰며 말했다.

"만일 내 아들이 죽었다면, 나도 더 이상 살 수 없었을 거야. 가서 아들 얼굴을 봐야겠다. 곁에 있어 주어야지. 가야지."

엘리아스로 인해 너무도 슬픈 나머지 그는 술을 입에 대지 않았고, 네 가닥으로 땋은 머리도 하지 않았다. 하지만 몸을 단정히 했고, 동물 기름으로 광을 낸 신발을 신고, 근사한 새 옷을 입고 있었다. 슬픈 눈길로 아래를 바라보는 성모 마리아 같은 막달레나만 이전과 다름없어 보였다. 정원에서 신랑 옆자리에 앉아 있는 그녀는 좀처럼 입을 열지 않았고, 손가락 깍지를 끼고 새끼 양들을 바라보고 있었다. 피에트로는 무척이나 행복해 보였다. 수염을 깨끗이 다듬은 그의 눈은 반짝거렸고, 입술에는 발그스름한 생기가 돌았다. 그는 신랑의 복장을 하고 있었는데, 새하얀 카라가 달린 수 놓은 셔츠와 밑단을 하늘색 벨벳으로 장식한 조끼를 차려입고 있었다. 심지어 미남으로 보일 정도였다.

"가자. 빨리 가 보자고."

포르톨루 삼촌이 엘리아스를 다시 볼 생각에 흡족해하며 말했다. 하지만 방문을 열자마자 그는 아들의 치명적인 아픔은 전혀 헤아리지 못한 채, 억지스러운 웃음을 지으며 우스운 이야기를 쏟아내기 시작했다.

"저 대단한 녀석 좀 보소. 재가 우리 집의 꽃이랍니다. 자기 형이 결혼식을 하는 날 죽을 뻔했다지 뭐요? 그게 될 말이냐? 에헴, 그제 바위 위에 앉아 있던 널 내가 봤다. "비둘기가 아픈가 보구나" 했더랬지. 다시 보니 네가 나무 아래 죽은 사람처럼 쓰러져 있지 뭐냐. 널 수레에 태워서 집에 데려왔다. 아, 네 얼굴은 잿더미처럼 어찌나 창백했던지. 에헴, 엘리아스, 술을 좀 마셔 보겠느냐? 아무렴, 포도주는 만병통치약이고 말고. 네 형이 결혼식을 올렸다. 너도 알고 있는 게지? 빨리 일어나서 신랑 신부를 위해서 건배해야지."

"가만 좀 내버려 두세요."

안네다 숙모가 웃옷의 허리끈을 잡아당기며 낮은 소리로 말했다. 포르톨루 삼촌은 입을 다물었고, 슬픈 표정으로 눈을 감고 누워있는 엘리아스를 바라보았다.

신랑 신부는 친지들에게 둘러싸여 정원에 머무르고 있었다. 잔치는 좀처럼 흥이 오르지 않았고, 엄숙하고 지루하게 느껴질 정도였다. 차갑고 수줍음 많은 신부의 태도가 피로연의 분위기를 더욱 가라앉도록 만들었다. 말썽꾸러기 동네 아이들 몇몇이 대문으로 다가와서 벽에 돌을 던지며, 큰 소리로 케이크를 달라고 외쳤다.

부엌에서는 신부의 어머니와 친척 한 명이 저녁 식사를 준비하고 있었다. 희고 차분한 얼굴의 안네다 숙모는 종종걸음으로 정원에서 부엌으로, 부엌에서 엘리아스의 방으로 바삐 오갔다. 아들이 나아질 거란 걸 그녀는 알고 있었다. 엘리아스가 무언가에 놀랐다고 믿었던 그녀는 엘리아스가 마실 특별한 물을 준비했고, 아들의 목에 거룩한 메달을 걸고 성 프란체스코의 불을 켰다. 마지막으로 '녹색의 말'이라 불리는 주술을 읊으며 병자가 살지 죽을지를 알려주는 저승사자를 불러냈다. 녹색의 말은 그가 살아날 것이라고 대답했다. 프란체스코 성인께서 보살피셨고, 하느님께서 그녀의 성스러운 기원을 들어주셨다.

사람들이 차차 돌아갔고, 두 형제와 신부의 어머니, 안네다 숙모와 가까운 친구 한 명만 집에 남았다. 저녁 식사는 점심때보다 더 침울했다. 엘리아스가 신음을 내뱉는 소리가 간간이 들려와 모두에게 슬픔의 베일을 씌워 놓았다.

"꼭 장례식 저녁 식사 같군."

포르톨루 삼촌이 억지웃음을 터뜨리며 말했다. 하지만 그 또한 서글프기는 매한가지였다. 결혼식 날의 푹 가라앉은 분위기는 신랑 신부에게도 좋지 않은 징조였다.

뒷정리가 끝나자, 안네다 숙모는 수프가 담긴 사발을 들고 엘리아스에게 갔다.

"일어나서 좀 먹어 보렴, 아들아."

숟가락으로 수프를 떠서 호호 불며, 그녀가 다정하게 말했다.

하지만 엘리아스는 몸을 부르르 떨며 얼굴을 찌푸렸고, 손으로 어머니의 손을 밀쳐냈다.

"엘리아스, 아들아, 마시거라. 정신을 차려야지. 마시래도. 너한테 좋을 거다."

"싫어요, 싫어. 싫다니까요..."

그가 어린애처럼 불평하며 반복해 말했다.

"자, 자, 정신을 차려보렴. 계속 그러다가는 정말로 아프게 될 거야. 그러면 죽을 죄를 짓는 거란다. 주님께서는 우리가 건강을 돌보길 바라신단다."

엘리아스가 고통으로 몸부림치며 두 눈을 부릅떴다.

"저를 가만 좀 내버려 두세요. 편안히 죽게 내버려 두시라고요."

안네다 숙모는 밖으로 나가더니, 막달레나를 데리고 다시 들어왔다. 신부를 보자마자, 엘리아스는 눈에 보일 정도로 몸을 부들부들 떨기 시작했다. 자신이 동요하고 있다는 사실을 숨기고 싶은 마음도, 힘조차도 그에게는 없었다. 엘리아스는 그녀에게 인사말을 전하고 싶었다.

"축하해요...."

하지만 그의 말소리는 웅얼거리며 목구멍 안에서만 맴돌 뿐이었다.

"엘리아스, 왜 그러는 거죠? 왜 아무것도 먹지 않는 거예요?"

막달레나가 차갑게 말했다.

"당신은 어린애가 아니잖아요. 왜 어머니를 힘들게 하죠? 자, 정신 차리고 어머니 말씀을 들어요."

엘리아스는 벌떡 일어나더니, 나뭇잎처럼 비실비실 떨며, 사발을 들고 수프를 후루룩 마셨다. 그런 다음, 포도주를 마신 그는 감미로운 취기에 빠져들어 평화롭게 잠이 들었다.

한밤중이 되자, 엘리아스는 잠에서 깨어났다. 잠을 푹 잔 덕분에 상태는 한결 좋아졌지만, 처절한 절망과 고통이 엄습해 왔다. 막달레나가 자신과 한 지붕 아래, 저편에 머물고 있었고, 피에트로의 모습은 이루 말할 수 없을 만큼 행복해 보였다.

엘리아스의 내면에서 삶의 즐거움이 모조리 사라져 버렸고, 질투와 죄와 고통과의 투쟁이 시작되었다. 무시무시한 어둠이 그의 내면으로부터, 그의 주위로부터 그를 향해 다가오고 있었다. 엘리아스는 다시금 자리에서 일어나, 움직이고, 걷고, 먼 곳으로 떠나고 싶어졌다. 그것이 그의 운명이었다.

'가야겠어.'

'가야만 해. 움직여야 해. 멀리 떠나야 해. 다시는 이곳에 돌아오면 안 돼. 안 그랬다간 난 끝장나고야 말 거야. 아, 아...'

엘리아스는 몸부림치며 몸을 뒤틀었다. 신음하며 흐느끼는 소리가 들리지 않도록 이를 꽉 깨물었다. 마음을 갈기갈기 찢어놓는 처절한 욕망에 휩싸인 그는 주먹을 꽉 쥐고서 이마와 뺨을 내리쳤다.

6.

가을이 다가오자, 농장 안에 감미로운 애조가 깃들었다. 축축한 날씨 탓에, 지평선 너머로 베일에 싸인 듯한 신비로운 경계가 생겨났다. 풍경은 한층 광활해졌고, 농장은 깊은 고독에 빠져들었다. 나무와 돌, 관목들마저 서글픈 가을의 정취를 풍겼다. 창백한 하늘 위로 커다란 까마귀들이 느릿느릿 날아갔다. 흠뻑 내린 비를 맞아 짙어진 그루터기 위로 가을 풀들이 돋아났다.

더위가 채 가시지 않은 눅눅하고 슬픈 가을의 어느 날, 엘리아스는 오두막 가장자리에 홀로 앉아 기도서와 성스러운 책들을 읽고 있었다. 멀리서 양치기들이 가축을 모는 소리가 들려왔다. 눈처럼 새하얀 귀여운 새끼 양 한 마리가 철없는 아이의 불평 소리처럼 메에메에 울고 있었다. 엘리아스는 책을 읽으며 마르티누 삼촌을 기다렸다. 삼촌의 충고를 듣기 위해 농장으로 오시라고 해둔 참이었다.

'이번에는 노인이 하는 말을 잘 들어야지. 삶의 경험이 풍부한 분이야. 처음부터 그의 충고를 듣고 그대로 따랐더라면 좋았을 것을.'

그가 한숨을 내쉬며 중얼거렸다.

"하지만 이제 다 끝난 일이야."

습기가 피어오르는 오솔길을 배경으로 거구의 노인이 드디어 모습을 드러냈고, 오두막을 향해 성큼성큼 걸어오는 모습이 보였다. 엘리아스는 책을 내려놓고 몸을 일으켜 노인을 향해 걸어갔다. 농장은 텅 비어 있었지만, 엘리아스는 작은 나무에도 작은 귀가 있다는 속담을 늘 기억했다. 아무도 엿듣지 못하도록 엘리아스는 노인을 나무와 바위가 없는 허허벌판으로 데리고 갔다. 둘은 그루터기 사이에 있는 돌 위에 자리를 잡고 앉아 시시콜콜한 이야기들을 나눴다. 그동안 마르티누 삼촌이 어떻게 지냈는지 이야기했고, 양들과 새끼 양들과 근처 농장에서 도둑맞았다는 황소 이야기도 했다. 어느 순간 노인이 엘리아스를 쳐다보며 달라진 말투로 물었다.

"왜 날 오라고 한 거냐, 엘리아스 포르톨루? 뭐 새로운 얘깃거리라도 있는 거니?"

얼굴이 붉어진 엘리아스가 몸을 부르르 떨며 주위를 둘러보았다. 아무도 보이지 않았다. 숲과 바위, 관목들만이 베일에 싸인 무기력한 하늘 아래 피어오르는 수증기를 배경으로 침묵을 지키고 있었다.

"충고를 듣고 싶어요, 마르티누 삼촌..."

"지난번에도 넌 충고를 듣고 싶다고 했다만은 내 말을 듣지 않았잖니."

"이번에는 달라요, 마르티누 삼촌. 삼촌의 충고를 들었더라면 좋았을 것을. 됐어요. 이제 다 끝난 일이에요. 전 신부가 되고 싶어요, 마르티누 삼촌. 어떻게 생각하세요?"

노인은 먼 곳을 바라보며 생각에 잠겼다.

"넌 아직도 사랑에 빠진 거냐?"

"전보다 더요!"

감정에 북받쳤던 엘리아스의 목소리가 서서히 잦아들었다. 울음을 터뜨리기 직전이었다.

"가끔 전 미쳐버릴 것만 같아요. 그녀는 정말이지 아름다워요. 아, 그녀가 얼마나 아름다운지 삼촌이 본다면! 전 집에 돌아가지 않으려고, 그녀를 바라보지 않으려고, 쳐다보지 않으려고 늘 애쓰지만, 악마가 제 등을 떠밀어요. 마르티누 삼촌, 문제는 그녀도 저를 바라본다는 거예요. 너무나 두려워요. 방법을 찾아야만 해요. 그렇지 않으면 삼촌이 말씀하신 대로 되고야 말 거예요."

"너도 아내를 맞는 게 어떠니?"

"아, 그런 말씀은 하지 마세요!"

엘리아스가 두려움에 떨며 말했다.

"아내에게 못되게 굴 거예요. 전 알아요. 나쁜 놈이 될 거예요. 악마가 저를 이기고 말 거라고요."

"그러니까 마리아 막달레나도 널 바라본다는 거냐?"

"쉿, 이름은 말하지 마세요. 마르티누 삼촌! 네, 그녀도 저를 바라본다고요."

"그렇다면 믿을 만한 여인이 아니란 게로구나."

"전 그녀가 충실한 여인이라 믿어요. 문제는 그녀가 남편을 사랑하지 않는다는 거예요. 단 한 번도 사랑한 적이 없었어요. 그러니 남편도 그녀에게 잘해줄 리가 없죠. 일찌감치 아내에게 싫증이 나버렸어요. 마르티누 삼촌, 술에 취해서 못된 짓을 하고, 자주 부부 싸움을 해요."

"그렇게나 빨리?"

"그러게요, 그런 일은 빨리 일어나기 마련이죠. 그녀도 남편에게 잘해주지 않으니까요. 피에트로가 그녀를 두들겨 팰까 봐 무서워요. 그녀를 집안에 가둬놓고, 친정에도 못 가게 하고, 이웃 여자들과 수다도 못 떨게 한다니까요."

"질투심 때문에?"

"아니요, 질투하는 게 아니에요. 형은 질투 같은 건 하지 않아요. 그저 성질이 불같은 거예요. 아내한테 눈길도 주지 않고, 술을 너무 많이 퍼마셔요."

"아, 엘리아스, 엘리아스! 그러길래 내가 뭐랬니? 네가 내 충고를 따랐더라면!"

울부짖던 노인은 고개를 내저으며 말을 이었다.

"하지만 누가 알겠니? 너도 네 형처럼 그렇게 되었을지도 모를 일이지."

"오, 아니에요. 무슨 말씀을 하시는 거예요?"

고통스러운 상상에 빠져든 엘리아스가 눈을 번뜩이며 사나운 투로 대답했다.

"전 그녀가 원하는 거라면 뭐든지, 전부 다..."

"시간이 흐르면 저절로 그렇게 되는 거야! 처음에는 다들 너처럼 말하곤 하지. 하지만 특히나 여자에 대해서는 싫증을 느끼는 날이 온단다. 넌 말이다, 엘리아스 포르톨루, 그런 네 자신감이 오래 갈 거라 믿고 있지? 언젠가 껄껄 웃을 때가 올 거다. 여자는 아이들을 낳으면 망가지게 되어 있어. 남자를 우러러보지도 않지. 네 이웃에 사는 어머니들을 봐라. 지저분한 옷을 걸치고 엉망으로 하고 싸돌아다니잖니. 결국 다들 그렇게 되는 거야."

"저를 속이려 들지 마세요, 마르티누 삼촌. 너무 심한 말씀을 하시네요. 그녀는 아이들을 낳지 않을 거고, 오래도록 아름답고 청순할 거라고요."

"네가 뭘 안다고, 엘리아스 포르톨루?"

"어머니가 그러셨어요. 어머닌 잘 알고 계세요. 피에트로가 늘 기분이 안 좋으니 그렇게 말씀하시나 봐요. 오, 마르티누 삼촌, 제가 너무 많은 걸 털어놓네요. 삼촌을 믿어도 되죠. 고해성사 때 신부님한테도 하지 않았던 얘기에요."

"내가 널 배신할 거라 여긴다면, 날 불러내지 말거라. 더 이상 네 얘기는 듣고 싶지 않으니."

노인이 말을 이었다.

"여하튼 그녀가 아기를 갖든 말든 그리 중요한 게 아니야. 어쨌든 망가질 테니까."

"왜 그렇게 생각하세요, 마르티누 삼촌! 그녀는 세월이 흘러도, 행복하지 않아도 점점 아름다워지는 그런 여자에요. 남편이 막 대하긴 해도, 다른 식구들, 특히 어머니는 얼마나 잘해주시는지 몰라요. 살림살이도 넉넉하니까 그녀는 늘 아름다울 거예요. 그리고 전 아름다움 때문에 그녀를 사랑하는 게 아니에요. 제가 그녀를 사랑하는 이유는..."

"늙을 거다. 너희도 늙게 될 거야!"

"아, 아직 시간이 있잖아요! 무슨 말씀을 그렇게 하세요! 삼촌은 지혜가 넘치는 분 아니었던가요? 젊음이 뭔지 몰라서 그러세요? 이러다가 그녀와 저는 결국 죽을 죄를 짓게 될 거라고요. 아시겠어요?"

"하지만 엘리아스 포르톨루, 네가 신부가 되면 모든 게 끝날 것 같으냐? 네 안에 있는 젊고 왕성한 혈기는 절대 죽지 않을 거다. 결국 넌 죄를 짓게 될 거고, 그렇게 되면 그건 더 이상 죄가 아닌 신성모독이 되는 거야."

"아, 안 돼요! 무슨 말씀이세요?"

엘리아스가 두려움에 떨며 말했다.

"절대 안 될 말이에요. 그녀가 저를 쳐다보지 못하게 만들 거예요. 제가 신부가 되는 곳으로 들어가서 살면 되잖아요."

"좋아. 다 좋은 말이다, 아들아. 하지만 다른 건 제쳐두고, 누가 널 신부를 시켜 준다고 하든? 말해보렴. 더 이상 어린 소년도 아닌 널 누가 반기겠니? 신부가 되려면 시간이 필요하단다. 공부해야 하고, 돈도 필요하지. 그 모든 걸 극복할 수 있겠니? 무엇보다 먼저 유혹을 이겨내야 하겠지만 말이다."

"제가 그렇게 할 거라고 말한 이상, 걱정할 일은 없을 거예요. 그녀도 더 이상 저를 바라보지 않을 거고요. 전 자신과 싸워서 이길 거예요. 맞아요. 전 어린 소년이 아니에요. 나이도 얼추 서른이나 먹었죠. 자기 양들을 다 팔아 치우고, 삼 년도 안 되어서 신부가 되었다는 그 양치기처럼 그렇게 될 거예요."

"그래, 다 좋다. 하지만 내가 하고 싶은 말은 말이다. 신부라는 건 억지로 해서 되는 게 아니라는 거야. 특히나, 사랑에 실패했다는 이유로 신부가 된다는 건 안 될 말이야. 어릴 적부터 공부를 시작해야 하고, 하느님의 부름을 받아야만 하지."

"부름이라면 저도 받았어요. 소년 시절에도 그랬었고, 그곳에 있을 적에도 부름을 받았다는 걸 다시금 느꼈어요. 마르티누 삼촌, 제가 신부가 되려는 이유는 다른 사람들처럼 호강한다든가, 돈을 많이 번다든가, 편히 살려는 게 아니에요. 그렇게 생각하지 마세요. 하느님을 믿고, 세상의 유혹을 이겨내기 위해서라고요."

"그걸로는 충분하지 않아, 엘리아스 포르톨루. 신부가 되려는 사람은 나쁜 일을 물리치는 데 그치지 않고, 좋은 일을 행해야 해. 다른 사람들을 위해서 살아야만 하지. 한마디로 말하자면, 자신이 아닌 다른 사람들을 위해서 신부가 되어야 하는 거란다. 그런데 넌 다른 사람들이 아닌 너 자신만을 위해서, 오로지 네 영혼을 구하고자 신부가 되려고 하고 있잖니. 잘 생각해 보거라. 엘리아스 포르톨루. 내 말이 맞느냐 틀리느냐?"

엘리아스는 생각에 잠겼다. 노인의 말이 옳다는 걸 그도 알고 있었지만, 사실을 인정하고 싶지 않았다.

"그러니까,"

엘리아스가 말했다.

"제가 신부가 되길 권하지 않으신단 말이죠, 마르티누 삼촌? 하지만 삼촌이 옳은지 틀린지 다시 한번 생각해 보세요. 삼촌의 양심에 손을 얹고 물어보시라고요."

마르티누 삼촌은 어떤 경우에도 흥분하는 사람이 아니었지만, 엘리아스의 마지막 말에 짐짓 놀란 기색이었다. 수증기가 피어오르는 지평선을 향해 예리한 눈을 돌린 그는 먼 곳을 응시했다. 그의 거친 영혼이 고요하고 텅 빈 광활한 대지로부터 들려오는 신비롭고 떨리는 목소리를 듣기 위해 몰두하고 있는 것 같았다.

"나의 양심이 내게 말하길 널 질책하라고 하더구나. 네 아버지 말마따나 넌 남자가 아니야. 넌 잔 가지야. 바람 한 점에도 구부러지는 갈대야. 넌 네가 가질 수 없을 뿐더러, 갖고자 노력하지도 않았던 여자를 사랑하고, 이제는 나쁜 신부가 되려고 하고 있어. 상황을 좋은 방향으로 이끌 수도 있었잖니. 네 아버지 말마따나, 참새가 아니라 독수리가 되어야 한다, 엘리아스!"

노인의 날카로운 지적에 엘리아스는 기분이 상한 듯 보였지만, 그는 아랑곳하지 않고 말을 이어갔다.

"고통이 뭔지 아니, 엘리아스 포르톨루? 감옥에 갔다 오고, 네 형의 여자와 사랑에 빠졌다는 이유만으로 인생의 쓰디쓴 잔을 다 마셨다고 생각하는 거냐? 그따위가 뭐라고? 아무것도 아니야. 한 남자에게 그런 일들은 새 발의 피에 불과해. 진짜 고통은 다른 거란다. 엘리아스, 정말이지 다른 거란다. 범죄를 저지를 수밖에 없는 고통을 겪어본 적이 있느냐? 후회는? 비참함은 비참함이 뭔지 알기나 하느냐? 증오가 뭔지 아느냐? 싸움에서 이긴 너의 적수에게 네가 가진 모든 걸 약탈당하고 빼앗겨본 적이 있느냐? 배신을 당해본 적이 있느냐? 여자로부터, 친구로부터, 친척으로부터? 오랜 세월 단 하나의 꿈을 품었으나, 구름처럼 한순간에 사라져 버리는 광경을 본 적이 있느냐? 가까이 다가갔다고 생각했으나, 더 이상 아무것도 믿지 않게 되어 버리고, 한 치의 희망마저 사라져 버리고, 주위가 온통 텅 비어버린 기분을 아느냐? 신을 믿지 않게 되고, 신이 부당하다고 생각되고, 결국 신을 증오하게 되고야 말지. 모든 길을 열어주었지만, 네 눈앞에서 하나씩 하나씩 닫아 버렸으니. 무슨 말인지 알겠느냐, 엘리아스 포르톨루, 알겠느냐고?"

"저를 겁주시는군요, 마르티누 삼촌."

엘리아스가 중얼거렸다.

"네가 어떤 남자인지 좀 봐라! 고작 인간의 고통 이야기만 해도 놀라잖니. 가라, 일어나서 가거라. 엘리아스 포르톨루. 가! 가! 가라고! 넌 젊고 건강하잖니. 가서 인생과 정면으로 맞서 보거라. 참새가 아닌 독수리가 되거라. 어쨌거나 주님은 위대한 분이란다. 종종 상상조차 하지 못했던 것들을 통해 우리에게 기쁨을 주시곤 하지. 인간은 절대로 절망해서는 안 된다. 일 년 후에 네가 정말 행복해져서 과거를 떠올리며 껄껄 웃게 될지 누가 알겠니? 그러니 이만 가 보거라."

노인의 말을 듣자마자, 엘리아스는 몸을 일으켰고 이내 저만치 멀어져 갔다.

"아니, 날 이렇게 내버려 두는 게냐? 오두막으로 데려가서 치즈와 우유를 좀 주지 않고서?"

"가요, 마르티누 삼촌. 제가 미친 양처럼 얼이 빠졌네요."

둘은 아무 말도 하지 않고 오두막을 향해 걸어갔다. 엘리아스는 노인과 소소한 대화를 나누며 그에게 우유와 포도주, 빵과 포도를 챙겨 주었다. 마르티누 삼촌은 길을 나서기 전에, 다시 한번 엘리아스에게 말했다.

"시간은 충분하단다. 인생이 무엇인지 진정으로 알고 나서, 물러서고 싶거든 물러서도 좋아. 하지만 내가 너한테 한 얘기를 꼭 기억해라. 나쁜 일을 하는 신의 사람이 되느니 좋은 일을 하는 세상의 사람이 되는 게 나은 법이란다. 그럼 이만 가 보마. 잘 지내거라."

마르티누 삼촌의 이야기를 들은 엘리아스는 슬프기도 했으나, 한편으로 마음이 차분히 가라앉았다. 나약했던 자신의 과거가 부끄러워졌고, 기운이 샘솟는 것만 같았다.

'늙은 멧돼지 삼촌 말씀이 맞아. 남자가 되어야 해.'

엘리아스는 생각했다.

'참새가 아닌 독수리가 되어야 해. 난 강해지고 싶어. 맞아. 선하고 강한 기독교인이 될 거야.' 그 후로 며칠 동안 엘리아스의 마음은 슬프긴 했지만, 절망에 빠져들지 않았고, 우울한 생각들을 머릿속에서 몰아내고자 애를 썼다.

◆

농장의 가을은 놀라우리만치 온화하고 감미로웠다. 사르데냐의 가을 하늘빛은 형용할 수 없을 만큼 부드럽고 달콤했다. 우윳빛이 살짝 감도는 머나먼 지평선은 마치 바다처럼 보였다. 저녁이 되면, 우윳빛과 붉은빛이 뒤섞인 자개 같은 지평선 위로 창백한 하늘색 구름 몇 점이 돛을 펴고 항해했다. 선명한 하늘에 비해 숲은 눅눅하고 흐릿했다. 관목의 잎새들이 땅에 떨어졌고, 금빛을 띠기 시작한 떡갈나무는 농장의 광활함 속에서 빛을 잃어 갔다. 보드라운 풀들이 밤색 그루터기들을 감싸며 촘촘하게 자라났다. 물가에서는, 우울한 보랏빛 꽃잎이 벌어지며 이름 모를 야생화들이 피어났다. 따뜻하고 기분 좋은 햇살이 관목과 벽, 바위들에 이르기까지 농장 구석구석을 비춰 주었다. 부드러운 하늘과 달콤한 햇살 아래, 풀밭에서는 어린 풀들이 자라났고, 농장은 고요한 바다와도 같은 지평선 너머 끝없이 펼쳐져 있는 것처럼 보였다.

분주한 일들을 끝마친 올리브 농장에도 제법 한가로운 시기가 찾아왔다. 포르톨루 삼촌은 종종 자리를 비웠고, 투박하고 과묵한 성격의 마티아가 일을 도맡아 했다. 마티아는 양 떼와 개들, 말을 사랑했고, 고양이와 염소도 사랑했다. 마티아의 뒤꽁무니를 졸졸 따라다니던 새끼 염소는 어느덧 다 자랐고, 둘은 친구처럼 대화를 나누는 사이가 되었다. 얼마 전부터 마티아는 내년 봄에 벌집을 건사할 코르크 벌통을 만드느라 정신없이 바빴다. 그는 소박한 취향을 지녔고, 나쁜 습관이라고는 도무지 찾아볼 수 없었다. 마티아는 정령들을 믿었고, 겁이 많은 축에 속했다. 그는 농장의 기나긴 밤중에 떠도는 죽은 이들의 영혼을 믿었고, 양 떼를 몰다가 양들이 허공에 있는 존재를 향해 돌진하는 모습을 바라보며 두려움을 느꼈다. 소리 없이 달리는 이상한 동물들, 머나먼 숲에서 들려오는 목소리, 깊은 고독에 빠진 관목과 바위들을 통해 그는 종종 신비로운 말소리와 숨소리, 속삭임 소리를 들었다.

엘리아스는 때로 동생의 소탈한 성격이 부러워지기도 했다.

'참 이상하기도 하지.'

엘리아스가 생각했다.

'마티아는 일곱 살 먹은 어린애처럼 늘 걱정이 없으니 말이야. 동생은 대체 무슨 생각을 하고 있을까? 원하는 게 뭘까? 단 한 번도 고통을 겪지 않았고, 겪을 일도 없을 테지. 강한 아이는 아니지만, 왠지 나보다 더 강한 것 같단 말이야.'

◆

가을은 막바지에 접어들었고, 마르티누 삼촌과 대화를 나눈 뒤로 엘리아스는 마침내 힘을 얻은 듯했다. 잠을 푹 잘 수 있게 되었고, 다가올 일들에 대한 계획을 세우기도 했다.

그러던 어느 날, 마을에 돌아간 엘리아스는 피에트로와 막달레나가 심하게 다투는 모습을 보게 되었다. 피에트로가 밭에 파종하는 시기였고, 그는 부부 침실에 있는 검은 나무로 된 오래된 사르데냐 궤짝 안에 씨앗들을 보관하고 있었다. 모아둔 씨앗이 부족하다고 여긴 피에트로가 아내를 질책하기 시작했다.

"내가 뭘 했다고 그래요?"

기분이 몹시 상한 막달레나가 남편에게 말했다.

"그걸로 빵이나 케이크를 만들었을까 봐서요? 이 집안에는 비밀이 없다는 걸 당신도 잘 알잖아요. 당신 어머니가 내 일거수일투족을 지켜보고 있다고요."

"그 아이 말이 옳다, 아들아."

안네다 숙모가 거들었다.

"씨앗이 모자랄 리가 없어. 그걸로 우리가 뭘 했겠니?"

"당신들이 뭘 안다 그래. 여자들이란! 해 놓고서 안 한 척 꾸며대고, 비밀에 부치지. 웃기고들 있네. 자기들을 먹여 살리느라 일 년 내내 뼈 빠지게 일하는 불쌍한 남편들을 등쳐먹고는."

피에트로는 두 사람을 향해 말했으나, 막달레나는 그의 말이 전부 자신을 향한 것임을 알아차렸다.

"나한테 말하세요."

화가 치밀어 오른 그녀가 말했다.

"당신 어머니가 무슨 죄가 있다고 그래요. 씨앗은 우리 방에 있었잖아요."

"그리고 거기서 없어졌지."

"내가 그랬다고 말하려는 거예요?"

"그래!"

피에트로가 소리쳤다.

"쓰레기!"

"누가 쓰레기라는 거야? 내가? 잘 봐라, 아리타 스카다의 딸아! 나쁜 것 같으니, 내가 본때를 보여 주지!"

그들이 언쟁을 벌이던 순간 엘리아스가 마침 집에 도착했다. 안네다 숙모는 말 등에 실린 짐을 내리는 걸 도우려고 정원으로 나갔다. 그들이 싸우는 소리를 들자 엘리아스는 마음이 쪼그라드는 것 같았다.

"왜들 저래요?"

엘리아스가 이를 깨물며 물었다.

"대체 뭣 때문에 그러냐고요? 네?"

어머니가 그를 저지하자, 엘리아스는 큰 소리로 말했다.

"형은 미쳤어요, 부끄러운 줄 알아야지. 이제 우리 집은 불화가 일어나는 곳이 되었네요. 제발 그만들 좀 하라고 해요!"

"아니, 이제 겨우 시작인걸!"

피에트로가 분노로 번뜩이는 눈빛으로 문밖을 노려보며 말했다.

"가서 네 일이나 하시지 그래. 너한테까지 불똥이 튀기 전에."

"남자!"

엘리아스가 소리쳤다.

"남자라면 말을 좀 가려서 하시지."

"너나 그렇게 해. 난 남자지만 넌 개뿔이야. 가봐, 내 일에 간섭하지 말고."

"그만들 해라. 아들들아, 그만들 해. 대체 이게 무슨 짓들이니? 내 집에서 이런 일은 여태 한 번도 없었다!"

안색이 창백해진 안네다 숙모가 꾸짖는 투로 말했다.

"이 집의 주인은 나야."

피에트로가 거만한 투로 말했다.

"다들 잘 들어. 주인은 나라고. 감히 나한테 명령하는 사람이 있으면, 메뚜기처럼 짓밟아버리겠어."

피에트로와 엘리아스, 안네다 숙모의 대화를 엿들은 막달레나가 부엌으로 들어와 울음을 터뜨렸다. 그러자 엘리아스는 피에트로를 향해, 피에트로는 막달레나를 향해 분노가 치밀었다.

"아, 맞다. 눈물 한 방울쯤 필요하시겠지. 여자들, 여자들이란! 똑바로 행동해. 그렇지 않았다가는 사람들 앞에서 두들겨 패버릴 테니."

"어디 한번 그래 보시지, 겁쟁이!"

날이 선 막달레나가 협박조로 소리쳤다.

"비열한 인간, 사기꾼, 겁쟁이..."

분노로 얼굴이 시뻘게진 피에트로가 그녀를 밀치며 소리쳤다.

"다시 말해봐. 다시 말해보라고. 그랬다가는..."

"술주정뱅이..."

"아들아, 그만 해라!"

엘리아스와 안네다 숙모가 동시에 피에트로를 말렸다.

하지만 막달레나는 흐느끼며 말을 멈추지 않았다.

"사기꾼, 비열한, 비열한, 비열한..."

"그래, 술주정뱅이에 비열한 놈이 당장 본때를 보여주지!"

피에트로가 몸을 뒤흔들며 소리치더니, 그녀의 따귀를 후려갈겼다.

순간 엘리아스는 멍해졌다. 온몸이 부들부들 떨렸다. 다행히 안네다 숙모가 피에트로를 뜯어말렸다. 피에트로는 밖으로 나갔고, 더 큰 일은 벌어지지 않았다.

"이건 시작에 불과해!"

분노와 조롱이 뒤섞인 목소리로 피에트로가 정원에서 소리쳤다.

"엘리아스, 저 여자가 너랑 결혼했을 수도 있었을 테지. 저 보석 같은 여자가! 난 가서 술이나 잔뜩 퍼마실 거니까, 알아서들 하시지. 집에 돌아와서 내 손가락 하나라도 건드렸다간, 누가 사자고 누가 도마뱀인지 똑똑히 보여 줄 테니."

피에트로는 밖으로 나가 버렸다. 막달레나는 뺨을 맞자마자 울음을 뚝 그쳤다. 죽은 사람 얼굴처럼 창백해진 그녀는 분노와 아픔으로 덜덜 떨고 있었다. 자신이 입을 다물지 않았다가는 가족 간에 돌이킬 수 없는 불화가 생길 거라는 사실을 그녀는 잘 알고 있었다.

"제 잘못이에요."

그녀가 떨리는 목소리로 말했다.

"죄송해요. 다시는 이런 일이 없을 거예요. 십자가를 졌으면, 견딜 줄도 알아야죠. 용서해 주세요. 난리 친 걸 용서해 주세요. 제 막말을 용서해 주세요. 아, 아!"

엘리아스는 창백해진 얼굴로 조용히 그녀를 쳐다보았고, 안네다 숙모는 얼른 문을 닫았다. "제발 제 어머니와 형제들은 모르게 해 주세요!"

'그녀는 성인이야!' 엘리아스는 생각했다.

'형한테는 과분한 여자야. 형은 난폭한 짐승이라고!'

너랑 결혼했을 수도 있었을 테지! 피에트로의 말 한마디에 엘리아스는 피가 거꾸로 솟구치는 전율을 느꼈다. 형의 말이 그의 머릿속에서, 마음속에서 끊임없이 맴돌았다.

'내가 무슨 짓을 한 거지! 내가 무슨 짓을 한 거냐고! 돌이킬 수 없는 잘못이야! 형네 부부는 불행해. 그녀가 남편을 사랑하지 않으니 형도 마음에 상처를 입은 거야. 그럼 난... 난 뭐지? 난 그들보다

더 불행하잖아. 난 전보다 더 그녀를 사랑하는데, 그럼 난...'

엘리아스는 막달레나를 품에 안고 먼 곳으로 데려가고 싶은 맹렬한 충동을 느꼈다. 지금이 그때였다. 지금이 바로 그때였다. 누가 우릴 갈라놓는단 말인가? 무엇이 우릴 갈라놓는단 말인가? 하지만 안네다 숙모가 들어왔고, 그는 현실로 되돌아왔다.

저녁 시간 동안, 그는 막달레나와 단둘이 있게 되었다. 그녀는 활짝 열린 문 옆에서 아무 말도 없이 앉아서 일하고 있었다. 이따금 땅이 꺼질 것처럼 깊은 한숨을 내쉬었고, 눈두덩이는 검푸른 보랏빛으로 변해 있었다. 엘리아스는 문을 들락날락하며 집을 떠날 생각을 하지 않았다. 좀처럼 억누르기 힘든 욕정이 활짝 열려 있는 문을 향해 가도록 그를 이끌었다. 불을 보고 달려드는 나방처럼 엘리아스는 젊은 여인의 주위를 맴돌았다. 막달레나는 그가 느꼈던 것보다 더 큰 고통, 더 큰 아픔과 싸우고 있었다. 허망한 탄식, 부질없는 후회, 피에트로에 대한 분노와 위험한 욕정이 엘리아스를 무너트리고야 말았다. 그 순간 막달레나를 위로할 수만 있다면, 그는 목숨이라도 내놓고 싶은 심정이었다. 하지만 소심하기 짝이 없었던 엘리아스는 한마디도 입 밖에 내지 못했고, 속으로만 아파하고 있었다.

"안 갈 거니?"

안네다 숙모가 간곡하게 말했다.

"가라. 아들아, 갈 시간이 지났잖니. 널 기다리고들 있을 거야. 그만 가 보거라."

"제가 알아서 갈 거예요!"

엘리아스가 성가시다는 듯 대답했다.

"아, 아들아, 정말 부끄러운 짓을 할 셈이니! 가, 가라. 네 형이 술에 취해서 돌아올 거야. 또다시 부끄럽게 행동할 테냐. 아, 내 아들들아, 너희들은 하느님을 두려워하지 않는구나. 유혹에 빠져 버렸어!"

막달레나가 신음에 가까운 한숨을 내뱉었다. 어머니의 말을 들은 엘리아스는 한 대 얻어맞은 기분이었다. 사실이었다. 막달레나가 당한 수치와 아픔을 되갚아주기 위해 그는 형이 집에 돌아오면 욕을 퍼붓겠노라는 분노에 사로잡혀 있었다. 그뿐만이 아니었다. 막달레나를 바라보는 그의 눈빛 또한 이전과는 사뭇 달라져 있었다. 엘리아스는 갑자기 두려워졌다.

'난 망가지려 하고 있어. 우리 모두를 망쳐놓을 거야!'

엘리아스가 생각했다.

'도대체 내가 누굴 위해서 희생해야 하는 거지? 내가 형한테 그녀를 양보한 건 불행해지라고 그랬던 게 아니었어. 하지만 이제는 내가, 나 자신이 나쁜 놈이 되려고 하고 있어. 과연 내가 그따위 짓을 할 수 있을까? 내가? 내가?'

그는 흠칫 놀라며 자신에게 되물었다. 도둑놈이 된 것만 같았다. 엘리아스는 자신의 급작스러운 변화가 놀라울 따름이었다.

'농장으로 가야겠어. 그리고 다신 집에 돌아오지 않겠어.'

마침내 그는 마음을 다잡았다.

◆

그가 출발하기만을 걱정스레 기다리던 어머니를 안심시키며, 엘리아스는 떠나기로 마음먹었다. 막달레나는 고통에 빠진 성모 마리아 같은 보랏빛 눈꺼풀을 하고서, 미동조차 없이 그 자리에 그대로 앉아 있었다. 하지만 엘리아스가 떠나려는 순간 절망에 찬 눈길로 그를 바라보았다. 엘리아스는 죽음을 향해 길을 떠나는 심정이었다.

그날 이후, 엘리아스는 비극적인 고통에 빠져들었다. 자신을 포함한 모든 것에 대해 그는 절망하기 시작했다. 모든 게 증오스러웠다. 그때까지만 해도 그의 고독과 절망은 온건한 축에 속했다. 하지만 이제는 복수하고 싶다는 본능을 동반한 사악한 욕망이 그 자리를 차지했다. 엘리아스에게는 스핑크스처럼 인간을 겁주는 자신의 숙명이 부당하다고 여겨졌다. 그는 자신을 희생하면서까지 선한 일을 하고자 부단히 노력했다. 반면에 그의 선한 행실은 악함으로 돌변해 버렸다. 왜일까? 대체 숙명이 뭐길래 인간을 꼭두각시처럼 갖고 놀 수 있단 말인가? 한없이 고독한 농장, 신비롭고 서글픈 풍경, 친숙한 지평선들, 창백한 가을 하늘 아래, 그의 양치기의 영혼은 고상한 사람들이나 할 법한 엄중한 질문들을 던져보았다. 하지만 아무런 설명도 할 수 없었다. 그에게는 오로지 고통만이 남아 있을 뿐이었다. 고통에 휩싸인 그의 마음속에서 신앙심은 점점 흐려져만 갔고, 반항심으로 가득한 괴물이 요동치기 시작했다.

엘리아스는 늙은 이교도인 마르티누 삼촌을 찾으러 농장 너머로 몇 번이나 가 보았지만, 숲을 압도하는 그의 모습은 보이지 않았다. 슬프고 처절한 풍경만이 숲을 뒤덮고 있었고, 엘리아스는 성질을 부리며 돌아오곤 했다.

'늙은 짐승 같으니라고.'

엘리아스가 생각했다.

'고통이 뭐야? 고통이 뭐냐고? 그 늙은 바위가 날 비웃었던 거야. 범죄를 저지르고, 비참한 처지가 되고, 지혜롭다는 그가 평생 겪은 고통을 다 합친다 해도 내가 하루 동안 겪은 고통이 더 크단 걸 모르는 거야. 한 번만 더 나한테 그따위 설교를 늘어놓았다가는 도끼로 찍어버리겠어.'

엘리아스는 노인이 잘못한 게 없다는 사실을 잘 알고 있었다. 아니, 오히려 그의 충고를 들었더라면!... 하지만 자기 자신을 포함한 모두가 그의 심기를 건드렸고, 고통을 증명하기 위해 누군가에게, 심지어 어린아이에게조차 나쁜 짓을 하고 싶다는 잔인한 마음이 밀려왔다.

◆

그 시기에 근처에 살던 몹시 가난한 양치기의 아들 하나가 올리브 농장에 드나들곤 했다. 약간 모자랐지만, 착한 아이였고, 늘 누더기를 걸치고 다녔다. 어찌나 비쩍 마르고 새까맣던지 마치 작은 청동상처럼 보이는 아이였다. 아이는 거의 매일 포르톨루의 오두막에 찾아왔고, 고양이와 돼지, 개들과 놀며 시간을 보냈다. 엘리아스는 종종 아이에게 빵과 과일, 우유와 포도를 주었고, 아이는 엘리아스를 무척이나 따랐다. 하지만 어느 날 모든 게 무너져버렸다. 엘리아스가 혼자 오두막에 있던 어느 날이었다. 전날 저녁, 집에 다녀온 마티아로부터 나쁜 소식을 전해 들은 그는 끔찍한 기분에 사로잡혀 있었다. 피에트로가 매일 술을 마시고 집에 돌아와 막달레나를 괴롭히고 막말을 퍼붓는다는 소식이었다. 아이는 개를 쓰다듬고서, 맨발로 발소리도 내지 않고 살금살금 오두막 안으로 들어왔다.

"뭐야?"

엘리아스가 퉁명스럽게 물었다.

"우유 주세요!"

"없어."

"우유 주세요. 우유 달라고요. 우유 달라고요."

한번 말문이 터진 아이는 좀처럼 멈출 줄 몰랐다.

엘리아스는 거부할 수 없는 물리적인 충동을 느꼈다. 아이의 팔을 세차게 붙잡고 발길질하며, 아이를 저만치 내쫓았다. 어른들에게나 할 법한 욕을 퍼부으며, 다시는 오지 말라고 아이를 협박했다. 아이는 아무 말도 하지 않고 꿋꿋하게 사라졌다. 하지만 잠시 후 엘리아스는 멀리서 들려오는 아이의 울음소리를 들었다. 고독 속에서 서글프게 울려 퍼지는 처절하고 절망적인 울음이었다. 그는 자신과의 싸움에서 분노가 승리했음을 느꼈다. 피가 철철 날 때까지 주먹을 물어뜯고 싶다는 폭력적인 충동이 밀려왔다. 아이의 울음소리는 마치 자신의 고통의 메아리인 양 울려 퍼졌다. 한없는 절망이 밀려와 그를 사로잡았다.

'난 짐승이야. 난 끝났어. 하지만 남들이라고 다를 게 뭐 있겠어? 우린 전부 악한 존재들이야. 심지어 아무런 가책도 없이 즐기는 사람들도 있잖아. 그럴만한 가치가 없는 사람들한테 잘해준 난 바보같이 이렇게 힘들어하고 있는데.'

엘리아스의 마음속에서 그곳의 기억이 억누를 수 없이 떠올랐다. 지금의 고통에 비하면 예전의 옥고 따위는 아무것도 아닌 듯했다. 과거의 기억들이 수면 위로 떠올라 현실의 그를 괴롭혔다. 잊고 지냈던 가혹한 기억들이 새록새록 떠올랐다. 수치와 폭정, 교도관이라 불리던 간수들의 괴롭힘이 기억나자, 엘리아스의 얼굴은 분노에 차 시뻘겋게 변했다. 아, 만일 아무도 없는 농장에서 그중 한 놈이라도 마주친다면!...

'갈기갈기 찢어서 죽여 버릴 테야.'

엘리아스가 이를 부드득 갈며 생각했다.

'그리고 칼끝에 묻은 피를 핥아 먹겠어.'

오두막 끝자락에 걸터앉아 턱을 괴고, 성스러운 책들을 읽느라 골몰했던, 온순해 보였던 젊은이의 내면에 잔인한 괴물이 꿈틀거리기 시작했다.

◆

고독한 겨울이 되자, 광활한 슬픔을 동반한 추위가 찾아왔다. 엘리아스는 자신을 지탱해주었던 모든 것들이 차차 무너져감을 느꼈다. 비가 내리고, 눈이 퍼붓는 날들이 길게 이어졌다. 사르데냐의 목동과 양들에게 겨울은 어쩔 도리가 없는 계절이었다. 오두막은 연기와 바람으로 엉망진창이 되었고, 이것저것 손보느라 정신이 나간 엘리아스의 심신은 지칠 대로 지쳐 버렸다.

추위와 눈을 견디다 못한 양들이 동상으로 목숨을 잃자, 젊은이의 마음속에 신부가 되고 싶다는 생각이 되살아났다. 하지만 이전과는 다른 이유에서였다. 자신과 그리고 혹독한 환경과 싸우느라 지치고, 절망에 빠진 엘리아스는 안락한 삶에 대한 동경을 느끼고 있었다. 신부가 되는 길만이 그의 고단한 삶에 종지부를 찍고, 상황을 바꿀 수 있는 유일한 도피처였다.

이따금 엘리아스는 막달레나가 불 옆에서 일하고 있는 작고 따뜻한 집으로 돌아가고 싶다는 가눌 수 없는 열망에 빠져들었다. 그들 부부 사이에는 이제 잠정적인 평화가 흐르고 있었다. 막달레나는 한층 조심스러워졌고, 술에 취한 피에트로가 고함을 지르는 소리만이 이따금 들려왔다. 그러나 막달레나가 행복하든 그렇지 않든, 엘리아스는 더 이상 알 바가 아니었다. 나쁜 씨앗이 싹을 틔웠다. 가득 찬 물병에 물 한 방울이 똑 떨어져 흘러넘칠 지경이 되었다. 엘리아스는 혼자만의 은밀한 욕정 속으로 점차 빨려들어 갔다. 그는 생각했다.

'아무도 모를 거야. 그녀조차도. 나 혼자 그녀를 바라보고, 쳐다본다는 데 누가 말리겠어? 나쁠 게 뭐람? 나한테는 달리 즐거운 일도 없는데. 나도 그 정도 사치는 누려야 하는 거 아니야?"

엘리아스는 막달레나를 바라보았고, 쳐다보았으며, 그녀가 자신의 시선을 알아주기만을 간절히 바랐다. 막달레나 또한 눈치를 채는 정도를 지나쳐 그의 눈길에 화답했다. 둘의 시선이 마주치는 순간이면 삶이 송두리째 멈춰 버릴 것만 같은 전율이 흘렀고, 슬픈 환희가 밀려와 그들 자신을 둥둥 떠내려 가게 만들었다. 서로를 위해 기꺼이 무너질 준비가 되어 있었던 그들에게는 오직 적절한 기회만 없었을 뿐이었다. 겨울이 끝나갈 무렵이 되자, 엘리아스는 사랑의 망상에 사로잡혀 이성을 잃을 지경까지 다다랐다. 사랑과 죄책감이 뒤범벅된 가혹한 고통 속에서 그는 막달레나가 여전히 자신을 사랑하고 있다는 사실에 안도했다. 한때 그가 죄악과 고통이라 여겼던 것들이 권리와 기쁨으로 변모해 그에게 다가왔다. 그가 두려워했던 모든 것들이 그를 어지럽게 끌어당기고 있었다.

◆

카니발 축제 마지막 날이 되자, 엘리아스와 피에트로, 막달레나와 두 명의 젊은 아가씨가 가면을 쓰고 옷을 차려입었다. 부부는 잔뜩 들떠 있었고, 특히 피에트로는 기분이 좋다 못해 화색이 돌았다. 안네다 숙모는 카니발 축제에 가는 일을 조심스럽게 반대했지만 뜯어말리지는 않았다. 순박하기 그지없는 자그마한 노인네가 생각하기에 가면을 쓰고 춤추는 건 바람직하지 않은 행동이었다. 그녀는 모르는 사람과 춤을 추어서는 절대 안 되고, 특히 남녀가 서로 껴안고 몸을 비비는 사교춤은 절대 추면 안 된다고 막달레나에게 신신당부했다.

막달레나와 아가씨들은 고양이들로 변장했다. 짙은 색 치마를 입고, 허리와 목에 끈을 묶고, 숄로 머리를 가렸다. 남자들은 터키 사람으로 변장했다. 무릎까지 오는 딱 떨어지는 흰 치마에 수 놓은 비단으로 된 밝은색 상의를 입고, 가슴께에 끈을 묶었다.

그들이 집 밖으로 나가자, 밤길은 텅 비어 있었다. 누오로의 작은 도심을 향해 그들은 다 함께 내려갔다. 밀랍으로 만든 숨 막히는 가면을 쓴 여자들은 누군가 자신들을 알아볼지도 모른다는 걱정에 조심스럽게 주위를 살피며, 하하 호호 웃음을 터뜨렸다. 남자들은 여자들에게 길을 열어주려는 듯 성큼성큼 앞장서서 걸어갔다. 피에트로는 이따금 수탉처럼 목을 길게 내빼고 콧소리를 내지르기도 했다. 그 소리를 들은 엘리아스는 5월의 아침, 성 프란체스코 축제 때 들었던 기쁨에 찬 마부들의 함성을 떠올렸다. 집에서 출발할 적부터 그의 심장은 이미 세차게 날뛰고 있었다. 그곳에 있을 적에 사교춤을 배웠던 터라, 춤추는 법을 알았던 엘리아스는 굳게 다짐했다.

'막달레나랑 춤을 춰야지.'

안네다 숙모와 막달레나와의 약속에도 그는 개의치 않았다. 오로지 그녀와 춤을 춰야겠다는 욕망으로 엘리아스는 혈안이 되어 있었고, 어떤 장애물도 뛰어넘으리라고 작정했다. 본능적이고 반항적인 힘이 엘리아스를 뒤흔들고 있었다. 다른 이들이 행복하기만을 바라며 스스로 다스렸던 힘이 나쁜 일을 행하는 대담한 힘으로 변모해 그의 본능을 충족시키려 하고 있었다. 가면을 쓴 엘리아스의 얼굴은 타오를 것만 같았고, 꽉 조이는 불편한 옷으로 인해 온몸은 열기로 후끈 달아올랐다. 날씨는 후덥지근했고, 봄을 알리는 달콤한 전령이 공기 중에 떠다니고 있었다.

길거리는 사람들로 가득했다. 과장되고 조악한 가면을 쓴 사람들이 이리저리 떠밀려 다녔고, 구름떼처럼 모여든 지저분한 사람들 사이에 상소리와 욕이 난무했다. 태양가면을 쓰고 요란한 색깔의 옷을 입은 사람들이 지나가자, 막노동꾼인지 귀족인지를 분간하고자 사람들의 시선이 집중되었다. 높으신 분들, 아이들, 피가 통하지 않을 정도로 코르셋을 꽉 조인 하녀들도 지나갔다. 술에 취한 마을 사람들이 큰길로 모여들었다. 아코디언과 기타가 연주하는 구슬픈 가락이 실린 따뜻하고 흐릿한 공기는 마치 가을의 끝자락 같은 기분을 불러일으켰다.

그 모든 것들이 농장의 거대한 고독에 익숙해져 있던 엘리아스를 홀리기에 충분했다. 바다 건너 그곳에서 비통한 군중들을 겪어보았기에 세상만사를 다 아노라고 여겼던 그의 믿음은 부질없는 것이었다. 아, 누오로의 작은 카니발 축제, 형형색색의 군중들, 방랑 악사가 연주하는 아코디언의 애조 띤 가락, 자신이 속한 세계와는 다른 세계 속으로 그의 영혼은 이내 빨려들어 갔다. 그의 눈에 비친 모든 게 달리 보였다. 걷고 떠들고 웃는 사람들 모두가 행복한 것처럼, 아니, 행복에 취한 것처럼 보였고, 그 또한 행복과 기쁨을 향한 거부할 수 없는 욕망에 젖어 한 치의 부끄러움도 없이 군중 속으로 자신을 내던졌다.

엘리아스와 피에트로는 마구 와서 부딪히는 무례한 사람들로부터 막달레나와 두 아가씨를 양옆에서 보호하며 걷고 있었다. 그들 사이에서 걷던 막달레나는 이따금 앞서 나가며, 피에트로와 엘리아스를 번갈아 쳐다보았다. 엘리아스는 가면 아래 이글거리는 눈빛으로 그녀의 시선에 화답했다.

"그만 멈추고 뭐라도 하자. 이렇게 왔다 갔다 하지만 말고."

엘리아스가 일행들에게 말했다.

"맞아."

일행 중 하나가 대답하자, 모두가 발걸음을 멈췄다.

"뭘 할 건데요?"

막달레나가 물었다.

"춤추러 가자. 저쪽에서 사람들이 춤추고 있잖아. 그리로 가 보자고."

"당신 형은 춤추고 싶어 하지 않아요."

막달레나가 피에트로를 쳐다보며 말했다.

"난 춤추기 싫어."

"우린 좋아요."

여자들이 한목소리로 말했다.

"어머니가 춤추지 말라고 하셨잖아."

"사교춤 말고 사르데냐 춤을 추면 되잖아요."

세 명의 여자들이 기쁨에 차서, 아코디언 연주에 맞춰 춤을 추는 곳을 향해 달려갔다. 마을 사람들, 개구쟁이들, 막노동꾼들, 창백하고 심란하고 누추한 사람들이 가면을 쓰고 웃으며 춤추는 남녀들을 에워싸고 넋을 잃고 바라보고 있었다. 여자 복장을 한 수염이 많은 붉은 얼굴의 남자가 가면을 목뒤로 훌러덩 넘기고, 아코디언 건반을 뚫어져라 쳐다보며 진지하게 연주하고 있었다. 그가 연주하는 폴카는 근사하면서도 서글펐고, 풍금 소리 같은 애조를 띠고 있었다.

엘리아스 일행은 에워싼 사람들의 동그라미를 뚫고, 춤추는 무리 속으로 들어갔다. 몇몇 남녀들이 기쁨에 겨워 숨을 할딱거리며 춤추기를 멈췄다. 얼굴을 샛노랗게 칠하고, 신부 복장을 한 남자가 새로 합류한 무리 중 한 여자에게 함께 춤을 추자고 했고, 그녀는 흔쾌히 그의 제안을 받아들였다. 엘리아스는 막달레나 곁에 서 있었다. 그녀와 춤을 추고 싶은 욕망에 몸이 들썩거렸지만, 피에트로가 무서워서 감히 청할 수 없었다.

"사르데냐 춤곡을 연주해 주세요!"

엘리아스 일행이 연주하는 사람을 향해 외쳤다. 하지만 그는 눈으로 흘낏 바라보았을 뿐, 연주하던 곡을 멈추지 않았다.

"조용히들 해!"

피에트로 앞을 지나치며 춤추던 남녀가 소리쳤다.

"조용히 하라잖아!"

피에트로가 창피한 듯 혼잣말처럼 말했다.

"당신들도 같이 춰요. 어서요!"

신부복을 입고 가면을 쓴 사람과 춤을 추던 여자가 일행 앞을 지나치며 말했다.

"그래요, 춤추자고요. 멍하니 있지만 말고"

가면을 쓴 또 다른 여자가 피에트로를 향해 잘난 체하며 거들었다.

그러자 피에트로가 그녀의 눈을 쳐다보며 팔을 활짝 벌리고 말했다.

"좋아. 춤추자고. 안 그랬다간 나와 춤추고 싶어서 당신 숨이 꼴딱 넘어가겠군. 미리 말해 두지만, 난 춤출 줄을 몰라. 당신 발을 짓밟더라도 내 탓은 아니야."

피에트로가 그녀를 품에 안고 우스꽝스러운 몸짓으로 뛰어오르며 빙글빙글 돌기 시작했다. 다행히 긴 모직 외투를 입고 가면을 쓴

바로 옆에 있던 사람이 피에트로에게 다가와 그녀와 춤을 춰도 되겠느냐고 청했다. 그녀를 놓아주고 한 발짝 뒤로 물러선 피에트로의 눈에 엘리아스와 막달레나가 함께 춤을 추는 모습이 보였다.

"야, 쟤들은 춤을 좀 출 줄 아는데!"

피에트로가 유쾌하게 말했다.

"저 꼴을 어머니가 봤다면 당장 혼쭐이 났을 텐데!"

엘리아스와 막달레나의 춤은 더할 나위 없이 근사했다. 하지만 둘은 춤 따위에 아랑곳하지 않았다. 서로를 품에 안자마자, 둘은 정체 모를 취기에 사로잡혔다는 걸 알아차렸다. 엘리아스의 심장이 고통스럽게 요동쳤다. 창백하고, 추하고, 음침한 얼굴들에 둘러싸여 막달레나가 자신의 주위를 빙글빙글 돌고 있었다.

"그녀에게 무슨 말을 해야 할 텐데, 뭐라고 말하지?"

꽉 조이는 상의에 짙은 치마를 입은 그녀를 세차게 끌어안으며 엘리아스는 생각했다. 하지만 아무리 생각해도 단 한마디 말조차 떠오르지 않았다. 그녀를 팔로 들어 안고, 고통과 욕망으로 울부짖으며, 호기심에 찬 사람들의 동그라미를 벗어나, 머나먼 곳으로, 아무도 없는 곳으로 도망치고 싶다는 광적인 충동이 밀려왔다. 하지만 피에트로가 그 자리에 있었다. 가면 아래 괴기스러운 웃음을 지으며, 그는 스핑크스처럼 멈춰 서 있었다. 얼마 전부터, 엘리아스는 형에 대해 왠지 모를 두려움을 느끼고 있었다. 피에트로가 알고 있을까? 알아차린 걸까? 동생의 눈에 쓰여있는 잡아먹을 듯 덤벼드는 잔인한 열정을 형은 읽지 못했단 말인가?

'제길, 그게 나랑 무슨 상관이야?'

끔찍한 질문을 던진 후에, 엘리아스는 생각했다.

'형이 날 죽여버린다 해도 차라리 잘된 일일 거야."

그는 형에 대해 분노가 아닌, 두려움을 느꼈고, 때로 유치한 동정심을 느끼기까지 했다.

'형은 나보다 훨씬 불쌍한 사람이야. 아내를 사랑하지만 그녀는 형을 사랑하지 않잖아.'

엘리아스는 생각했다.

'아, 피에트로 형, 대체 우리가 무슨 짓을 저지른 거지!'

광적인 열망에 휩싸여 막달레나와 춤을 추는 동안, 혼란에 빠진 엘리아스의 생각은 도무지 갈피를 잡지 못했다. 열정과 동정, 두려움, 고통과 환희가 거센 밀물처럼 한꺼번에 밀려들었다. 아코디언 연주, 군중들이 떠드는 소리, 환각을 일으키는 알록달록한 색깔들, 충돌, 가면, 막달레나와의 접촉이 그의 정신을 혼미하게 했고, 피가 끓어오르도록 만들었다. 순간 엘리아스의 눈에 아무것도 보이지 않았다. 그는 숨을 헐떡거리며 몸을 숙여, 막달레나의 귀에 대고 뭐라고 속삭였다. 그녀는 엘리아스의 말을 알아듣지 못했지만, 눈을 들어 그의 눈동자를 응시했다. 절망에 찬 눈빛으로 그는 오랫동안 그녀를 바라보았다. 그 순간 이후, 엘리아스는 잡아먹을 듯 달려드는 단 한 가지 생각 외에 도저히 다른 생각을 할 수 없었다.

춤이 끝났다. 호기심에 차서 바라보던 사람들도 뿔뿔이 흩어졌다. 엘리아스 일행은 군중에 떠밀려 이리저리 돌아다니다가 집에 돌아왔다. 베일에 싸인 희뿌연 저녁이 내려앉았다. 엘리아스는 꿈에서 깨어난 기분으로, 내리막길을 가로막는 울타리를 바라보며, 작고 조용한 집 앞 오솔길에 앉아 있었다. 미동조차 없이 창가에 멈춘 고양이가 머나먼 지평선 끝 보랏빛 회색 산들을 응시하고 있었다. 화덕에서는 타닥타닥 불이 타오르고 있었다.

안네다 숙모는 정원에 앉아 아들 일행을 기다리고 있었다. 일행이 올라오는 모습을 본 그녀는 앞치마 속에 두 손을 모으고, 가면을 쓴 아들들이 나쁜 유혹에 빠져들지 않도록 간절한 기도를 드렸다(그녀에게 가면은 악마의 상징과도 같았다). 하지만 사악한 영혼은 그녀의 귀에 대고 그녀의 간구가 부질없는 것이라 속삭였을 것이다. 가면을 쓰고 집으로 돌아온 아들들과 더불어 사망의 죄 또한 작은 집 안에 발을 들여놓았다.

"재미있게들 놀았니? 집에 올 시간이 지났구나!"

그녀가 꾸짖는 목소리로 말했다.

"저희가 좀 늦었죠."

막달레나가 죄송한 기색 없이 대답했다.

"이리 와. 이리들 오라고. 난 더워 죽겠어."

피에트로가 일행을 데리고 바깥 계단 쪽으로 갔다. 엘리아스는 가면을 벗었고, 일찌감치 가면을 벗어 던진 피에트로는 물병이 있는 곳으로 달려가 벌컥벌컥 물을 마셨다.

"얼마나 목이 탔던 게야!"

안네다 숙모가 말했다.

"목마르고 배고파요. 어머니, 먹을 것 좀 주세요. 먹고 나서 밤샘 무도회에 갈 거예요."

그는 벽 쪽에 있는 테이블로 갔다. 테이블 위에는 빵과 남은 음식이 들어 있는 바구니가 놓여 있었다(그날 포르톨루의 집에는 먹을거리가 많았다. 돼지비계로 익힌 콩, 치즈, 달걀과 우유와 럼주를 넣고 발효시킨 반죽을 튀겨서 만든 빵도 있었다).

"넌 정말 제 정신이 아닌 게로구나."

안네다 숙모가 말했다.

"성 프란체스코께서 널 돌보시길. 대체 무슨 짓을 하려는 거니? 이리 와서 우리와 저녁을 먹고, 잠자리에 들도록 해라. 오늘 같은 날은 밖에 나가면 안 돼. 얼른 가서 옷을 갈아입거라."

"무슨, 대체 무슨 말씀을 하시는 거예요, 어머니! 일 년에 한 번밖에 없는 축제라고요! 전 춤추러 갈 거고, 제 동생 엘리아스도 데리고 갈 거예요. 그전에도 우린 함께 갔었다고요!"

여자 같은 옷을 입고, 붉고 아름다운 얼굴을 한 엘리아스의 표정이 순간 어두워졌다. 축제에 함께 갔었다는 말에 마음이 아팠던 걸까? 집 밖에서 밤을 보내고 오겠다는 형의 말에 기쁨을 감추지 못하는 자신이 부끄러웠던 걸까?

“날 꼬드기지 마, 난 춤추러 가지 않을 거니까.”

엘리아스가 말했다.

그리고는 못이기는 척 덧붙였다.

“형도 가지 않는 게 좋을걸.”

“네 동생이 하는 말 들었지, 피에트로?”

“아니, 난 갈 거야. 봤지, 지금 저녁을 먹고 바로 나갈 거라고. 너도 같이 갈 거고. 엘리아스, 진짜 끝내줄 거라니까. 빨리 와서 같이 먹자.”

“아니, 난 안 가, 가서 옷을 갈아입을 거야.”

“포도주 좀 주세요, 어머니. 아, 우리가 얼마나 즐거웠는지 아신다면! 우린... 아니, 우린 춤추지 않았어요. 누가 그렇다고 일러바쳐도 절대 믿지 마세요!”

피에트로가 게걸스럽게 음식을 입에 집어넣으며 큰 소리로 말했다.

“젊음은 즐기라고 있는 거예요. 나쁠 게 뭐 있어요? 전 춤출 줄도 모르지만, 그래도 엄청 신이 났다고요. 그리고 그 여자들, 여자들도 어찌나 신바람이 났든지. 오, 그 신부 복장을 한 사람! 긴 외투를 입은 그 사람은 또 어떻게요? 아! 아!”

그가 그들과 함께 있다는 듯 흥분하며 말했다.

“피에트로, 음식을 흘리지 않게 조심해라, 옷에 얼룩이 지겠다. 성 프란체스코께서 부디 널 돌보시길! 치즈 좀 더 주랴? 아, 내 아들들이 유혹을 이기지 못하는구나. 하지만 곧 사순절이 다가오니까. 고해성사를 드리러 갈 거지?"

엘리아스는 문에 멈춰 선 채, 멀리서 들려오는 목소리에 귀를 기울이고 있는 듯했다.

'피에트로와 저녁을 먹고, 같이 놀러 나가는 게 어때?'

목소리가 엘리아스에게 말했다.

'어머니 말씀 안 들려? 고해성사를 드리러 갈 거지?'

하지만 엘리아스는 귓가에 들려오는 목소리를 무시했다. 유혹이 그를 이겼고, 그를 사로잡았다. 유혹은 자신보다 천 배나 더 강했다. 이미 오래전에 그를 이겼다. 싸워봤자 소용없는 짓이었다. 엘리아스는 가서 옷을 갈아입었다. 정원으로 나와 어머니가 앉아 있던 자리에 앉았다. 그의 마음속에는 이제 한 가지 걱정만이 남아 있었다. 피에트로가 밖에 나가지 않으면 어쩌지. 하지만 잠시 후 피에트로는 막달레나의 친구들과 함께 집을 나섰다. 정원을 빠져나가며 그가 동생을 향해 말했다.

"진짜로 안 갈 거야?"

"안 가."

"멍청하긴, 난 가서 신나게 놀련다. 대문이나 열어주라."

엘리아스는 아무런 대답도 하지 않았다. 팔꿈치를 무릎에 대고, 머리를 무릎 사이에 집어넣고 몸을 수그린 채 가만히 앉아 있었다. 그의 내면이 고뇌와 기쁨으로 요동쳤다. 감히 형의 얼굴을 쳐다볼

엄두가 나지 않았다. 피에트로는 집을 나섰다.

"와서 저녁 먹거라."

안네다 숙모가 문 쪽을 향해 두 번이나 말했다.

"전 생각 없어요, 몸이 좀 안 좋아요."

엘리아스가 대답했다.

양손으로 머리를 감싸 쥔 채 그는 미동조차 없이 한참을 그렇게 머물렀다.

집안에서 막달레나가 전에 없던 쾌활한 목소리로 조잘대는 소리가 들려왔다. 안네다 숙모에게 카니발 축제에서 있었던 일들을 들려주며 웃고 있었다. 그녀의 얼굴에는 광채가 돌고 있으며, 두 눈은 빛나고, 영혼은 취해 있으리라.

◆

얼마 뒤, 두 여인이 각자의 침실로 들어가자, 엘리아스의 주위는 온통 고요해졌다. 화덕에서 아직 불이 타오르고 있었다. 베일에 싸인 밤, 고요한 정원의 공기를 타고 소리 없는 불안이 떠돌고 있었다. 엘리아스는 몸을 일으켰다. 허리가 뚝 부러질 것만 같았고, 심장이 쿵쾅쿵쾅 마구 방망이질 치고 있었다. 파도처럼 세차게 흐르는 피가 몸통을 통과해 목덜미를 지나, 머리끝까지 솟구쳤다. 순간 눈앞이 캄캄해졌다. 무의식에 가까운 상태로 그는 살금살금 계단을 올라가 막달레나의 방문을 살며시 두드렸다. 그녀는 자지 않고 있었다.

"누구세요?"

"문 좀 열어줘요."

엘리아스가 기어드는 소리로 말했다.

"나예요. 당신한테 할 말이 있어요."

"기다려요."

그녀가 동요하지 않고 대답했다.

곧 문이 열렸다.

"왜요? 어디 아파요? 엘리아스, 왜 그래요?"

엘리아스를 바라보는 그녀의 얼굴이 창백해졌다.

어쩌면 순수한 마음에서 문을 열어주었을지 모르지만, 엘리아스의 새하얀 얼굴과 광기 어린 눈동자를 본 그녀는 단박에 그의 의도를 알아차리고야 말았다. 엘리아스는 방 안으로 들어가 조용히 문을 닫았다. 그녀는 소리치지도, 저항하지도 않았다. 그저 가만히 그 자리에 머물러 있었다.

7

피에트로는 고주망태가 되어 밤늦게 집에 돌아왔다. 형에게 대문을 열어주고서, 엘리아스는 자기 방으로 들어갔다. 하지만 먼동이 트기도 전에 그는 다시 정원에 나와 있었다. 올리브 농장으로 떠날 참이었다.

춥지는 않았지만, 잿빛투성이의 암울한 새벽이었다. 희뿌연 구름 한 덩어리가 하늘에 고정된 채 둥둥 떠 있었다. 오래전에 사라진 풍경을 짓누르는 회색 돌 같았다. 죽음과도 같은 정적 속에서 엘리아스는 홀로 말에 올랐다. 나무 이파리 하나조차 움직이지 않았고, 오솔길 가장자리로 흐르는 초록빛 실개천마저 소리 없이 차갑게 흐르고 있었다. 엘리아스의 낯빛은 하늘만큼이나 창백했고, 눈빛은 실개천처럼 차갑고 우울한 초록빛이었다.

어마어마하고 무시무시한 꿈에서 깨어난 기분이었다. 환희와 고통의 두 얼굴을 지닌 괴물이 엘리아스의 심장을 들쑤셔 놓았다. 하지만 그 기쁨은, 감히 기쁨이라 말할 수 있다면, 고통과 떼려야 뗄 수 없는 것이었다. 달콤한 기쁨보다 나쁜 짓을 저질렀다는 가책이 그에게 밀려들었다. 서글프고 불길한 사순절 새벽에, 엘리아스의 영혼에 깃든 선함이 다시금 눈을 뜨자, 자신이 저지른 현실 앞에서 그는 어찌할 바를 알 수 없었다.

'사실일 리 없어. 꿈을 꾼 거야.'

두려움으로 무감각해진 손가락으로 말고삐를 조이며 그가 생각했다.

'이건 꿈이야. 오, 이살레 강가에서도 난 꿈을 꿨잖아. 그리고 오두막에서도. 내가 몇 번이나 꿈을 꿨더라? 하지만 아니야. 아니, 아니라고! 뭐하고 지껄이는 거야, 엘리아스 포르톨루? 비참한 놈, 넌 미쳤어. 비열한 놈, 망나니.'

그러나 추억을 더듬으며 후회하는 와중에도, 그의 온몸은 환희로 차올랐고, 그의 얼굴색은 밝아졌다. 그리고는 다시 처음보다 더한 불안이 그를 엄습했다. 수치와 후회의 물결이 그의 혈관을 타고 온몸 구석구석까지 퍼져나갔다. 성난 개처럼 주먹을 물어뜯고, 따귀를 갈기며 자신을 끝장내 버리고 싶다는 미친 듯한 파괴 본능이 밀려들었다.

엘리아스는 또다시 자신을 몰아붙이기 시작했다.

'비열한 놈, 비참한 놈, 넌 돌아버렸어. 엘리아스 포르톨루, 전과자, 네 부모님과 형제들 얼굴을 어떻게 볼래? 넌 집안을 들쑤셔놓고, 네 형과 네 어머니와 너 자신을 배신했어. 카인, 유다, 비열한 놈, 망나니, 쓰레기. 이제 어떻게 할 건데? 양심의 가책에서 벗어나기 위해 뭘 할 건데?'

엘리아스는 다시금 추억에 빠져들었다. 자신이 막달레나를 죽을 만큼 사랑하고 있음을 새삼 느꼈고, 기회만 된다면 또다시 그런 일이 벌어지리라는 확신이 들었다. 두려움으로 머리카락이 쭈뼛쭈뼛

섰다. 올리브 농장까지 가는 내내, 엘리아스는 도무지 마음의 갈피를 잡을 수 없었다.

◆

오두막에 다다르자, 그는 서서히 눈을 들어 눈 앞에 펼쳐진 고요하고 서글픈 겨울 들판을 비몽사몽 바라보았다. 바위들, 회색빛 하늘 아래 미동조차 없는 숲의 윤곽선들, 그 모든 게 입을 꾹 다물고 엘리아스를 향해 분노하고 있는 것 같았다.

'내가 뭘 한 거지? 내가 무슨 짓을 한 거냐고? 아버지 눈을 어떻게 쳐다보지?'

하지만 엘리아스는 아버지의 눈을 쳐다보지 않을 수 없었고, 포르톨루 삼촌의 뼈저린 훈계를 들어야만 했다.

"즐거웠느냐, 어린 양아? 에헴, 네 얼굴에 죄다 써 있다. 부풀어 오른 반죽 같은 저 꼬락서니 좀 보게나. 가면을 쓰고 돌아다니면서 밤새 춤추고 놀았겠지. 네 눈에 다 적혀 있다, 아들아. 네 아비는 여기서 뼈 빠지게 일하고, 나쁜 놈들이 올까 봐 노심초사 지키고 있는데, 넌 실컷 나가 놀았단 말이지. 안 될 말이지. 암, 안되고말고. 내가 널 질투한다고 생각하진 말아라. 나의 시대는 가고, 너의 시대가 온 게야. 그리고 이제 사순절이 돌아왔으니. 안네다 숙모는 어떻게 지내더냐? 나한테 빵과 부침개를 보냈더구나. 아, 이 늙은 양치기를 잊지 않은 게야. 참, 막달레나는? 그 아이도 같이 나가서 놀았니? 그래, 걔도 즐겨야지. 작은 비둘기니까. 거룩한 아이야. 안네다 숙모를 쏙 빼닮았다지 뭐냐. 내 아들들끼리 꼭 닮은 것처럼 말이야."

'아, 아버지가 그 사실을 안다면!'

엘리아스는 몸을 부르르 떨며 생각했다.

아버지의 말 한 마디 한 마디가 그의 마음을 뚫고 가시처럼 콕콕 박혔다. 아버지와 함께 있으면 더 이상 생각을 떨칠 수 없었기에, 그는 혼자만의 장소를 찾아 나섰다. 마르티누 삼촌이 간절히 보고 싶었지만, 그의 모습은 보이지 않았다. 오두막을 돌아보며 만난 사람은 긴 장대를 들고 서 있는, 묵묵하고 평온한 동생 마티아 뿐이었다. 다른 이는 아무도 없었다. 거대한 하늘 아래, 모든 게 멈춰버린 오두막은 전에 없이 광활하고 무한했다.

엘리아스는 가면 축제의 소리와 알록달록한 색깔들, 막달레나와의 춤을 되새겨 보았다. 작은 기억 하나하나를 떠올릴 때마다 온몸에 전율이 흘렀다. 아, 그가 만났던 사람들은 다들 어찌 그리 행복해 보였던지. 오직 그만이 고독 속에서 홀로 방황하는 벌을 받고 있었다. 엘리아스의 내면에서 기쁨이 괴로움으로 돌변했다. 또다시 욱하는 반항심이 솟구치기 시작했다. 이미 첫발을 내디딘 거나 마찬가지잖아. 그의 영혼이 냉혹하게 되뇌었다. 계속 즐기면 안 될 게 뭐람?

'난 멍청이야.'

엘리아스가 생각했다.

'막달레나는 나 없이 살 수 없어. 나한테 그렇게 말했어. 나도 그녀에게 영원히 당신의 것이라고 말했지. 내가 왜 그녀를 슬프게 만들어야 하지? 그녀도 나도 사는 동안 다른 나쁜 짓은 하지 않을 거잖아. 영원토록 몰래몰래 부부 노릇을 하며 지내면 되는 거야. 그러면 피에트로 형이 우리 때문에 힘들어할 일도 없을 테고.'

행복한 꿈에 젖어 든 그의 얼굴이 환해졌다. 하지만 곧 그마저도 무시무시한 꿈이라는 생각이 들었다. 땅에서 데굴데굴 구르고, 바위를 부여잡고 흔들며, 하늘을 향해 소리높여 자신의 죄를 고백하고 싶었다. 욕망과 기억을 마음속에서 몰아내고, 모든 걸 잊을 수만 있다면, 바위에 머리를 부딪혀 박살 내 버리고 싶었다.

◆

저녁이 되자, 추스르기 어려운 슬픔이 엘리아스를 압도했다. 누오로를 향한 지평선을 바라보며, 그는 집에 돌아가고 싶다는 욕망에 사로잡혔다. 멀리서나마 그녀를 바라보고, 그녀의 손을 잡고, 그녀의 앞치마에 머리를 묻고 아이처럼 펑펑 울고 싶었다.

"가야겠어. 가야겠어."

열이 올라 나무 아래 쓰러졌던 그 밤처럼 엘리아스가 중얼거렸다.

"가야겠어. 가야겠어."

엘리아스는 자신도 모르는 사이에 발걸음을 옮기려 하고 있었다. 하지만 한 발짝을 내딛자마자, 그는 멀리서나마 막달레나를 보고 싶다는 욕망 때문이 아닌, 또 다른 무언가가 자신의 등을 떠밀고 있다는 사실을 알아차렸다. 사망의 죄, 악마, 또다시 죄에 빠져들게 만드는 사악한 괴물이었다.

'어딜 가려는 거야, 엘리아스 포르톨루? 그게 사람이 할 짓이야?'

엘리아스는 걸음을 멈췄다. 자신과 자신의 나약함이 두려워졌다. 아버지의 발아래 엎드려 모든 걸 털어놓고 애걸복걸하고 싶어졌다.

'저를 꽁꽁 묶어 주세요. 아버지, 저를 바위틈에 가둬주세요. 저를 가게 내버려 두지 마세요. 저를 혼자 있도록 내버려 두지 마세요. 악마와 싸워서 이기도록 도와주세요.'

'아, 하지만 내가 아버지께 사실대로 말한다면 난 맞아 죽고 말 거야. 아버지가 날 거미처럼 발로 짓밟아 버릴 거야.'

며칠 내내, 엘리아스는 자신과의 싸움을 이어갔다. 첫날 저녁에 힘겨운 싸움에서 이긴 뒤로는 점점 더 쉽게 자신을 이겨낼 수 있었다. 그렇게 엘리아스는 누오로에 돌아가지 않았다. 기운이 쏙 빠진 그는 밤낮으로 자신을 붙들고 놓아주지 않는 깊은 슬픔의 밑바닥으로 가라앉았다. 하지만 만일 마을로 돌아가 막달레나를 다시 보게 된다면, 유혹을 이길 수 없게 되리라는 사실을 엘리아스는 너무도 잘 알고 있었다.

◆

엘리아스는 또다시 마르티누 삼촌을 찾으러 갔다. 농장을 가로질러 담장 위에 올라가 숲을 둘러보았다. 달빛이 창창한 투명한 밤이었다. 나무 꼭대기를 스치고 지나가는 바람에, 잎새들이 흔들리며 휘이 휘이 소리를 내고 있었다. 하지만 숲속 코르크나무 아래는 미동조차 없었다. 나뭇가지 사이로 투명한 달이 소리 없이 지나갔다. 은빛 바탕 위로 숲속의 윤곽선들이 산처럼 까맣게 보였다. 요정들의 이야기 속에 나오는 풍경 같았다.

엘리아스는 땅의 푹 꺼진 웅덩이와 어둠 속에 그루터기들, 작은 덤불들을 살피며 눈을 똑바로 뜨고 숲속으로 걸어 들어갔다. 저 멀리 마르티누 삼촌의 누추한 오두막에 불이 켜져 있는 게 보였다. 엘리아스는 울컥하는 마음을 얼른 다잡았다.

아, 마침내 그는 자신의 마음을 짓이기는 무시무시한 비밀을 누군가에게 털어놓고, 충고와 도움을 구할 수 있게 되었다. 하지만 오두막에 도착해 마르티누 삼촌에게 인사를 건넨 순간, 엘리아스는 또다시 절망의 나락으로 떨어졌다. 노인이 자신에게 뭘 해 줄 수 있단 말인가? 무슨 말을 해 줄 수 있단 말인가? 일은 이미 벌어졌고, 세상이 무너진다 해도 돌이킬 수 없었다. 노인이 뭐라고 충고하든, 일어나야만 하는 일은 일어나기 마련이었다.

엘리아스는 마르티누 삼촌이 자신에게 얼마나 많은 충고를 해 주었던가를 떠올려 보았다. 그의 충고를 들을 때마다 엘리아스는 마음이 한결 가벼워지곤 했다. 진작 그의 충고를 따랐더라면. 생각에 빠져든 엘리아스가 불 가까이 다가가 앉았다. 엘리아스의 얼굴에 깃든 고뇌를 읽은 마르티누 삼촌은 이내 모든 걸 알아차렸다.

"어디에 계셨던 거예요?"

엘리아스가 물었다.

"몇 번이나 삼촌을 찾았는지 몰라요."

"왜 날 찾은 게냐, 엘리아스 포르톨루?"

"삼촌이 안 보인 지 꽤 돼서요."

"지금 어딜 가려는 게냐. 이렇게 한밤중에?"

"여기 왔잖아요, 마르티누 삼촌."

"마을에 다녀온 게냐?"

"아니요. 카니발 축제 마지막 날 이후로는 가지 않았어요."

"그럼 그 후에 날 찾았던 게로구나."

"네."

마르티누 삼촌이 모든 걸 알아차렸다는 생각에 엘리아스는 얼굴을 붉혔다.

"얼굴이 많이 야위었구나."

엘리아스의 얼굴을 뚫어져라 바라보며 마르티누 삼촌이 말했다.

"네 얼굴에 사망의 죄의 징표가 있어. 더 이상 충고는 필요 없다더니 왜 날 찾아온 게야?"

엘리아스는 두려움으로 흐릿해진 두 눈을 크게 뜨고, 거칠고도 부드러운 늙은 멧돼지의 눈을 쳐다보았다. 그러자 돌처럼 단단한 마르티누 삼촌의 마음이 흔들리기 시작했다. 여인네처럼 아름답고 연약한 아이, 엘리아스 포르톨루가 코르크나무 아래 새끼 양처럼 눈보라를 피해 자신의 피난처로 들어온 것 같았다.

'질책해서는 안 돼.'

마르티누 삼촌이 생각했다.

'이 아이는 이미 고통받고 있어. 얼굴이 새빨개졌잖아. 이 아이를 혼내는 건 도끼로 갈대를 내리치는 거나 마찬가지야.'

그는 속내를 감추고 엘리아스에게 퉁명스럽게 물었다.

"왜 또 날 찾아온 게야, 엘리아스 포르톨루? 내가 더 이상 무슨 말을 해 줄 수 있겠니? 네가 내 충고를 따랐더라면!"

"말로만! 말로만요!"

엘리아스가 절망에 빠져 울부짖었다.

"당신이 우리에 대해 뭘 안다고. 삼촌이 처음 해 줬던 충고를 내가 따랐다면, 형이 날 죽이지 않았을 것 같아요? 전 지금처럼 반항하지도 못했을 거라고요. 하지만 형은 지금 제 머리카락 한 가닥도 건드릴 수 없죠. 세상사는 그런 거예요, 마르티누 삼촌! 숙명과 악마가 늘 우릴 따라다닌다고요."

"그럼 왜 날 만나러 온 게냐?"

"그건,"

엘리아스가 흥분한 채로 말을 이었다.

"삼촌의 충고를 다시 듣고 싶어서예요. 전 삼촌 충고가 도움이 된다는 걸 잘 알고 있어요. 그리고 도움을 청하러 왔어요. 누오로에 돌아가고 싶다는 저의 욕망을 막을 수 있는 사람은 삼촌밖에 없어요. 저를 꽁꽁 묶어서 가둘 수 있는 분은요. 하지만 제가 삼촌의 충고를 잘 따를 수 있을지는 모르겠네요. 삼촌이 저를 줄로 꽁꽁 묶는다 해도 악마가 시키는 대로 제가 삼촌 손을 물어뜯고 도망쳐서 그녀에게 가 버릴 지도 모르잖아요?"

"악마! 악마!"

노인이 불쾌한 투로 어깨를 들썩거리며 말했다.

"넌 늘 악마 이야기뿐이로구나! 그런 이야기라면 지긋지긋하다. 대체 악마가 누구냐? 악마는 우리 자신이야."

"삼촌은 악마를 믿지 않으세요? 하느님도요?"

"난 아무것도 믿지 않는다, 엘리아스 포르톨루! 하지만 충고를 듣거나 도움을 청했으면, 그대로 행하지. 내가 한번 입 맞춘 손은 절대로 물어뜯지 않는다. 물어뜯는 건 독사나 하는 짓이야, 엘리아스 포르톨루!"

"말하자면 그렇다는 거였어요, 마르티누 삼촌."

"말하자면 그렇다, 좋아. 그럼 내가 한마디 하마. 넌 지키지도 않을 충고를 구하려고 날 찾아왔어. 나더러 널 묶어달라고 하고서 내 손을 물어뜯을 셈이지. 우긴다고 되는 일이 아니야, 엘리아스 포르톨루. 넌 악마를 믿는다고 했지. 좋다. 그놈 뿔을 잡아다가 꽁꽁 묶어 보려무나. 널 물어뜯을지 모르니 조심하고."

노인은 화가 치밀어 오른 듯했다. 그의 흥분한 말투 속에 오루네 사람 특유의 정곡을 찌르는 빈정거림이 깃들어 있었다. 엘리아스는 어린아이처럼 기가 죽었다.

"마르티누 삼촌,"

그가 애원하는 투로 말했다.

"삼촌의 지혜가 고작 이 정도예요? 절망한 사람을 죽게 내버려 두는?"

"아, 엘리아스 포르톨루, 난 현자가 아니야. 하지만 누구나 발에 맞는 신발을 신어야 한다는 것쯤은 알고 있지. 넌, 하느님과 악마를 믿는다면서, 오직 인간의 힘만을 믿는 내게 충고를 구하러 왔구나. 네가 실수한 거다. 너의 이상과 맞지 않는 충고를 해줬던 나도 실수한 거고. 나의 지혜는 여기까지란다, 엘리아스! 아, 나귀 새끼도 나보다는 현명할 거다! 다시 말하지만 나의 충고가 너에게 유익했던 게 아니라, 널 망쳐놓았던 것인지 누가 알겠니? 넌 하느님의 사람을 찾아가 충고를 구해야 한단다. 늘 그렇듯 늦지 않았어. 내가 하고 싶은 말은 그거란다."

엘리아스는 노인의 말이 옳다는 생각이 들었다. 그는 곧 포르케투 신부님을 떠올렸고, 성 프란체스코 축제 때 달빛 아래 그와 나누었던 대화를 떠올렸다.

"그리고 보니, 저도 하느님의 사람을 한 분 알긴 해요."

엘리아스가 말했다,

"언젠가 그분이 제게 유익한 충고를 해 주셨고, 유혹에서 멀어지도록 이끌어 주셨죠. 유쾌하고, 노는 걸 좋아하지만 알고 보면 사려 깊은 분이에요. 삼촌처럼 그분도 정말 현명해요, 마르티누 삼촌. 제 비밀을 단박에 알아챘으니까요. 저와 매일 먹고 자는 사람들도 몰랐던 비밀을요. 포르케투 신부님을 찾아가야겠어요."

"누오로 사람이냐?"

"아니요. 누오로 사람은 아니지만, 누오로에 살아요."

"그래, 그럼 가 보거라. 빨리 가봐."

"하지만 무서워요. 마르티누 삼촌."

"뭐가 무섭다는 게냐, 작은 토끼야?"

"막달레나와 둘만 있게 될까 봐서요."

엘리아스가 흐릿한 눈빛으로 대답했다.

"아, 엘리아스 포르톨루, 넌 정말이지 날 껄껄 웃게 만드는구나! 네가 동물이냐? 토끼? 수탉? 암탉? 도마뱀?"

"전 죽을 지경에 이른 사람이라고요."

"좋다!"

마르티누 삼촌이 외쳤다.

"내가 함께 가 주마. 널 혼자 내버려 두지 않을 거다. 날 정말이지 귀찮게 하는 널 다시 보지 않기 위해서라도. 원한다면 지옥까지 널 데려다주마."

그의 약속을 받아낸 엘리아스의 얼굴에 미소가 번졌다. 마침내 한 줄기 빛을 보게 된 그의 마음이 사뭇 가라앉았다.

'그래, 고해성사를 드릴 거야. 신부님께 다 말씀드리고, 내 영혼을 구할 거야.'

엘리아스를 괴롭혔던 고통과 열정이 잠시나마 마음속에서 사라졌다. 드디어 자기 여자가 된 막달레나를 영원히 포기해야만 한다고 생각하니, 한편으로는 비통하기 짝이 없었다. 하지만 죄에서 벗어나기 위한 첫걸음이 어려울 뿐 점점 나아질 거라 믿으며, 엘리아스는 애써 자신을 위로했다.

◆

이튿날 아침, 마르티누 삼촌이 엘리아스를 데리러 왔고, 둘은 함께 누오로로 향했다. 가는 동안 둘은 거의 말이 없었다. 엘리아스는 밤새 자신의 양심을 돌이켜 보았고, 자신이 저지른 죄와 앞으로의 계획을 곱씹고 있었다. 하지만 마을이 가까워지자, 그는 뼈아픈 고통에 짓눌렸다.

"있잖아요, 삼촌."

엘리아스가 불현듯 말을 꺼냈다.

"제 말 좀 들어보세요. 전 집에 가지 않을래요."

"아, 저래서야!"

노인이 혼잣말하듯 외쳤다.

"넌 신이 두려워서가 아니라, 자신이 두려워서 고해성사를 드리려는 게다. 그래서는 절대로 극복해 낼 수 없어."

"그래요, 좋아요. 집에 가자고요."

엘리아스가 결심한 듯 말했다.

다행히 막달레나는 집안에 없었다. 엘리아스는 막달레나를 다시 볼 생각을 하자 심란해졌고, 자신의 나약함이 두려워 그녀가 어디

갔는지조차 묻지 않았다. 엘리아스와 노인은 포르케투 신부님의 집에 찾아가, 성가대 연습을 하러 간 신부님이 돌아오길 기다렸다.

타고난 가수였던 포르케투 신부님은 나이 많은 누이인 안나 숙모의 애정 어린 보살핌을 받으며 지내고 있었다. 그는 자신이 태어난 작은 집에 살고 있었다. 집안에는 그 시절부터 쓰던 나무 지붕이 딸린 침대와 앉는 자리를 짚으로 짠 길고 검은 의자가 놓여 있었다.

마을 사람들은 신부님댁에 포도주와 호두, 양파, 콩깍지와 말린 과일들을 끊임없이 보내왔다. 안나 숙모는 꿀 케이크와 포도즙을 만들어서 먹거리들을 갈무리하는 요령을 잘 알고 있었다. 그녀는 누오로에서 제일 맛있는 커피를 만들기로도 이름나 있었다. 포르케투 신부님을 찾아온 불안한 눈빛의 청년이 안네다 포르톨루의 아들이란 걸 알자, 안나 숙모는 그들을 반갑게 맞이했다. 언젠가 안네다 숙모가 그녀의 아픈 손을 아무런 대가 없이 고쳐주었던 적이 있었기 때문이었다.

"영혼들을 위하여, 연옥의 작은 영혼들을 위하여!"

그녀의 상처에 대고 안네다 숙모는 그렇게 읊조렸었다.

마침내 포르케투 신부님이 집에 돌아왔다. 늘 그렇듯 얼굴이 붉고 쾌활한 그는 두 팔 벌려 엘리아스를 환영했으나, 이내 고약한 눈빛으로 엘리아스는 쳐다보았다.

'신부님도 알아챈 걸까!'

수치와 고통으로 엘리아스의 얼굴이 창백해졌다.

"신부님께 말씀드릴 게..."

엘리아스가 웅얼거렸다.

"이 늙은 떡갈나무는 또 뭐냐?"

마르티누 삼촌을 바라보며 포르케투 신부님이 물었다.

"가자, 위층으로들 가자고. 안나 누님, 커피 좀 갖다주세요. 다른 것도 있으면 좀 주시고요."

"난 이만 가 보마."

마르티누 삼촌이 말했다.

"너희 집으로 가서 널 기다리고 있으마, 엘리아스 포르톨루. 안녕하십니까, 신부님. 이 젊은이를 잘 좀 부탁드립니다."

하지만 포르케투 신부님은 마르티누 삼촌을 붙들고, 안나 숙모가 가져온 럼주를 한 잔, 또 한잔 비우도록 권했다.

마르티누 삼촌은 포르톨루의 집에 먼저 가서, 화덕 옆에 앉아 엘리아스를 기다렸다. 엘리아스가 돌아왔을 때도 막달레나는 아직 집에 오지 않았다. 포르케투 신부님과의 만남을 통해 힘을 얻은 엘리아스는 한 시간 전과는 다른 모습이었다. 자신의 변화를 마르티누 삼촌에게 증명해 보이기 위해서라도, 엘리아스는 막달레나를 보고 싶다는 생각이 들었다. 욕정이 아닌 뉘우치는 눈빛으로 다시금 그녀를 바라보고 싶어졌다.

엘리아스의 눈빛은 확실히 달라져 있었다. 그의 두 눈은 순수하게 타오르는 불꽃으로 빛나고 있었다. 하지만 그의 얼굴은 여전히 창백했고, 손은 떨리고 있었다. 아무 말도 없이 엘리아스를 한참 바라보던 마르티누 삼촌은 바로 출발해도 되겠느냐고 그에게 물었다. 막달레나를 다시 보고 싶다는 욕망을 겨우 억누르며, 엘리아스는 마르티누 삼촌과 함께 길을 나섰다.

"고해성사를 드렸어요."

둘만 있게 되자, 엘리아스가 말했다.

"포르케투 신부님께서 보름 후에 제게 답을 주겠다고 하셨어요."

"답이라니?"

"신부가 되는 일 말이에요."

엘리아스가 목소리를 낮추며 말했다.

"아, 때가 되었어요! 그게 제가 가야 할 길이에요."

노인은 아무런 대답도 하지 않았다. 그의 영혼은 또다시 엘리아스의 영혼과 멀어진 듯했고, 젊은이의 일에 아무런 감흥도 없는 듯했다. 하지만 엘리아스는 그 사실을 알아차리지 못했다. 그의 영혼 또한 노인의 영혼으로부터, 과거의 일들로부터 그토록 멀어져 있었다.

엘리아스는 기분이 들떠 있었다. 그를 지배했던 고통과 불안, 수치와 망설임이 순식간에 사라진 것만 같았다. 맑은 아침의 푸른 지평선처럼 활짝 열린 앞날이 눈앞에 보이는 듯했다.

"포르케투 신부님께서 다 알아서 해 주시겠대요. 이삼 주 후에 모든 준비가 끝날 거라고 말씀하셨어요."

엘리아스가 상기된 표정으로 말했다. 마르티누 삼촌에게 말하기보다 자신을 향해 말하려는 것 같았다.

"다 잘 될 테니 두고 보세요. 돈이 필요하겠지만, 유복한 아버지께서 제 부탁을 거절하지는 않으실 거예요."

"좋다, 좋아. 그게 진정 네가 가야 할 길이라면 이번에는 꼭 붙잡거라."

마르티누 삼촌이 말했다.

둘은 올리브 농장 앞에서 헤어졌고, 엘리아스는 자신을 구원의 길로 이끌어 준 은인에게 감사의 인사조차 하지 않았다.

"다 잘 될 거예요, 마르티누 삼촌."

엘리아스는 이렇게 말했을 뿐이었다.

노인은 아무런 약속도 하지 않았고, 엘리아스를 보러 찾아오지도 않았다. 한 달쯤 후에 엘리아스는 먼발치에서 마르티누 삼촌을 보았지만, 다가가서 인사를 건네지 않았다.

"저런, 저런!"

마르티누 삼촌이 멧돼지처럼 가늘게 찢어진 눈에 수상한 미소를 띠며 생각했다.

"하느님의 사람이 되기로 작정했다는 녀석이 시작부터 저래서야!"

◆

엘리아스에게 무슨 일이 벌어졌던 걸까? 그로부터 한 달이 지나고, 사순절이 끝날 때까지도 그는 포르케투 신부님의 답변을 기다리고 있었다. 고해성사를 드리고 난 뒤 며칠 동안 젊은이는 하늘과 땅을 오락가락하며 지냈다. 과거의 일은 까맣게 잊고, 앞으로 다가올 찬란한 미래만을 생각했다. 봄의 시작과 더불어 만물이 다시 태어나듯, 아기처럼 순수하게 다시 태어난 기분이었다. 엘리아스는 기도하기를 멈추지 않았고, 포르케투 신부님의 답변만을 기다리며 감미로운 근심에 빠져 보름 동안의 시간을 보냈다. 엘리아스의 얼굴은 부쩍 밝아졌고, 눈에는 어린아이 같은 천진난만함이 깃들었다.

하지만 보름이라는 시간은 너무도 길었다. 아, 포르케투 신부님은 인간의 마음을 도통 모르는 게 분명했다. 열정으로 뒤집힌 엘리아스의 마음속에서 고해성사의 기쁨이 오래가리라 믿었던 게 잘못이었다. 엘리아스의 기쁨 위에 서서히 그늘이 드리워지기 시작했다. 보름째가 가까워진 어느 날, 슬픔이 다시금 그의 마음을 지배하기 시작했다. 보이지 않는 괴물이 그의 뒷덜미를 잡고, 심연을 향해 그를 몰아넣는 것만 같았다.

다음날이 되자, 엘리아스는 마을로 돌아가 포르케투 신부님의 발밑에 엎드릴 생각을 해 보았다. 하지만 그 전에 막달레나를 다시 보게 된다면? 생각만 해도 그의 온몸에 소름이 돋았다. 아, 부질없는 짓이야. 부질없는 짓이라고. 엘리아스는 여전히 막달레나를 사랑하고 있었고, 결단코 그녀를 잊을 수 없었다. 자신을 극복했고, 마음을 돌렸다고 믿었던 순간 과거와 열정은 그를 꽉 부여잡고서, 소용

돌이에 나부끼는 잎새 같은 신세로 만들어 놓고 말았다. 보이지 않는 괴물이 그의 뒷덜미를 붙잡고, 죄를 향해 엘리아스를 질질 끌고 가고 있었다. 엘리아스의 얼굴은 또다시 창백해졌고, 눈빛은 음울해져만 갔다.

◆

어느 날, 슬픈 생각에 잠겨 농장 입구에 서 있던 엘리아스는 헛것을 본 것처럼 자기 눈을 의심했다. 여느 때처럼 아침 일찍 누오로에 간 마티아는 오후에 돌아오기로 되어 있었다. 포근하게 내리쬐는 태양 빛 아래 꿈처럼 달콤한 3월의 오후였다. 드넓은 평야는 온통 고요했고, 개미 한 마리조차 보이지 않았다. 따스한 바람이 솔솔 불어와 햇빛에 달궈진 풀들을 살랑살랑 흔들고 있었다. 어느새 다 큰 망아지가 졸졸 따라오는 흰 줄무늬 암말을 타고 오는 막달레나의 모습이 엘리아스의 눈에 보였다. 환상일까? 꿈일까? 막달레나는 한 번도 혼자서 올리브 농장에 온 적이 없었다. 엘리아스는 소스라치게 놀라며 창백해진 얼굴로 그녀를 바라보았다. 막달레나, 바로 그녀였다. 이글거리는 그녀의 눈이 먼발치에서 그를 쳐다보며, 자석처럼 그를 끌어당기고 있었다.

도망칠 마음도, 힘도 없었던 엘리아스는 담벼락에 그대로 주저앉고 말았다. 막달레나가 서서히 그를 향해 다가오고 있었다. 농장 입구에 다다르자, 그녀는 말에서 사뿐히 뛰어내려, 엘리아스에게 가까이 다가왔다. 광기 어린 열정으로 몸을 떨며, 그녀는 엘리아스를 바라보았다. 아, 칠흑같이 새카만 그녀의 눈동자 속에 타오르는 빛, 엘리아스는 눈을 들어 그녀의 눈을 바라보았다. 결코 잊을 수 없었던 그 눈동자. 지난 주간 내내 느꼈던 신성한 기쁨을 모조리 합친다 해도 그 순간과 맞바꿀 수 없었을 것이다.

"마티아는?"

엘리아스가 물었다.

"마을에 있어요. 핑계를 둘러대고 제가 대신 왔어요. 피에트로는 집에 없고, 어머니는 올리브 열매 따는 일을 거들러 아랫마을 밭에 내려가셨어요. 얼굴이 그을린 뒤에나 돌아오실 거예요."

"막달레나, 우린 이러면 안 되는 거잖아요. 왜 날 찾아온 거요?"

엘리아스가 몸을 숙이며 말했다.

"그럼, 당신은요? 왜 마을에 오지 않는 거죠? 왜요, 엘리아스? 엘리아스! 엘리아스! 엘리아스!"

고통스러운 얼굴로 엘리아스의 두 손을 붙잡고, 그녀가 한층 격앙된 투로 말했다.

"내가 죽는 꼴을 보고 싶어서 그래요? 당신이 오지 않으니까 내가 여기까지 온 거라고요!"

그녀는 엘리아스의 얼굴에 키스를 퍼부었다. 순간 엘리아스의 눈에 아무것도 보이지 않았다. 그렇게 둘은 또다시 정신을 놓아 버리고야 말았다.

포르케투 신부님은 사순절 내내, 엘리아스가 찾아오기만을 기다리고 있었다. 젊은이가 자주 마을에 들락거린다는 말을 전해 듣자, 신부님은 의심에 빠져들었다.

'또다시 그 일이 벌어진 게야!'

신부님은 생각했다.

'추기경님께 잘 얘기해서 그 젊은이가 신학교에 들어갈 수 있도록 해 놓았는데. 신부라니! 신부는 무슨! 어쨌든 내가 나서서 이 일을 해결해야만 해. 그렇지 않았다가는 신부는 고사하고, 온 집안이 풍비박산이 날 거야.'

그는 엘리아스를 찾아갔다.

"널 기다리고 있었다."

엘리아스의 눈을 주시하며, 신부님이 말했다. 하지만 차갑고 사악한 엘리아스의 눈은 신부님의 따가운 시선을 피했다. 욕정과 죄악에 물든 그의 얼굴은 볼품없이 변해 있었다.

"갈 수 없었어요."

"올 수 없었다니, 왜?"

"곰곰이 생각해 보았는데 전 신부가 될 만한 자격이 없는 것 같아요. 아니, 마음의 결정을 내리지 못했어요. 아직 시간이 있잖아요, 포르케투 신부님!"

"시간이 있다고, 엘리아스? 무슨 말을 하는 거냐, 엘리아스! 오늘 일을 내일로 미루는 자에게 화 있을진저! 넌 또다시 죄악에 빠졌어. 악마가 널 꼬드겼다고."

"아니요, 전 죄에 빠지지 않았어요! 지금 무슨 말씀을 하시는 거예요?"

얼굴색 하나 변하지 않은 채 엘리아스가 대답했다.

포르케투 신부님은 기절초풍할 지경이었다. 엘리아스가 자신의 죄를 고백하고, 짐승처럼 울부짖으며 저항하는 게 백배 천배 낫다는 생각이 들었다. 엘리아스의 차가운 위선이야말로 파멸의 지름길이었다.

"엘리아스, 엘리아스!"

신부님이 떨리는 목소리로 말했다.

"네가 무슨 짓을 하고 있는지 좀 보거라. 제발 정신 차려... 육신의 정욕에 씨를 뿌리는 자는 악덕을 낳고, 영혼의 밭에 씨를 뿌리는 자는 영생을 얻으리니..."

엘리아스는 머리를 세차게 내저었다.

"저는 그 말씀에 동의할 수 없어요. 신부님한테나 맞는 말씀이죠. 어쨌든 저는 죄를 짓지 않았어요. 누구에게도 해를 끼치지 않았는걸요. 그러니 그런 생각일랑 그만두세요, 포르케투 신부님."

"네가 동의하지 않는다면 그래, 좋다. 엘리아스, 네 죄가 어떤 결말을 낳을지 한번 따져보자꾸나. 생각해 보거라. 어느 날 그 모든 게 밝혀졌을 때 얼마나 처참한 비극이 벌어질지! 네 어머니와 아버지를 생각해 보거라! 죄는 오랫동안 감출 수 없단 걸 모르느냐. 불이 난 곳에는 연기가 피어오르기 마련인 게야."

"저는 죄를 짓지 않았어요."

엘리아스가 냉랭한 말투로 반복했다.

"아무 죄도 없으니 아무 일도 벌어지지 않을 거예요."

엘리아스는 자리를 떴다. 포르케투 신부님은 그를 돌이키고자 했으나, 소용없는 일이었다.

신부님과 나눴던 대화는 엘리아스의 마음속에 깊이 새겨졌다. 엘리아스는 포르케투 신부님의 말씀을 한 마디 한 마디 되뇌어 보았다. 엘리아스가 누리는 처절한 기쁨은 한편으로, 죄에 대한 두려움과 후회가 만들어 낸 고통이기도 했다. 하지만 그는 도저히 유혹을 뿌리칠 수 없었다. 쾌락의 순간이 지나가고 나면 고통과 후회가 밀려들었고, 고통과 후회로부터 도망치고자 엘리아스는 또다시 쾌락에 탐닉했다.

절망에 빠져든 엘리아스는 막달레나를 원망하고 증오하기 시작했다.

'날 유혹한 건 그녀야.'

포르케투 신부님과 대화를 나눈 뒤에 엘리아스는 자신을 향해 말했다.

'그녀가 다 망쳐놓았어. 왜 농장으로 날 찾아온 거야? 왜 날 유혹한 거냐고? 하느님과 영생은 안중에도 없단 말인가?'

하지만 엘리아스는 이내 그런 생각을 후회했고, 막달레나가 자신을 얼마나 사랑하는가를 떠올리며, 전보다 더 진한 애정으로 그녀에게 이끌리곤 했다.

포르케투 신부님의 말씀이 그의 마음속에 좋은 씨앗을 뿌린 건 사실이었다. 시간이 지날수록, 기쁨보다는 후회와 고통이 엘리아스의 마음을 지배하기 시작했고, 막달레나가 아닌 다른 데에서 평안을 찾아야 한다는 생각이 들기 시작했다.

"언젠가 우리도 나이를 먹겠지."

어느 날, 엘리아스가 막달레나에게 말했다.

"나중에 우리는 어떤 모습을 하고 있을까? 우리가 저지른 일을 용서받을 수 있을까?"

"그런 얘기는 그만 좀 해요!"

막달레나가 성가시다는 듯 말했다.

"뭐예요, 성 프란체스코 축제 때 말했던 것처럼 신부라도 되려고 그러시나?"

그녀가 비웃는 투로 말했다.

엘리아스는 울컥했으나, 입을 다물고 가만히 있었다. 그의 마음속에서 막달레나에 대한 증오와 분노는 점점 커져만 갔다. 만일 그녀가 하느님의 자비를 구한다고 겸허하게 대답했더라면, 엘리아스는 감동해서 그녀를 더욱 아끼고 사랑했을 것이다. 하지만 그녀의 천박한 비웃음은 가증스럽게 느껴질 따름이었다. 그날 저녁 이후로 엘리아스는 막달레나에게 이런저런 질문을 하기 시작했다. 이건 이렇고, 저건 저렇고, 우리가 헤어진 후에는 어떻고, 막달레나를 볼 적마다 그는 끊임없이 질문을 던졌다.

"있잖아요, 엘리아스."

어느 순간 그녀가 말했다.

"당신 기분이 상해서 날 무시하고, 막 대한다는 걸 알아요. 당신의 예리한 말을 들으면 난 뭐라 대답해야 할지 모르겠어요. 우리는 죽고 못 사는 사이지만, 서로 마음이 통하지는 않는 것 같아요. 얼마 동안 만나지 않는 게 좋지 않을까요. 당신 생각은 어때요? 잠시 서로 떨어져 있는 게..."

"아니, 더 자주 보는 게 좋을 거야. 으르렁대며 서로를 증오하고 결국 영원히 갈라서게 되는 게."

"엘리아스!"

창백해진 그녀가 말했다.

"왜 그런 말을 하는 거죠? 왜 우리가 서로 증오하고 영원히 갈라서야 한다는 거예요?"

"왜냐고? 몰라서 묻는 거요? 우린 죽을 죄를 지은 사람들이니까."

엘리아스의 얼굴에 슬픔이 깃들었다.

"당신도 나도 처음부터 알고 있었잖아요, 엘리아스 포르톨루? 이젠 너무 늦었어요!"

"왜 너무 늦었다는 거지?"

"왜냐하면 난 당신 아들의 어머니가 될 테니까..."

순간 엘리아스의 얼굴에 화색이 돌았다. 그는 막달레나에게 입맞춤을 퍼부으며, 말도 안 되는 소리를 지껄였다. 그녀에게 용서를 구하고, 그녀가 원하는 거라면 뭐든지 다 하겠노라고 장담했다. 둘은 아기가 태어날 때까지 은밀한 관계를 갖지 않기로 약속하고 헤어졌다. 엘리아스는 사랑으로 벅차오르는 가슴을 억누를 수 없었다. 지금껏 단 한 번도 느껴본 적 없는 기쁨이었다.

8

가을이 찾아왔다. 하늘은 높고 푸르렀고, 공기는 투명했다. 큰비가 지나간 땅과 공기는 선명함을 되찾았다. 엘리아스도 씻김을 받은 것 같았다. 그 또한 순수함을 되찾았고, 맑은 생각으로 기쁜 나날들을 보내고 있었다.

그즈음 엘리아스는 나무 아래 엎드려 가지 사이로 푸른 하늘을 바라보며 시간을 보내곤 했다. 먼 숲속에서 바람이 윙윙 지나가는 소리와 새들이 서로를 부르는 소리가 들려왔다.

그는 늘 막달레나를 생각했지만, 이전과는 다른 순수한 사랑의 감정이었다. 그녀를 처음 알았을 때와 같은, 아니, 아기를 가진 신부를 생각하는 신랑의 마음이었다. 그리고 태어날 자식에 대해서도 생각했다.

"아마 아들일 거야."

엘리아스가 혼잣말로 중얼거렸다.

"아이가 크자마자, 농장으로 데려와야지. 여기서 나랑 함께 지내게 될 거야. 내가 늘 곁에서 지켜줄 거야. 날 진짜, 진짜 사랑하게 될 거야."

그는 행복에 겨웠지만, 종종 근심에 빠져들기도 했다.

"만약 피에트로 형이 아이를 자기 옆에 데리고 있겠다고 하면? 형은 그 아이가 자기 아들인 줄 알 텐데. 애 아버지 노릇을 하면서 자기처럼 농사꾼으로 키우면 어쩌지."

"안 돼. 그건 안 될 말이야!"

그리고 그는 생각했다.

'형한테 이렇게 말해야겠다. 형, 그 아이를 나한테 맡겨. 난 절대 결혼하지 않을 거니까 내 아들로 삼아서 공부도 시키고, 재산도 다 물려줄게. 그럼 형도 거절하지 못할 거고, 아이는 날 사랑하고 따르게 될 거야.'

엘리아스는 점점 더 아이 생각에 사로잡혔다. 터무니없는 계획들을 세우며 어느덧 막달레나보다 아이 생각을 더 많이 하게 되었다.

어느 날 말갈기를 휘날리며 집에서 달려온 마티아가 농장에 기쁜 소식을 전해 주었다.

"아버지, 형, 막달레나가 아기를 가졌대요. 어머니가 안나 성녀에게 기도를 드렸는데, 아들이라고 했대요."

마티아는 자기가 아이의 아버지라도 되는 양 기쁨에 겨워 활짝 웃었다. 포르톨루 삼촌은 너무도 기쁜 나머지 울음을 터뜨리기 직전이었다. 그는 프란체스코 성인과 푸른 언덕의 마리아와 치유의 마리아와 수많은 다른 성인들을 찬양하기 시작했다.

"아, 비둘기여! 후사가 없는 괴로움을 당하지 않을 거라고 내가 그러지 않았더냐. 아, 작은 포르톨루. 나의 새로운 비둘기. 그래, 대체 언제쯤 아기를 볼 수 있다는 게냐?"

"아버지도 참!"

마티아가 웃으며 말했다.

"아기가 그렇게 곧바로 나오는 줄 아세요? 그렇담 나오자마자 양을 돌보겠네요!"

엘리아스는 심장이 두근거렸고, 한편으로는 가슴이 저려 왔다. 아버지와 마티아가 그 사실을 안다면. 하지만 그 역시도 행복하긴 마찬가지였다. 식구들이 기뻐하는 게 다 자기 덕분이라는 이상한 행복감이었다. 포르톨루 삼촌과 마찬가지로, 엘리아스 또한 어서 빨리 아기를 보고 싶다는 생각뿐이었다.

◆

시간이 흘러, 농장에 추위와 안개와 눈이 찾아왔다. 혹독하기 짝이 없는 꽁꽁 얼어붙은 겨울이었다. 추위를 잘 타는 엘리아스는 누구보다도 올리브 농장의 겨울을 견디기 힘들어했다. 예년과 마찬가지로 그는 벽난로에 타닥타닥 불이 타오르는 따뜻하고 안락한 집이 그리워졌다. '아! 얼마나 좋을까!'

엘리아스는 생각했다.

'막달레나 곁에서 따뜻한 불을 쬐면서 저녁을 보낼 수만 있다면!'

하지만 예전처럼 가눌 수 없는 욕정에 사로잡혀 막달레나를 생각하는 건 아니었다. 요람 곁에 앉아 있는 그녀의 모습이 눈에 선했고, 자신이 어린 시절에 들었던 자장가 소리가 귓가에 들려왔다.

이유는 알 수 없었지만, 엘리아스의 마음은 날이 갈수록 차분해져 갔다. 신비로운 힘이 다가와 그의 마음속을 지배했던 불안과 증오, 고단함과 두려움을 서서히 걷어내고 있었다. 멀리 떨어진 올리브 농장에서 보내는 얼어붙은 나날 동안, 엘리아스는 막달레나와 가까이 있고 싶다는 생각을 수도 없이 하곤 했다. 하지만 막상 그녀를 다시 보게 되자, 전에 느꼈던 엄청난 환희의 감정은 느껴지지 않았다. 엘리아스는 생각했다.

'아마 그녀가 아기를 가져서 그럴 거야. 아기가 태어나고 나면 전보다 더 그녀를 사랑하게 될 거야.'

어느 날 엘리아스는 안네다 숙모가 막달레나의 어머니인 아리타 스카다에게 하는 말을 엿듣게 되었다.

"엘리아스는 절대 결혼하지 않겠다고 하고, 순박한 마티아도 결혼 생각이 없다고 하니 말인데요. 막달레나가 아이를 많이 낳는 수밖에 없답니다. 안 그래요, 아리타 스카다? 그렇지 않으면 우리가 죽은 후에 누가 벽난로 주위에 모여 있겠어요?"

엘리아스에게는 혐오스러운 말이었다. 그 아이들이 다 자기 자식들이라고 생각하니 가히 충격적이었다. 오, 안 돼. 하나로 충분하다고!

"절대! 절대로 안 돼!"

엘리아스가 자신을 향해 소리쳤다.

◆

사순절이 시작되자, 엘리아스는 포르케투 신부님을 찾아가 고해성사를 드렸다. 엘리아스의 모습은 지난해와는 사뭇 달라져 있었다. 그는 더 이상 죽을 죄를 짓지 않기로 다짐했노라고 고백했다. 마치 다른 사람이 된 것 같은 엘리아스의 모습을 보고서, 포르케투 신부님은 그의 마음속 불씨가 잦아들었음을 알아챘다. 하지만 생각에 잠겨 오랫동안 그를 바라보던 신부님은 고개를 절레절레 흔들었다.

"지금이야 그렇겠지."

"하지만 잘 알아 두거라. 만일 지금 자신을 구하지 않는다면, 넌 또다시 유혹에 빠져들게 될 거다. 그러니 이 은총의 기회를 놓치지 말거라."

"무슨 말씀이세요, 포르케투 신부님?"

"네가 작년에 뭘 하고 싶었는지 기억나지 않니? 난 널 위해서 모든 준비를 했고, 다 잘 되어가는 것 같았다만…"

"아, 무슨 말씀인 줄 알아요."

엘리아스가 그의 시선을 피하며 얼버무렸다.

"하지만 이제는!…"

"이젠 뭐란 말이냐? 무슨 말을 하고 싶은 게야? 그 일에 대해 생각해 보지 않았느냐?"

"아니요. 자주 생각해 보았어요. 하지만 이젠 너무 늦어버린 것 같아요, 그리고 제가 그럴만한 자격이 있는지도…"

"하느님의 자비는 결코 늦는 법이 없단다, 엘리아스 포르톨루. 널 구하고 싶거든 잘 생각해 보거라."

엘리아스는 고개를 숙이고 생각에 잠겼다. 지나간 기억들이 새록새록 밀려왔다. 오두막에서의 어느 날 저녁, 고요한 회색빛 사이로 마르티누 삼촌의 든든한 모습이 보이는 듯했고, 삼촌이 들려주었던 말들이 귓가에 들려오는 듯했다.

"포르케투 신부님."

엘리아스가 말했다.

"만일 제가 신부가 된 다음에도 유혹을 물리치지 못한다면요. 그거야말로 최악 아닌가요?"

"아니, 엘리아스 포르톨루, 난 널 잘 알고 있어. 넌 유혹을 이겨낼 거다. 아니, 유혹이 더 이상 널 건드리지 못할 거다. 너에게 있어서 유혹이란 그 여자뿐이잖니. 신부가 된 네 모습을 보면, 그 여자도 더 이상 널 유혹하지 못할 거다."

"그건 모를 일이죠!"

엘리아스가 슬픈 듯이 말했다.

"어쨌든 널 먼 곳으로 보내 줄 수도 있단다. 네가 원한다면, 다시는 그 여자를 보지 않을 수도 있지."

"하지만 그건 나중 일이잖아요. 그때까지는 어쩌죠!"

"그때까지? 그건 걱정 말거라. 신학교에 들어가서 공부하게 되면 집에 돌아오기가 쉽지 않을 테니. 너만 원한다면, 다시는 유혹에 빠지지 않을 수 있을 거다. 시간을 낭비하지 말고 마음을 정하거라, 엘리아스 포르톨루. 우린 언젠가 죽게 될 거고, 삶은 정말이지 짧은 거란다. 하나뿐인 네 영혼을 구해야 하지 않겠느냐?"

포르케투 신부님은 창백한 얼굴로 엘리아스의 눈을 응시하며 강권하듯 말을 이었다. 고개를 푹 숙이고 신부님의 말을 경청하던 엘리아스가 고개를 들더니 빛나는 눈으로 그를 바라보았다.

"좋아요."

엘리아스가 감정이 북받쳐 대답했다.

"신부님 생각대로 하세요. 저를 신부님께 맡길게요, 포르케투 신부님. 모든 게 준비될 때까지 아무한테도 말하지 않을 거예요."

"좋다, 그만 가 보거라. 여드레 뒤에 모든 준비가 끝날 거다. 약속하마. 그동안 넌 열심히 성당에 다니거라. 가거라, 아들아, 가서 즐겁게 지내거라. 네 앞에 또 다른 인생이 펼쳐지게 될 거란다."

◆

자리를 뜬 엘리아스는 마냥 기뻐할 수만은 없었다. 아, 그는 꿈을 꾸는 것만 같았다. 지난날에 느꼈던 천진난만한 기쁨은 아니었다. 고해성사를 마치자, 오히려 슬픔이 밀려왔고, 그의 볼을 타고 눈물이 주르르 흘러내렸다. 엘리아스는 굳은 결심을 했고, 결심이 굳었기에 더더욱 슬퍼졌다. 신부가 되는 일이 더 이상 꿈이 아닌 현실이 된 지금, 그가 마음을 굳힌 그 순간 과거와 작별을 고하는 건 너무도 가슴 아픈 일이었다. 엘리아스는 그동안 누려왔던 모든 것들과 이별해야만 했다. 그의 인생이 저만치 멀어져가고 있었다. 소소한 일들, 기쁨, 고통, 열정, 잘못, 쾌락마저도.

며칠 동안 엘리아스는 이별의 씁쓸함에 푹 파묻혀 지냈다. 특히나, 농장에 있을 때면 몸이 으슬으슬해질 정도로 우울했다. 양치기 일을 그만두고, 그토록 정든 장소를 떠나야만 한다는 생각이 들자, 일이 좀처럼 손에 잡히지 않았다.

'이제 난 이곳을 볼 수 없겠지. 이 일을 할 수 없겠지.'

생각하면 할수록 목이 메어왔다. 하지만 그의 결심은 단호했고, 모든 걸 내려놓고 새로운 삶을 시작해야만 한다는 확신은 점점 커져만 갔다. 엘리아스는 아주 작은 것들에게까지 안녕을 고했다. 나무, 돌, 가축들, 사람들, 그러자 차츰 생각이 정리되었고, 다가오는 일을 받아들일 마음의 준비가 되었다.

마을에 돌아갈 때면, 엘리아스는 성당에서 오래도록 머물렀고, 경건한 마음으로 미사에 참여했다. 오르간 소리, 밝게 울려 퍼지는 찬양 소리, 신부님들의 사제복, 그 모든 게 경이롭게 느껴졌다. 자신 또한 어느 날, 기도문을 읊게 될 거라는 기대로 마음이 부풀었고, 성스럽고 깨끗한 사제복을 입게 되리라는 생각에 과거의 일은 까맣게 잊고 그저 행복할 따름이었다. 하지만 집으로 돌아가 막달레나의 모습을 볼 때면, 엘리아스의 마음은 또다시 흔들리곤 했다.

'그녀가 그 사실을 알게 된다면 난 뭐라고 말해야 하지?'

엘리아스는 고민에 빠져들었다. 어쩌면 그는 더 이상 그녀를 사랑하지 않는 것 같기도 했다. 막달레나의 배는 점점 불러왔고, 누렇게 뜬 그녀의 얼굴은 퉁퉁 부어 있었다. 하지만 엘리아스는 막달레나와 뗄 수 없는 끈으로 묶여 있었고, 그 관계를 끊을 생각을 하니 또다시 두려워졌다.

'그녀가 어떻게 생각할까? 실망할까? 그래, 아기한테 안 좋을 수도 있으니 좀 더 기다렸다가 말하는 게 좋겠어.'

엘리아스는 태어날 아기를 배려하는 마음으로 생각에 생각을 거듭했다. 하지만 신부가 되는 일은 아기를 위해서도 오히려 나은 결정이라고 여겨졌다. 신부가 되겠노라고 결심한 뒤로도 아기에 대한 그의 애정에는 변함이 없었다. 오히려 아기를 곁에 두고, 가르쳐서 더 나은 미래를 마련해 줄 수도 있을 터였다.

하지만 어느 날 포르케투 신부님께 이야기하자, 그는 고개를 절레절레 내저었다.

"그런 생각일랑 애당초 하질 말거라."

"생각조차 해서는 안 돼. 그 아이가 아직은 하느님께 속해 있다만, 태어나서 자란 뒤에는 절대 너와 가까이 있으면 안 된다. 그랬다가는 너와 그 여자 사이에 또다시 관계가 형성될 테니까. 신부는 자식도, 아내도, 가족도 가져서는 안 돼. 부귀와 세상사에 이끌려서는 안 돼. 교회와 혼인한 신부가 기를 자식들은 청빈과 의무와 선한 행실뿐이란다. 잘 생각해 보거라, 엘리아스 포르톨루. 만일 네가 아직도 세상사에 집착한다면, 여기서 이만 멈춰야 해. 오로지 너와 다른 사람들의 영혼을 구하는 일만 생각해야 한다."

"신부님도 참, 제가 성인이라도 될 것처럼 말씀하시네요."

엘리아스가 웃으며 말했다. 그 또한 포르케투 신부님의 말씀이 옳다는 걸 알고 있었지만, 아버지 노릇을 하고 싶다는 소박한 꿈을 내려놓아야 한다는 생각에 마음이 서글퍼졌다. 하지만 그마저도 엘리아스의 굳은 결심을 바꿔놓을 수는 없었다.

◆

여드레가 지났고, 포르케투 신부님의 노력은 좋은 결과를 낳았다. 추기경은 하느님의 부름을 받아 신부가 되고자 한다는 젊은 양치기에게 관심을 보였고, 신학교에 자리를 만들어 학비를 지원해 주겠노라고 했다. 포르케투 신부님의 충고에 따라, 엘리아스는 추기경님께 어설프나마 감사의 편지를 썼고, 그의 편지를 받은 추기경은 젊은이를 만나보고 싶다고 했다.

"추기경님께서 널 보고 싶다고 하시는구나, 엘리아스 포르톨루. 가족들에게 소식을 알릴 때가 된 것 같다."

"아!"

엘리아스가 한숨을 내쉬며 말했다.

"전 두려워요..."

"뭐가 두렵단 말이냐?"

"그 여자가 안 좋게 받아들이면 어쩌죠. 좀 더 기다릴 수만 있다면!"

포르케투 신부님이 고개를 내저었다.

"기다린다고? 아직도 세상사에 얽매여 있는 게냐? 아, 아, 도통 맘에 들지 않는구나!"

"좋아요."

엘리아스가 확고한 투로 말했다.

"제가 모든 걸 내려놓았단 걸 보여 드릴게요. 오늘 바로 집에 가서 얘기하겠어요."

"아버지는 마을에 계시냐?"

"네."

"네 형 피에트로는?"

"형도요."

"좋다. 점심을 먹고 나서 모두 집에 머물도록 해라. 내가 가서 모두에게 소식을 전하마."

"신부님께 뭐라 감사드려야 할지 모르겠어요!"

엘리아스가 큰 소리로 말을 이었다.

"하느님께서 다 갚아주실 거예요."

"좋다, 좋아. 계산은 하느님과 따로 하마. 이제 평안히 가 보거라."

◆

엘리아스는 마을로 갔지만, 점심을 먹을 때까지 집에 들어갈 수 없었다. 그의 마음은 부풀어 올랐고, 목이 메어왔다. 아, 엘리아스의 꿈은 이제 현실이 되어 가까이 다가오고 있었다. 세상, 청춘, 기쁨, 가족, 지금껏 살아왔던 삶으로부터 그를 매몰차게 떼어내며 짓누르고 있었다. 이별의 아픔이 엘리아스를 감쌌지만, 그는 한순간도 뒤로 물러설 생각을 하지 않았다.

집에 들어가 점심을 먹고 나서, 엘리아스는 계속 문 쪽을 흘깃거리며 쳐다보았다. 이따금 길가에서 발소리가 들려오면 황급히 몸을 일으켰다. 그의 모습을 지켜보고 있던 막달레나가 호기심을 참지 못하고, 누굴 기다리는 중이냐고 물었다.

"어떤 사람이요."

엘리아스가 대답했다.

"다들 그 자리에 가만히 계세요. 그분이 와서 할 얘기가 있대요."

"저한테도요?"

막달레나가 물었다.

"누구예요? 대체 누구예요?"

"모두에게 말할 거예요. 누군지 알게 될 거예요."

다들 엘리아스에게 질문을 퍼부었지만, 그는 아무런 대답도 하지 않고 정원으로 나갔다. 막달레나는 피에트로 앞에서도 불안한 기색을 좀처럼 감추지 못했다. 그녀 또한 길가에서 발자국 소리가 들리기만을 기다리며 문 쪽을 지켜보고 있었다.

"내체 그 사람이 누굴까?"

막달레나는 이따금 혼잣말처럼 중얼거렸다.

얼마 전부터 그녀는 엘리아스가 자신에게 냉정하게 군다는 사실을 눈치채고 있었다. 그가 다른 여자와 사랑에 빠졌다거나 혹은 아내를 맞게 될 거란 소식일지도 모른다고 생각하니 질투로 마음이 쓰라렸다.

'아내를 맞고 싶다는 걸 거야.'

막달레나는 생각했다.

'중매쟁이가 찾아와서 아무개 신부가 엘리아스와 결혼해도 좋을지 허락을 구한다고 할 거야. 아, 결국 그날이 오고야 말았구나! 아, 이리도 빨리 찾아올 줄이야! 아기가 태어날 때까지만이라도 기다려주지 않고서. 하느님, 나의 하느님, 도와주세요. 저에게 힘을 주시고, 자비를 베풀어 주세요. 아기가 태어날 때까지만 저를 죽도록 내버려 두지 말아 주세요.'

그녀의 얼굴빛은 고통을 참느라 창백하게 변했고, 보랏빛으로 변한 묵직한 눈꺼풀이 내려앉았다.

포르케투 신부님을 데리고 집에 들어온 엘리아스는 그녀의 모습을 보자마자 겁을 집어먹었다. 그 또한 막달레나처럼 얼굴이 창백해졌고, 온몸이 뼛속까지 덜덜 떨려왔다.

하지만 포르케투 신부님은 사람들을 둘러보며 노래를 흥얼거렸고, 농담을 섞어가며 고개 숙여 인사를 건넸다. 신부님은 부엌에 머물고 싶다고 했지만, 안네다 숙모가 한사코 그를 막달레나의 방으로 끌고 올라갔다.

"그래, 포르톨루 삼촌은 어떻게 지내세요?"

"저 말입니까? 두 다리가 암탉처럼 튼튼하답니다. 포르케투 신부님!"

"아드님들은요, 아드님들은 잘들 하고 있나요? 아직도 비둘기들인가요?"

"아, 그럼요!"

포르톨루 삼촌이 작고 벌건 눈을 부릅뜨며 큰 소리로 말했다.

"프란체스코 성인께 감사하게도, 제 아들들 같은 놈들은 드물죠."

엘리아스는 억지로 미소를 지어 보였지만, 포르케투 신부님은 그의 얼굴에 깃든 고뇌를 꿰뚫어 보았다. 가족들과 잡담을 나누던 신부님은 막달레나를 향해 한쪽 눈을 찡긋하며 말했다.

"얼마 뒤면 또 다른 비둘기가 찾아온다면서요, 안 그래요? 이야, 프란체스코 성인께서 당신네 가족을 엄청 아끼시나 봅니다, 포르톨루 삼촌. 하느님의 모든 은총이 당신들한테 다 임했어요. 자, 이제 제 말을 좀 들어 보세요. 당신 아들 엘리아스가 신부가 되겠다고 하면 뭐라고 하시겠어요?"

모두가 깜짝 놀라 할 말을 잃었다. 포르케투 신부님이 이미 모든 게 결정되었다는 투로 말했기 때문이었다. 누가 감히 상상이나 할 수 있었겠는가? 막달레나가 아래로 향했던 눈을 들었다. 그녀의 얼굴에 순식간에 화색이 돌았다. 막달레나가 걱정했던 바에 비하면, 포르케투 신부님의 이야기는 그럭저럭 행복한 소설의 결말이었다. 엘리아스가 그녀를 포기하고 신부의 길을 택했지만, 다른 여자를 데려오지 않았다는 것만으로도 막달레나는 마음이 놓였다.

그녀가 기뻐하고 있다는 걸 눈치챈 엘리아스는 마음이 침착해졌고, 신부님의 말씀에 귀를 기울일 수 있었다. 처음에 가족들은 신부님의 이야기를 농담으로 받아들였다. 하지만 그가 이야기를 끝마치자, 피에트로는 미소를 지었고, 포르케투 신부님 곁에서 귀를 쫑긋 세우고 앉아 있던 안네다 숙모의 얼굴에도 잔잔한 미소가 번졌다. 포르톨루 삼촌의 거친 얼굴에도 웃음꽃이 피어났다. 포르케투 신부님의 이야기는 가족 모두에게 꿈같은 기쁨을 안겨 주었다. 어느새 기쁨으로 충만해진 엘리아스 또한 어린아이처럼 환하게 웃고 있었다.

9

2년의 세월이 흘렀다. 양치기였던 엘리아스 포르톨루가 신학생 옷을 입은 모습을 보며 비아냥거렸던 사람들의 수군거림도 잦아들었다. 엘리아스의 모습은 더 이상 양 치는 일을 했던 스물여섯의 애송이처럼 보이지 않았다. 세상과 동떨어져 지내는 동안, 그의 손과 얼굴은 눈부실 정도로 희게 변했다. 진줏빛이 감도는 수염이 없는 반반한 그의 얼굴은 마치 앳된 소년 같았다.

중요한 의례에 참석하기 위해 두툼한 하늘색 리본이 달린 손뜨개 망토를 걸친 엘리아스의 모습은 마치 애조 띤 천사처럼 보였다. 굳게 다문 그의 말린 장밋빛 입술에는 감미로운 슬픔이 깃들어 있었다. 수많은 마을 처자들과 몇몇 지체 높은 아가씨들이 엘리아스를 지나칠 만큼 오래도록, 뚫어져라 쳐다보곤 했다. 하지만 엘리아스는 그 사실을 눈치채지 못했다. 초록빛이 감도는 그의 두 눈은 늘 머나먼 어딘가를 응시하고 있었다.

웅장한 오르간의 찬송 소리가 울려 퍼지는 동안, 그는 무엇을 바라보고 있었던 걸까? 자신이 잃어버린 것들에 대한 향수에 젖어, 신부로 부르심을 받았다는 사실을 애통해하는 걸까? 자신의 과거와 농장, 고독과 열정을 그리워하는 걸까? 그랬다. 그 모든 게 그의 눈동자 속에 한데 어우러져 있었다. 엘리아스는 자신이 간절히 믿고 원했던 대로 과거와 단절하지 못했음을 애통해하고 있었다. 그는 여전히 인간적인 고통과 열정에 얽매여 있었다.

성당을 가득 메운 신도들 사이로 저 구석에서 무릎을 꿇고 앉아 있는 젊은 여자가 그의 시선을 사로잡았다. 막달레나였다. 마치 신부처럼 치장한 그녀는 찬란하고 아름다웠다. 그녀의 팔에는 가장자리를 하늘색 비단으로 장식한 다홍빛 망토를 입은 아기가 안겨 있었다. 엄마가 아기의 목에 걸린 은과 산호로 만든 딸랑이를 흔들 때마다, 아기는 초록빛이 감도는 눈을 깜빡이며 장밋빛 손을 들고 미소를 지었다. 엘리아스는 자신의 눈앞에서 미소 짓는 작은 창조물을 바라보느라 그녀에게서 눈길을 돌릴 수 없었다. 아기를 사랑했기에 아기의 어머니도 사랑하지 않을 수 없었다. 그는 종종 애틋한 사랑에 빠져들었고, 지상의 끈으로 묶인 사랑과 싸우는 부질없는 투쟁을 해야만 했다.

한편, 엘리아스가 타고난 총명함은 교육을 통해 빛을 발하게 되었다. 두 해가 지나는 동안, 학업에 몰두하고 읽기를 쉬지 않은 결과, 그는 자신보다 몇 년 앞서 공부를 시작했던 성직자들의 수준까지 오르게 되었다. 처음에는 숨이 막힐 지경이었지만, 갇혀 지내는 생활과 맹목적인 순종에도 그는 차츰 적응해 나갔다. 하지만 과거는 떨래야 뗄 수 없는 꿈처럼 엘리아스에게 달라붙어 있었다.

◆

집에 돌아가는 날이면 엘리아스의 마음은 더욱 슬퍼졌다. 언제부터인가 아들에게 존댓말을 하는 안네다 숙모 앞에서, 그는 막달레나의 눈길을 피하느라 바빴다. 아기를 만지는 게 두려웠던 그는 아기를 살살 쓰다듬기만 했다. 하지만 아기를 바라볼 때마다, 두 팔로 번쩍 안아 올리고, 어르고 달래고, 입을 맞추고, 젖니를 들여다보고, 작은 손과 발을 쓰다듬고 싶다는 욕망이 샘솟았다.

"안 돼. 안 돼."

엘리아스는 자신을 향해 거듭 말했다.

"이겨내야만 해."

막달레나의 존재도 마찬가지였다. 그녀는 이제 엘리아스에게 추파를 던지는 법이 없었으나, 이따금 애처로운 눈길로 그를 바라보았고, 그럴 때마다 엘리아스의 피는 뜨겁게 달아올랐다. 막달레나의 모습은 그 어느 때보다 아름다웠다. 어린 아들과 함께 있는 그녀는 마치 아기를 위해 만들어진 여인 같았다. 엘리아스가 아기를 떠올릴 때마다, 그녀의 모습이 동시에 떠오르는 건 지극히 당연한 일이었다.

만일 엘리아스가 성직자의 길을 택하지 않았다면, 아니, 장차 사제의 서품을 받지 않는다면, 또다시 유혹에 빠져드는 건 시간문제였다. 인간적인 생각들을 물리치는 게 어찌나 힘이 들었든지 진이 다 빠져버릴 정도였지만, 엘리아스는 힘겨운 싸움에서 늘 이기곤 했다. 그는 종종 인생에 대한 깊은 슬픔과 절망에 빠져들었지만, 자신이 택한 길에 대해 감히 반항하거나 되돌리고자 하지 않았다.

때로 엘리아스는 온몸의 기운이 죽 빠졌고, 잠자는 동안 그리고 눈을 뜨고 있는 동안에도 뿌리칠 수 없는 유혹이 자신을 덮치는 무시무시한 꿈을 꿨다. 거의 매일 밤, 그는 과거에 대한 꿈을 꿨다. 농장, 올리브밭, 오두막, 막달레나 그리고 아기도 자주 꿈속에 등장했다. 꿈속에서 그는 늘 자유로운 양치기였다. 하지만 캄캄한 암흑 속에서 그는 가위에 짓눌렸고, 붙잡을 수 없는 고통스러운 기억들로 뒤범벅된 꿈은 순식간에 악몽으로 돌변했다.

그러나 엘리아스에게 더 큰 고통을 주는 꿈들은 눈을 뜬 상태로 꾸는 꿈들이었다. 그의 눈앞에 보이는 달콤하고 애잔한 장면들이 그를 사냥감처럼 올가미 안으로 몰아넣곤 했다.

"안 돼! 안 돼! 안 돼!"

자신을 유혹하는 장면과 헛된 욕망을 물리치기 위해 엘리아스는 되풀이해 말하곤 했다. 하지만 슬픈 꿈들은 백 번을 쫓아낸들 백 번을 되돌아왔다.

◆

달빛이 청청한 4월의 어느 날 밤, 엘리아스는 사도 바울이 로마 사람들에게 쓴 서간을 읽고 있었다. 열린 창문 사이로 포근한 공기가 스며들었고, 맑고 투명한 하늘에 보석처럼 빛나는 별들이 보였다. 바깥 풍경을 바라보자 엘리아스는 한층 더 우울해졌다. 4월에 불어오는 기분 좋은 밤바람의 생기가 삶을 다시금 바라보도록 그를 이끌고 있었다. 새봄과 더불어 엘리아스의 내면에서 잠자고 있던 추억들이 다시금 깨어났다. 정체를 알 수 없는 불안한 무언가가 새싹처럼 움트려 하고 있었다.

"안 돼. 안 돼. 안 돼…"

추악한 생각들을 물리치려는 듯 엘리아스는 고개를 세차게 내저었다.

"다 잊어야 해. 학업에 전념하고, 앞만 보고 나가야 해, 엘리아스 포르톨루."

그는 머리를 감싸 쥐고 읽기에 몰두했다. 주위는 온통 고요했고, 멀리서 아주 멀리서 고대의 어느 들판에서처럼, 구슬픈 가락의 누오로 민요가 너울너울 들려오고 있었다. 엘리아스는 읽고, 또 읽고 묵상하며, 작은 소리로 구절들을 암송했다.

바울 사도의 말씀은 어찌나 힘차고 감미롭던지! 천둥소리 같은 구절들을 암송하는 엘리아스의 맑은 목소리는 고요한 밤중에 졸졸 흐르는 시냇물 소리 같았다. 하지만 그 소리는 천둥처럼 지나치게 높은 곳에서 들려왔고, 졸졸 흐르는 시냇물처럼 꿈결에서나 들을 수 있는 소리였다. 엘리아스는 자신의 암송 소리를 들으며 땀을 닦아낸 듯 상쾌한 기분을 느꼈지만, 봄바람이 나긋나긋 불어오는 4월의 밤에 축축해진 베일을 벗는 것만으로도 충분히 느낄 수 있는 기분에 불과했다.

멀리서 들려오던 사르데냐 노랫소리가 점점 가까이 들리기 시작했다. 구슬픈 가락의 합창 위로 테너의 음성이 화음을 맞추고 있었다. 휘영청 뜬 달 아래, 테너의 부드러운 목소리가 떨리며 귓가에 들려왔다.

엘리아스는 홀린 듯이 고개를 들었다. 어디서 저 목소리를 들었더라? 친근한 기억이 그를 펄쩍 뛰어오르게 했다. 그와 같은 밤에, 그와 같은 노래를 듣고, 한없이 슬퍼했던 적이 있었음을 그는 똑똑히 기억하고 있었다. 어디였더라? 언제였더라? 어떻게 들었더라? 몸을 일으킨 엘리아스는 암송을 멈추고, 창가에 기댔다. 두둥실 떠오른 맑은 달빛이 창밖에 드리워져 있었다. 먼 곳의 향기를 싣고 상쾌한 바람이 불어왔다. 엘리아스는 몸을 부르르 떨었다. 그가 프란체스코 성인의 발아래 엎드려 목놓아 울었던 그 밤과 똑같은 풍경이었다.

사도의 목소리는 더 이상 엘리아스에게 말을 건네지 않았다. 베일이 스르르 벗겨졌다. 4월의 밤이 선사하는 아득한 기쁨, 선선한 바람, 사랑의 노래 앞에서 영원, 죽음, 열정, 교만, 선과 악, 완전함, 영생 따위가 무엇이란 말인가? 엘리아스 속에 인간은 결국 그를 이기고야 말았다. 삶이 또다시 그를 움켜쥐고야 말았다. 창문 앞에 무릎을 꿇은 그는 달빛 아래서 어린애처럼 목놓아 울었다.

그의 입에서 울부짖는 기도가 흘러나왔다.

"주님, 제 꼴이 보이십니까. 전 나약하고 비겁합니다. 저를 불쌍히 여기소서. 하느님, 용서하소서. 제게 평안을 주소서. 제 심장을 갈기갈기 찢어버리소서. 전 인간입니다. 도저히 이길 수 없습니다. 왜 저를 이토록 나약하게 만드신 겁니까, 네? 주님? 살아오는 내내 전 너무도 힘들었습니다. 나약한 본성을 이기고자 몸부림쳐 보았지만, 쾌락을 추구했고, 죄를 지었고, 당신의 계명을 짓밟았습니다. 경건한 삶을 살지 못했고, 이교도였고, 죽일 놈이었습니다. 하지만 저는 괴로웠습니다. 나의 하느님이시여, 고통이 극에 달할 정도로 전 정말이지 괴로웠습니다. 하느님, 나의 하느님, 나의 하느님!"

엘리아스는 흐느끼며 말을 이었다. 짜디짠 눈물이 흘러내려 그의 얼굴을 뒤덮었다.

"제게 자비를 베푸소서. 저를 용서하소서. 저를 도우소서. 제 마음에 평화를 주소서... 제게 조금이라도 좋은 일을 허락하소서... 제게도 그럴만한 권리가 있지 않습니까, 나의 하느님? 전 나약한 인간일 뿐입니다. 제가 죄를 범했다면, 저를 용서해 주소서. 만일 당신이 자비롭고 위대한 분이라면, 주님, 저를 용서하시고 제게 조금이라도 좋은 일을 허락하소서, 조금이라도 기쁜 일을..."

눈물을 한바탕 쏟아내자 엘리아스는 진이 다 빠져버렸다. 하지만 쌓였던 울분을 토해내고 나니 오히려 침착해진 기분이었다.

"아버지가 그랬지. 난 울보인데다 겁쟁이라고. 사르데냐 남자, 아니, 누오로 남자는 절대 울어선 안 된다고. 하지만 펑펑 울고 나니 속이 다 후련한걸! 그렇지 않았다면 난 무너지고 말았을 거야!"

신에게 대항하는 기도를 드렸다고 생각하자, 엘리아스는 부끄러워졌고 두렵기도 했다. 그는 하느님께 용서를 구했고 다시금 순종하겠노라 약속했다.

이튿날 그는 들판에서 돌아온 형 피에트로가 장기에 염증이 생겨 위중한 상태에 빠졌다는 소식을 전해 들었다. 엘리아스의 마음은 놀람과 고통으로, 한편으로는 사악한 기쁨으로 요동치기 시작했다.

'만일 형이 죽는다면, 난 막달레나와 결혼할 수 있을지도 몰라!'

엘리아스는 이내 생각에 잠겼다. 하느님께서 울부짖는 나의 기도를 들어주신 걸까? 아, 아니지! 아니야! 그는 짐승만도 못한 끔찍한 생각에 소스라치게 놀라며 생각을 거둬들였다. 순간 엘리아스는 괴물과도 같은 신의 형상에 의지해 자신의 환상을 충족시키려 하고 있었다. 하지만 말도 안 되는 일이었다.

'난 얼마나 형편없는 놈인가!'

집을 향해 발걸음을 재촉하며 엘리아스는 생각했다.

'난 구원조차 받지 못할 나쁜 놈이야.'

그를 고통에 빠지도록 만든 건 피에트로 형의 병이 아닌, 오로지 자신의 못된 생각들이었다. 엘리아스는 후회하며 자신을 질책했지만, 한편으로는 하느님께서 자신의 울부짖는 기도를 들어주셨다는 터무니없는 착각에 빠져들었다. 집에 도착해서 피에트로 형이 며칠 전부터 이미 상태가 나빴었다는 사실을 알게 되자, 엘리아스는 오히려 실망감을 느꼈다.

◆

피에트로의 상태는 정말이지 심각했다. 극심한 고통으로 신음을 멈추지 않았고, 얼굴은 몹시 창백했다. 그는 사흘 전에 잃어버린 소를 찾아 헤매며 걷고 또 걸었고, 근심과 과로와 무더위가 똘똘 뭉쳐 결국 그를 고꾸라지게 하고야 말았다. 퉁퉁 부어오른 그의 두 발은 피투성이였고, 가시와 돌에 찔린 그의 두 손은 온통 상처투성이였다.

포르톨루 가족 모두가 정신을 잃을 지경이었다. 막달레나는 진심으로 슬픔의 눈물을 흘렸고, 안네다 숙모는 두 개의 불을 밝히고, 초록빛 주술을 읊으며 아들의 생사를 물었다. 초록빛 주술은 피에트로가 죽을 것이라고 답했다.

엘리아스에게도 끔찍한 나날들이었다. 형을 찾아가, 그를 바라보고, 조용히 그의 손을 잡고, 방을 맴돌았지만, 자신이 할 수 있는 게 아무것도 없다는 사실에 미쳐버릴 것만 같았다. 엘리아스는 아기에게도 막달레나에게도 눈길을 주지 않았고, 절망에 빠진 채 되돌아갔다. 형이 나아지기만을 간절히 기도하고 또 기도했다. 하지만 엘리아스가 울부짖으며 기도하는 와중에도 종종 얼음장처럼 차가운 무언가가 다가와 그의 뜨거운 간구에 찬물을 끼얹곤 했다.

아, 그 괴물이 또다시 엘리아스를 사로잡은 걸까? 엘리아스가 잠시 쉬려고 할 때면, 괴물은 그에게 형이 땅속에 묻히는 환상을 보여주었고, 그의 귀에다 대고 속닥거리면서 끔찍한 욕망을 부추겼다.

'악마가 분명해.'

어느 날 저녁, 엘리아스가 생각했다.

'하지만 이기지 못할 거야. 그래, 다시는 날 이기지 못할 거야! 피에트로 형이 죽든 살든, 설사 죽더라도, 끔찍한 일이 벌어지더라도 난 이기고야 말 거야. 사탄아, 내가 널 이길 수 있다는 사실을 증명하기 위해서라도 난 이제 형이 죽기를 바라노라. 절대로! 절대로 안 돼! 난 너보다 더 강하단 말이다, 사탄아. 나의 나약한 육신을 찢어 놓을 수 있을지라도, 다시는, 절대로 나의 영혼을 이길 수 없을 것이다.'

◆

그날 밤 피에트로는 숨을 거뒀다. 엘리아스는 그의 눈을 감겨 주었고, 그의 얼굴에 십자가를 그었다. 안네다 숙모를 도와 그의 몸을 씻기고 새 옷을 입혀 주었다.

엘리아스는 밤새도록 죽은 형의 곁을 지켰다. 이따금 자리에서 일어나, 형이 아직 숨을 쉬고 있고 다시 일어날지도 모른다는 말도 안 되는 희망으로 형의 모습을 내려다보았다. 그러나 수염으로 뒤덮인 그의 창백한 얼굴은 눈이 감긴 채 청동 가면처럼 미동조차 없었다. 엘리아스는 가까이서 오래도록 시신을 바라보는 일이 처음이었고, 죽음의 엄중함은 감히 말로 표현할 수 없는 것이었다. 엘리아스는 웃음이 많았던 생전의 피에트로 형을 떠올렸다. 아, 그를 쓰러뜨리고, 움직이지 못하도록 하고, 영원히 침묵하도록 하는 데에는 훅하고 부는 입김만으로도 충분했으리라. 영원토록!

'내일이면 이 육신의 껍데기마저 세상에서 사라지겠지!'

엘리아스는 생각했다.

모두가 이렇게 끝날 것임을, 자신도, 부모도, 형제도 그리고 막달레나와 아기도 사라질 날이 올 것임을, 그는 이제껏 생각해 본 적이 없었다. 엘리아스는 침대에 누워있는 형의 발치에 무릎을 꿇었다. 고통이 치유되는 기분이었다.

'그래, 세상만사는 끝이 있기 마련이야. 그리고 나면 더 이상 괴로워할 일도 없을 테지. 그런데도 왜 다들 갈 바를 알지 못하고 헤매는 걸까? 모든 게 끝난 뒤에는 오직 영혼만이 남을 텐데. 그래, 무엇보다 먼저 영혼을 구해야만 해.'

엘리아스는 형의 주검 앞에서 유혹과 악에 대해 그 어느 때보다 더 강해졌음을 느꼈다. 그는 형이 살아있던 시절을 떠올려 보았다. 형과 함께 보냈던 어린 시절과 젊은 시절을 떠올려 보았다. 자신이 형에게 저지른 죽을 죄를 떠올리자 울컥해지며 목이 메어왔다.

'형은 이제 세상을 떠났으니...'

엘리아스가 속으로 물었다.

'형은 내가 저지른 일을 알고 있을까? 날 용서해 줄까?'

그와 같은 질문을 던지며, 엘리아스는 과거의 회상 속으로 빠져들었다. 형이 영원히 잠들어 있는 바로 이 방 안에서 막달레나와 몰래 저질렀던 일들이 떠올랐다. 순간 그녀와 사랑을 나누는 일이 더 이상 죄가 아니라는 음흉한 생각이 다가와 그를 사로잡았다. 흠칫 놀란 엘리아스는 이내 유혹을 물리쳤고, 몸을 굽혀 죽은 형의 얼굴을 바라보며 다시금 죽음에 대한 명상에 빠져들었다. 그렇게 밤이 지나갔다.

◆

동이 틀 무렵에 깜빡 잠이 든 엘리아스는 꿈을 꾸었다. 피에트로 형이 살아있었고, 농장으로 그를 찾아왔다(생전에도 그랬듯 형의 모습은 농부가 아닌 양치기처럼 보였다). 말을 타고 온 피에트로 형의 얼굴은 창백했고, 시체처럼 두 눈을 꼭 감고 있었다.

"왜 그래, 피에트로 형?"

겁을 먹은 엘리아스가 물었다.

"아기가 죽었어. 너한테 그 말을 전하러 왔다."

피에트로가 대답했다.

"마을로 돌아가거라. 네가 가서 아기의 시신을 묻어 주거라."

어찌나 생생한 꿈이었든지 크나큰 충격과 고통으로 엘리아스는 몸을 일으키기조차 힘들었다. 어렵사리 잠에서 깨어나자, 꿈에서보다 더한 고통이 그를 엄습했다. 아기의 울음소리가 귓가에 들려오는 것만 같았다. 고통으로 몸이 굳어진 채 엘리아스가 생각했다.

'아기도 죽게 된다고? 꿈이 내게 알려주는 걸까? 난 꿈을 믿는데. 불행은 늘 또 다른 불행을 낳지.'

어느덧 피할 수 없는 모든 불행이 그에게로 다가와 그를 덮칠 것만 같았다. 슬픔에 빠진 엘리아스는 아기를 보기 위해 갔다. 아기는 울고 있었고, 막달레나는 벌써 과부의 옷을 입고 있었다(검은 옷은 그녀를 더욱 돋보이게 했고, 젊고 아리따운 그녀는 마치 처녀 시절로 되돌아간 것 같았다). 그녀는 낮은 목소리로 우는 아기를 어르고 있었다. 친척들이 한차례 다녀간 집안은 어둠에 싸여 있었다. 엘리아스는 강도처럼 소리 없이 어두컴컴한 집 안으로 들어갔다.

"왜 그러는 거죠?"

아기를 향해 몸을 숙이며 엘리아스가 물었다.

"아기가 왜 우는 거예요?"

눈물이 그렁그렁한 큰 눈으로 엘리아스를 쳐다보던 아기가 잠시 울음을 그쳤다. 살짝 벌어진 아기의 입술이 떨리고 있었다. 그리고 아기는 다시 울기 시작했다. 막달레나가 고개를 들고 엘리아스를 바라보았다. 그녀의 입술 또한 떨리고 있었다.

"쉬, 쉿, 우리 아가."

아기를 팔에 안고 달래며 그녀가 떨리는 목소리로 말했다.

"착하지, 우리 아가, 엘리아스 삼촌이 울지 말라고 하시잖아..."

갑자기 그녀가 아기의 어깨에 얼굴을 묻고 울음을 터뜨렸다.

"막달레나, 대체 왜 그러는 거예요?"

정신이 혼미해진 엘리아스가 말했다.

보이지 않는 손에 등을 떠밀린 기분으로 엘리아스는 집을 빠져나왔다. 그의 피가 사납게 요동쳤다. 막달레나의 통곡이 단지 남편의 죽음 때문만이 아니라는 사실을 그는 너무도 잘 알고 있었다. 예전처럼 달콤하게 불타오르는 그녀의 눈길이 엘리아스의 심장 깊은 곳에 화살처럼 날아와 박혔다.

친지들이 삼삼오오 모여 있는 오두막 근처에 앉아 엘리아스는 생각했다.

'포르케투 신부님 말씀이 맞아. 아기가 우릴 영원히 묶어 놓을 거야, 영원히. 난 멀리 떠나야만 해. 가까이 있어서는 안 돼. 그렇지 않으면 또다시 정신을 잃고야 말 거야. 그 어느 때보다 더.'

엘리아스는 의례적인 인사를 나누며 집에 들락날락하는 사람들의 모습을 심란한 마음으로 지켜보았다. 그는 모든 게 끝나기만을 간절히 바랐다. 장례가 끝나고, 사흘 동안의 애도 기간이 지나고, 자신의 고통과 유혹과 홀로 마주하기를 바랄 뿐이었다.

'아! 아직 식지도 않은 형의 주검 앞에서 이토록 유혹을 느낀다면, 그 후에는? 안 돼. 안 돼. 안 돼!'

엘리아스는 부아가 치밀어 올랐다.

'난 이겨낼 거야. 이겨야만 해. 이겨낼 거라고.'

그의 싸움은 시작되었고, 결코 만만찮은 싸움이었다. 하루, 이틀, 사흘, 장례, 애도 기간, 사르데냐 전통대로 치러진 의식은 엘리아스에게 나쁜 꿈처럼 그렇게 흘러갔다.

◆

마침내 엘리아스는 고단한 몸으로 자신의 골방 작은 침대에 홀로 머물게 되었다. 그는 바울 사도의 서신을 읽던 날 밤의 기억과 자신이 내뱉었던 절규에 가까운 기도를 떠올렸다.

'그 순간 난 얼마나 절실했던가!'

'하느님께서 인도하시는 길을 어찌 감히 알 수 있단 말인가? 만일 하느님께서 나의 소원을 들어주신 거라면? 나에게 주어진 삶이 그런 거라면? 왜 난 이 땅에서 기쁨을 누려선 안 된단 말인가? 나도 다른 사람들과 다름없는 인간일 뿐인데?'

사악한 꿈은 기어이 엘리아스를 이기고야 말았다. 신선하고 향긋한 봄 공기가 그의 골방 안으로 스며들었다. 창밖으로 짙푸른 하늘이 펼쳐져 있었다. 그 또한 다른 사람들과 마찬가지로 인간이 아니던가? 죄를 지었다고? 하지만 죄 없는 사람이 어디 있단 말인가? 그로 인해 끝나지 않는 형벌을 받아야 한단 말인가?

'그래, 맞아. 신학교를 그만두어야겠어. 형이 죽었으니 집안에 일손이 필요하다는 핑계를 대면 되겠군. 사람들이 잠시 수군거리겠지만, 그 사람들이야 늘 그러니까. 일 년만 지나면 다들 잠잠해질 테고, 그러면!... 아! 정말이지 꿈 같은 일이야! 그런 일이 가당키나 했던가! 하지만 마침내 가능한 일이 된 거야!'

'아, 왜 난 한순간도 가만히 있질 못하는 거지?'.

헛된 꿈에 빠졌던 엘리아스가 스스로 질문을 던졌다. 한순간 그의 심장은 기쁨으로 터져버릴 것만 같았고, 다음 순간에는 절망으로 뒤덮여 텅텅 비어버렸다.

'안 돼! 안 돼! 안 돼! 망상일 뿐이야. 그래서야 유혹을 이겨낼 수 있겠어, 엘리아스 포르톨루? 네가 그 정도밖에 안 돼? 안 돼! 안

돼! 안 돼! 난 이겨내고야 말 거야. 사탄아, 물러가라. 내가 널 이기겠노라. 널 이기겠노라!'

엘리아스는 누군가와 싸우듯 두 주먹을 불끈 쥐었다. 그렇게 시간이, 날들이, 밤들이, 달들이 흘러갔다.

◆

어느덧 엘리아스가 사제의 서품을 받는 시기가 다가왔으나, 그는 기쁘기보다 우울한 심정이었다. 엘리아스는 그동안의 일들을 돌이켜 보았고, 마침내 더 이상 자신을 속이지 않기로 결심했다. 그는 막달레나와 처음 사랑에 빠졌던 시절을 회상해 보았다. 피에트로와 막달레나가 결혼하게 되면 자신의 열정도 식을 거라 여겼었다. 하지만!...

'더 이상 나 자신을 속이며 살고 싶지 않아.'

엘리아스는 마음을 먹었다.

'열정을 뿌리치지 않는 사람으로 살아갈 거야. 그래, 우릴 갈라놓는 장애물과 죄를 통해서는 구원을 얻을 수 없어. 구원은 우리의 힘과 열정을 통해서 찾아오는 거야.'

엘리아스가 가족들에게 소식을 전하기 위해 집에 갔을 때, 다행히 온 가족이 집에 있었다. 마티아도 집에 와 있었고(이제 포르톨루 가족은 올리브밭과 농장 일을 거드는 하인 한 명을 두고 있었다), 피에트로가 세상을 떠난 뒤로 자주 집에 들락거리는 친척 자쿠 파레도 와 있었다.

가축과 토지, 말들과 양봉장을 소유한 갑부였던 자쿠 파레는 아직 총각이었다. 그는 아버지를 잃은 피에트로의 아들에게 지극한 관심을 보였고, 포르톨루 가족 또한 콩고물이 떨어질지 모른다는 기대에 부풀어 그를 융숭하게 대접했다. 아기를 무릎 위에 앉힌 자쿠 파레가 말했다.

"자, 말을 타고 달려 볼까, 축제에 가 볼까? 까꿍, 작은 베르테?"

아기가 까르르 웃었다.

엘리아스가 그를 쳐다보았다. 자쿠 파레는 뒤룩뒤룩 살이 쪘지만, 잘생긴 호인이었다. 그의 품에 안겨 있는 아기와 곁에 있는 막달레나를 보는 순간 엘리아스는 질투심이 일었지만, 마음을 다잡고 가족들에게 자신이 사제의 서품을 받게 되었다는 소식을 알렸다. 포르톨루 가족에게, 특히 큰아들을 먼저 보낸 뒤 십 년은 늙고, 귀마저 멀어버린 안네다 숙모에게 엘리아스가 전해준 기쁜 소식은 한 줄기 빛과 같았다.

"프란체스코 성인께서 우릴 돌보셨구나!"

포르톨루 삼촌이 말했다.

"오늘 같은 날이 오기만을 기다렸다. 그 희망마저 없었다면 난 진작에 죽어버렸을 거야. 자, 다들 웃어 보라고! 자네도 웃게나, 자쿠 파레! 아, 포르톨루 삼촌의 심정이 어떤지 자넨 모를 걸세!"

그는 몇 번이나 깊은 한숨을 내쉬었다.

'아버지 얘기는 진심이야. 만일 내가 여기서 그만두겠다고 하면

충격으로 당장 쓰러지실 거야.'

얼굴빛이 어두워진 엘리아스가 생각했다

막달레나만이 그 소식을 듣고도 반가워하지 않는 눈치였다. 커다란 눈을 아래로 향한 그녀는 단 한 번도 엘리아스를 쳐다보지 않았다. 엘리아스는 그녀의 심기가 불편하다는 걸 눈치챘지만, 자신의 결심을 그대로 밀고 나갔다.

'그래도 그녀는 날 사랑할 거야.'

엘리아스가 집을 나서며 생각했다.

'분명 자쿠 파레가 그녀에게 수작을 걸겠지. 하지만 그녀는 나의 여자야, 내 여자라고. 분명 그녀가 날 다시 찾아올 거야. 날 붙잡고 싶다고 말할 거야. 그럼 난 어떻게 해야 하지?'

막달레나가 언제 어떻게 자신에게 말할지 알 수 없었지만, 엘리아스는 줄곧 그녀를 기다렸다. 그러는 동안, 갑자기 닥쳐올 상황에 자신의 결심이 나약해지지 않도록 마음을 굳게 다잡곤 했다. 누가 엘리아스에게 와서 어떤 사람이 찾는다고 말할 때면, 심장이 쿵쾅거렸고, 막달레나라고 생각했다. 하지만 매번 그녀가 아니었고, 엘리아스는 한숨을 내쉬며 우울해졌다. 집에 갈 때면, 막달레나와 둘만 있는 상황을 피하려 뒷문으로 조심스레 집안에 들어갔고, 막달레나가 혼자 있지 않다는 걸 알고 나서 가슴을 쓸어내렸다.

'이런 상황을 어서 끝내야 할 텐데!'

'그녀와 대화를 나누고 우리 관계를 정리해야 해.'

하지만 시간이 지나도록 막달레나는 그를 찾아오지 않았다.

'포기한 건가? 아무렴 그게 낫지! 아니야, 어쩌면 내 생각이 틀렸을지도 몰라, 그녀가 나보다 자쿠 파레에게 더 마음이 있는지도 모르지!'

엘리아스는 해방감을 맛보았으나, 한편으론 알 수 없는 아픔이 밀려왔다.

◆

10월의 어느 날 오후, 엘리아스가 사제의 서품을 받기 이삼 일 전의 일이었다. 골방에서 혼자 공부하고 있던 엘리아스를 누가 찾아왔노라고 했다.

'그녀야!'

엘리아스가 불안해하며 생각했다.

하지만 막달레나가 아닌 그녀가 심부름을 보낸 이웃에 사는 소년이었다.

"엘리아스 신부님,"

소년은 그를 벌써 신부님이라고 불렀다.

"빨리빨리 집에 가 보세요. 누가 신부님을 찾아요."

"어머니가?"

엘리아스가 물었다.

"모르겠어요."

"혹시 아기가 아픈 거냐?"

“몰라요.”

“가 봐라. 나도 바로 따라갈 테니.”

좋지 않은 예감으로 마음이 무거워진 엘리아스는 집으로 갔다. 막달레나가 혼자 집에 있었다. 안네다 숙모는 들판에 일하러 나갔고, 아기는 자고 있었다. 집 앞으로 난 길은 텅 비어 있었고, 가을 오후의 평화가 집 주위를 감싸고 있었다.

엘리아스의 모습을 보자마자, 막달레나는 흔들리기 시작했다. 엘리아스에게 말할 논리적이고 설득력 있는 긴 이야기를 준비했지만, 감정이 복받쳐 오른 그녀에게는 부질없는 것이었다. 오두막으로 엘리아스를 찾아가 단 한 번의 입맞춤으로 그를 무너뜨렸던 건 다 지나간 일이었다. 신학생 옷차림을 하고 있는 옛 연인을 바라보며, 막달레나는 어느덧 경의를 표하고 있었다. 이제 열정보다는 이치에 맞는 말로 그를 설득하는 게 낫다고 생각하는 듯했다. 그녀는 불안해했고 혼란에 빠져 있었다. 엘리아스에게 앉으라고 권한 그녀는 언제나처럼 커피를 대접했고, 그의 눈길을 피하며 물었다.

“서품 의식이 이번 일요일 맞지요?”

“몰랐어요?”

“아뇨, 알고 있었어요.”

둘 사이에 침묵이 흘렀다.

“왜 날 오라고 한 거요?”

엘리아스가 마침내 입을 뗐다.

"왜냐고요?"

자신을 향해 따지듯 그녀가 말했다.

"아, 잠깐만요, 아기가 깼어요. 아, 베르테두*, 조용히 하렴. 엄마가 간다. 엘리아스 삼촌이 오셨어."

막달레나가 몸을 일으켜 아기를 팔에 안았다. 엘리아스는 갑자기 두려워졌다.

"엘리아스,"

그녀가 말을 시작했다,

"내가 무슨 말을 하려는지 당신이 더 잘 알 텐데요."

엘리아스가 고개를 내저었다.

"이 순수한 창조물이 당신한테 말해주지 않나요? 당신의 양심이 아무 말도 안 하던가요? 한번 물어보시지 그래요. 당신한테는 아직 시간이 있어요. 당신이 가고자 하는 길 대신, 이 순수한 아기의 아비 노릇을 한다고 하면, 전지전능한 신께서 기뻐하시지 않는 건가요?"

엘리아스의 대답을 기다리며, 그녀는 입을 다물었다. 아기의 작은 머리를 쓰다듬는 엘리아스의 손이 떨리고 있었다.

"내가 무슨 말을 하길 바라는 거요? 이미 늦은 일이라오, 막달레나."

---

* 베르테의 애칭

엘리아스가 작은 소리로 웅얼거렸다.

"아니요, 늦지 않았어요. 늦지 않았다고요!"

"내가 말하건대 늦었소. 온 세상에 조롱거리가 될 거고, 다들 날 미치광이 취급할 거요."

"아!"

그녀가 씁쓸한 투로 말했다.

"세상 사람들이 떠드는 게 무서워서 당신 양심을 저버리겠다는 건가요?"

"나의 양심은 내게 지금 가고 있는 길을 따르라고 말하고 있소, 막달레나!"

그녀의 눈길을 피해 계속 아기를 쓰다듬으며, 엘리아스가 심각한 투로 말했다.

"그나저나 말해 보시오, 내가 이 옷을 벗고, 당신과 결혼한다 한들 이 아이가 내 아들이란 걸 밝힐 수는 없잖소?"

"온 세상에, 엘리아스! 온 세상에 영원히, 이 아이는 당신 아이가 아닌 걸로 남을 거예요. 하지만 당신 아들처럼 곁에서 키울 수는 있잖아요!"

"그렇지 않더라도 난 아이를 돌볼 거요. 누구도 그걸 막을 수 없소."

"아니, 아니요!"

절망에 빠진 막달레나가 몸을 웅크리고, 고개를 내저으며 말했다.

"아니, 아니, 달라요. 다른 일이라고요!"

"내가 말하건대 같은 일이오, 막달레나...

"그건 당신 얘기죠, 하지만 달라요. 그리고 또!"

고개를 꼿꼿하게 세우며 막달레나가 말했다.

"그럼 난, 엘리아스! 나는요? 내 생각은 하지 않나요?"

"할 수가 없소."

엘리아스가 웅얼거렸다.

"할 수 없다니? 왜 할 수 없는 거죠, 엘리아스? 당신에게는 아직 시간이 있어요. 정말 아무런 기억도 나지 않는단 말이에요?"

"기억할 수가 없소. 그리고 다시 말하지만 이젠 너무 늦었소."

"늦지 않았어요, 늦지 않았다고..."

절망에 빠진 그녀는 준비했던 말을 제대로 할 수 없었고, 손짓을 섞어가며 앵무새처럼 했던 말을 반복할 뿐이었다.

누가 보아도 엘리아스의 마음은 흔들리고 있었다. 얼굴색이 변한 그는 떨리는 손으로 아기의 머리를 쓰다듬었다. 만일 그녀가 조금이라도 대범하게 굴었다면, 엘리아스는 그 자리에서 바로 넘어가 버리고 말았을 것이다. 오두막에서처럼 두 팔로 그의 목을 끌어안고 얘기했더라면 말이다. 하지만 알 수 없는 고귀한 힘이 그녀를 꽉 붙들었고, 심지어 엘리아스의 눈을 쳐다보지도 못하도록 만들었다. 막달레나는 남자를 처음 대하는 아가씨처럼 수줍어하며 잔뜩 긴장하고 있었다. 애처롭게 이어진 둘의 대화는 애처롭게 끝을 맺었다.

막달레나는 같은 말을 수백 번씩이나 하고 또 했다. 엘리아스에게 과거를 회상시켰고, 이제껏 그를 사랑하지 않았던 적이 없었으며, 그를 생각하느라 죽을 지경이었노라고 말했다. 하지만 오두막에서 단 한 번의 시선으로 엘리아스를 무너뜨렸던, 예전과 같은 불같은 열정은 더 이상 그녀에게서 찾아볼 수 없었다. 엘리아스는 그녀의 태도를 눈치챘고, 덕분에 자신을 이겨낼 수 있었다. 손 한번 스치지 않고, 둘은 그렇게 헤어졌다.

홀로 남게 되자, 엘리아스는 쉽사리 자신을 이겨냈다는 생각이 들었다.

'만일 그녀가 날 육체적으로 유혹했더라면, 난 또다시 넘어가고야 말았을 거야.'

'아, 그녀가 그토록 차갑게 구니, 나도 차갑게 굴었던 게지. 하지만 그녀는 날 다시 찾아올 거야. 날 사랑하니까. 아기 아빠가 되어 달라는 게 아니라, 내 사랑을 확인하기 위해서 그녀는 날 유혹하려 들 거야.'

엘리아스는 서글프고 불안하고 나약해졌다. 씁쓸한 희열에 빠져든 그는 한편으로 하느님의 은총을 입은 자신이 막달레나의 유혹에 얼마나 저항할 수 있는지 시험해 보고 싶다는 생각이 들었다.

10

그녀는 더 이상 엘리아스를 유혹하려 들지 않았다. 엘리아스는 공부에 열중했고, 사제가 되어 첫 번째 미사를 집전하게 되었다. 엘리아스의 집은 결혼식을 방불케 하는 잔치 분위기로 들떠있었다. 엘리아스가 신랑이라도 된 듯 친구들과 친척들이 온갖 선물을 가져왔다. 양과 어린 양들을 잡는 잔치가 열렸고, 즉흥시인들이 찾아와 젊은 신부를 찬양하는 시구를 노래했다.

포르톨루 삼촌은 새 옷을 차려입고, 기름을 발라 머리를 가지런히 빗어 넘겼다. 머리카락 몇 가닥을 가늘게 땋아 단장한 그는 즉흥시인들의 노래에 귀를 기울이고 있었다. 작은 머리를 그의 가슴에 기댄 채, 무릎 위에 앉아 있는 아이의 표정이 우울해 보였다.

"왜 그러니, 우리 아가?"

안네다 숙모가 다가와 아이를 향해 몸을 숙이며 물었다.

"졸려서 그래?"

아이는 고개를 절레절레 흔들었다. 아이의 검푸른 눈동자에 슬픔이 감돌았다. 안네다 숙모가 새 모양으로 빚어 구운 꿀빵을 손가락으로 집어 손자에게 건넸다.

"짹짹, 여기 이 새 좀 봐라, 잠들지 말고, 알았지."

아이는 할아버지의 가슴에 기댄 채, 무심한 듯 빵을 받아 들었다. 새의 입에 입술을 갖다 댔지만, 먹지는 않았다.

"졸린 게냐?"

포르톨루 삼촌이 아이를 쳐다보며 말했다.

"우리 아가 새가 어젯밤에 잠을 설쳤던 게로군, 자, 일어나 보려무나. 저 멋진 노래를 좀 들어봐라! 너도 나중에 크면 저렇게 노래하게 될 거다. 널 말에 태워서 농장에 데려갈 거다. 거기서 나랑 같이 노래 부르자꾸나."

농장에 데려간다는 말에 늘 흥분하곤 했던 작은 비둘기는 그러나 아무런 반응도 없었다. 아이는 점심을 먹지 않았고, 할아버지의 가슴에 머리를 기댄 채 떨어지려고 하지 않았다.

"내가 보기에는 당신 아들이 아픈 것 같구려."

파레가 막달레나에게 큰 소리로 말했다.

마음이 불안해진 엘리아스 신부는 피에트로 형의 주검을 지키던 날 밤에 꾸었던 꿈을 떠올렸다. 막달레나가 아이를 쓰다듬으며 아픈 데가 있냐고 물었고, 아이를 안고 가서 엘리아스가 쓰던 침대에 눕혔다.

"졸렸나 봐요, 이제 잠들었어요."

그녀가 되돌아와서 말했다.

하지만 엘리아스 신부의 마음은 좀처럼 가라앉지 않았다. 그는 당장 달려가 아이를 살펴보고 싶었지만, 불안함을 감추고 잠자코 있어야만 했다. 엘리아스는 노래를 들으며, 마음에 드는 구절이 나오면 살짝 미소를 지었으나, 아무 말도 하지 않았고, 웃지도 않았다. 엘리아스는 거친 숨을 내뱉으며 말하는 돈 많고 뚱뚱한 친척, 파레를 쳐다보았다. 엘리아스의 집을 제집처럼 들락거리던 그는 집안의 모든 일에 명령을 내리고 간섭하며 주인 행세를 하고 있었다. 막달레나와도 쉬지 않고 대화를 나눴다. 엘리아스는 질투심에 속이 쓰라렸지만, 잠자코 입을 다물고 있었다.

◆

점심 식사가 끝나자, 엘리아스는 아이가 잠든 방에 살짝 들어가 머리맡에 앉아 오랫동안 아이를 바라보았다. 입을 살짝 벌린 아이는 새근거리며 자고 있었다. 손에는 할머니가 준 새 모양의 빵을 꼭 쥐고 있었다. 아이의 잠든 모습을 애정 어린 눈길로 바라보던 엘리아스는 아이의 이마에 입을 맞췄다. 고개를 들자, 막달레나가 피에트로 형과 결혼식을 올렸던 날 밤, 고통으로 몸부림쳤던 자신의 모습이 떠올랐다. 아이는 엘리아스가 끙끙 앓으며 누워있던 그 침대에서 자고 있었다.

'세상사란, 참말로!'

엘리아스가 생각했다.

'이런 일이 벌어지리라고 감히 상상이나 했을까?'

부엌으로 가자 커피를 준비하고 있는 막달레나 곁에서 파레가 아이에 대해 떠들어 대는 소리가 들려왔다.

"당신은 아이를 제대로 돌보지 않는 것 같소."

파레가 그녀에게 말했다.

"아이의 건강이 좋지 않단 걸 모르겠소? 당신 눈에는 그 애 얼굴빛이 건강한 것처럼 보이오? 아니지, 아니야. 내가 가서 의사를 데려오겠소. 내 말이 맞을 테니 두고 보시오."

'지 까짓 게 무슨 상관이람?'

질투심으로 마음이 씁쓸해진 엘리아스가 혼잣말로 중얼거렸다.

"그 아이는 당신이 아니라, 내가 돌봐야 해."

엘리아스가 정원으로 나가자, 시인들이 또다시 노래하기 시작했다. 즉흥시 대회가 열린 것 같았다. 엘리아스는 아버지 곁에 앉아 그들을 바라보았으나, 머릿속에는 오로지 파레와 막달레나와 아이 생각뿐이었다. 엘리아스의 쓰라린 마음속에 막달레나가 영원히 과부로 남길 바라는 새로운 소원이 싹텄다. 그녀가 다른 남자와 혼인하게 된다면, 아이에 대한 권리를 모조리 빼앗기게 될 거라는 사실을 그는 염두에 두지 않았었다.

'그녀는 파레와 결혼하게 될 거야.'

'그럼 난 내 아이에게 사랑을 줄 수 없겠지. 아이에게 입을 맞추고 쓰다듬을 수도 없을 테고.'

하지만 잔칫날의 북새통 속에서 그는 더 이상 생각에 몰두할 수 없었다.

잔치가 끝난 후에, 엘리아스는 자신의 골방으로 돌아왔다. 그는 온종일 자신을 사로잡았던 헛된 망상과 질투심, 우울함에 대해 돌이켜 보았다. 생각하면 할수록 기분이 좋지 않았다.

'소용없어. 발버둥 쳐도 소용없어.'

침대에 누워 이리저리 뒤척이며 엘리아스는 생각했다.

'살이 뼈에 붙어 있는 것처럼, 나도 세상사로부터 절대 떨어질 수 없어. 세상에서 못된 놈으로 살았던 것처럼, 난 나쁜 신부가 될 거야. 난 진정한 기독교인이 아니야. 어쩔 수 없어.'

◆

얼마 지나지 않아, 엘리아스가 예상했던 일들이 벌어졌다. 막달레나에게 구혼을 한 파레는 아이에 대해 자기 일처럼 간섭하기 시작했다. 덩치 큰 남자는 의사를 데려왔고, 아이를 살펴본 의사가 빈혈이라고 하자, 약과 필요한 것들을 사다가 작은 베르테의 건강을 챙겼다. 엘리아스는 그런 그의 모습을 바라보며 입을 꾹 다물고 있었지만, 속마음은 질투로 타들어 가고 있었다. 이따금 혼자 있을 때면, 아니, 성당에 있을 때조차, 그는 불그스름하고 건장한 몸집의 그 남자, 거친 숨을 몰아쉬며 느릿느릿 말을 이어가는 그에 대한 증오심에 불타올랐다.

어느 날 파레가 엘리아스를 자신의 농장으로 초대했다.

"포르톨루 삼촌도 올 걸세."

파레가 말했다.

"아이를 데리고 올 거라네, 바람을 쐬는 게 아이한테도 좋을 걸세."

엘리아스는 처음에 그의 초대를 거절했지만, 파레가 하도 고집을 부리는 바람에 결국 승낙하고 말았다.

농장을 구경하는 내내 엘리아스는 괴로운 심정이었다. 파레는 말 앞자리에 아이를 태우고 농장을 한 바퀴 돌았고, 그의 가슴에 머리를 기댄 아이는 쉴 새 없이 질문을 쏟아냈다. 까악까악 날아가는 까마귀, 작은 나무 위에 앉아 있는 참새 한 마리, 빨간 열매가 올망졸망 맺힌 덤불, 초록색 도토리들이 주렁주렁 달린 떡갈나무를 바라보며 아이는 계속 조잘거렸다. 파레는 아이의 모든 질문에 참을성 있게 대답해 주었고, 이따금 아이에게 입을 맞추기도 했다.

"보이지? 저건 야생 배라는 거란다. 잘 봐라, 잎사귀보다 열매가 더 많지. 어때, 맘에 드니? 꼭 도자기로 만든 배 같지 않니? 자, 저기 저 촛대같이 생긴 기다란 회색이 보이지? 저게 뭔지 아니? 저건 작은 여우 갈대라고 하는데, 담뱃대를 만들기에 아주 좋단다. 양치기들이 저걸로 담뱃대를 만들곤 하지. 양치기들은 신사들과는 다르단다. 시장에 가서 좋은 물건을 사는 대신에 만들어서 쓰곤 하지. 너도 이담에 커서 양치기가 될 거잖니, 그렇지?"

"네, 저도 양치기가 될 거예요."

아이가 기운 없는 목소리로 대답했다.

"저 갈대로 담뱃대를 만들 거예요."

"에헴, 아니지, 아니야! 포르톨루 할아버지 말을 좀 들어 봐라. 이 아이가 양치기가 된다니 안될 말이지! 우린 애를 의사로 만들 걸세. 안 그런가, 파레?"

파레의 곁에서 말을 몰고 있던 엘리아스는 그들이 나누는 사소한 대화에도 소년처럼 파르르 해졌다. 타인에 불과한 저 남자가 왜 그의 아이의 장래를 걱정한단 말인가? 아니지, 아니야. 엘리아스는 그가 자기 아이의 삶과 운명을 쥐락펴락하는 꼴을 두고 볼 수 없었다. 하지만 그 또한 망상일 뿐이었다. 현실 속의 그는 포르톨루 삼촌이 작은 베르테에게 하는 말을 들으며 분노하는 처지에 불과했다.

"아니, 작은 비둘기가 양치기가 되고 싶다니? 왜 양치기가 되고 싶단 게냐? 양치기들은 밖에서 잠을 자고, 추워서 덜덜 떠는데? 엘리아스 삼촌 보이지? 신부가 안 되었으면, 지금쯤 얼어 죽고 말았을 거다. 안될 말이지, 안 되고 말고. 널 양치기가 아니라 의사로 만들 거다. 에헴, 넌 그냥 가만히 있으면 된다! 파레 삼촌이 널 그렇게 만들어 줄 테니까. 삼촌 말을 안 들었다가는 큰코다칠 줄 알아라."

"저건 뭐예요?"

베르테두는 할아버지의 말은 아랑곳하지 않고, 손가락으로 나무를 가리키며 파레에게 물었다. 하지만 엘리아스는 그의 말을 새겨듣고 있었다. 의욕이 넘치는 포르톨루 삼촌의 말을 듣고, 그는 큰 상처를 받았다.

◆

그날 이후, 엘리아스의 질투심은 마치 병균처럼 그의 마음 구석구석 번져나갔다. 그는 부질없는 질문을 던졌고, 부질없는 생각에 빠져들었다.

'자쿠 파레도 자식들을 낳을 거야. 그럼 내 아들은 뒷전일 테고, 자기 자식을 더 사랑하겠지. 그러면 베르테는 온전히 내 자식이 될 거야. 내가 아이를 데려와서 잘 가르치고, 행복하게 해 줘야지.'

아니, 아니야. 모든 게 망상일 뿐이었다. 엘리아스는 녹록지 않은 현실에 분노하며 고통에 휩싸였다. 이제껏 느꼈던 고통과는 전혀 다른 고통이었지만, 그렇다고 덜 아픈 건 아니었다. 그는 또다시 절망에 빠져들었고 불평을 일삼았다.

"난 절대로 평안을 누릴 수 없을 거야. 난 저주받은 존재야. 내가 하는 일마다 잘된 게 하나도 없어. 어쩌면 내가 막달레나의 말을 듣지 않았던 게 잘못이었는지도 몰라. 하느님께서는 내가 비겁하게 숨어서 아이를 돌보는 대신, 떳떳하게 잘못을 바로잡길 바라셨는지도 몰라. 아, 포르케투 신부님 말씀이 맞았던 게야. 죄는 내 몸에 꽁꽁 묶어 놓은 돌 같아서 절대로 떼어낼 수 없는 거야. 중한 죄를 지은 난 영원히 그만큼의 무게를 짊어지고 살아가야만 하는 거야."

우울하고 불안한 나날들이 흘러갔다. 아, 엘리아스가 상상했던 거룩하고 평온한 신부의 삶은 그런 게 아니었거늘! 근처 마을에 자리가 나서, 자신을 교구 신부로 불러주길 기다리며 그는 시간을 보냈다. 엘리아스는 멀리 떠나야 한다는 생각조차 하고 싶지 않았다. 그가 떠나고 나면, 막달레나는 파레와 혼인을 할 것이고, 아이는 그 남자의 소유가 될 것이다. 아니, 아니야. 아직 다 끝난 게 아니야. 엘리아스는 떨어져 있더라도 아들 생각을 멈추지 못할 것이다.

애정과 욕망과 질투심에 눈이 먼 채로, 그는 새로운 삶을 이룩하기 위해 부름을 받은 곳으로 갈 것이다. 고통과 열정에 사로잡힌 그가 신부로서의 사명을 제대로 감당하지 못하리란 건 불을 보듯 뻔한 일이었다.

◆

엘리아스는 하루도 빠짐없이 집에 찾아가 예전과 달리 아이와 친해지기 위해 노력했다. 케이크를 사 들고 가서 아이의 환심을 사보려고 안간힘을 썼다. 누가 보아도 엘리아스의 행동은 자신의 약점을 막아보려는 소인배 같은 짓이었다. 아버지로서의 사랑이 아닌 베르테가 파레에게 정이 드는 걸 막기 위한 행동이었다. 하지만 엘리아스가 할 수 있었던 거라고는 고작 그뿐이었다.

엘리아스는 고통스러운 마음으로 베르테의 모습을 지켜보았다. 아이는 늘 기운이 없었고, 말수가 적었으며, 케이크도 거의 입에 대지 않았다. 장난감을 갖고 놀다가도 금세 싫증을 냈고, 작은 일에도 짜증을 부렸다. 엘리아스에게만이 아니라, 모두에게 아이는 마찬가지로 굴었고, 아무리 달래보아도 소용없었다. 엘리아스는 작은 비둘기의 몸이 아프다는 사실을 알아차렸다. 아이의 그런 모습을 보면서도 병을 낫게 할 방도가 없다는 생각에 엘리아스의 마음은 찢어질 것만 같았다.

엘리아스는 파레가 데려왔던 의사가 아닌 다른 의사를 불러 아이를 진찰하도록 했다. 새로운 의사는 아이의 병이 빈혈이 아니라

병명을 알 수 없는 질환이라는 진단을 내렸고, 새로운 약을 처방해 주었다. 엘리아스는 슬픈 와중에도 성취감에 사로잡혔다.

"봤죠?"

승리에 도취한 사악한 눈빛으로 엘리아스가 막달레나에게 말했다.

"네, 봤어요."

오로지 아이의 상태만을 염려하던 그녀가 기죽은 투로 대답했다.

그러나 새로운 의사가 처방한 새로운 약은 아이의 장기에 잠복해 있다는 질환을 막지 못했고, 아이의 상태는 점점 나빠져만 갔다. 어느 날 엘리아스 신부는 베르테가 자신이 쓰던 침대에 누워있는 모습을 보게 되었다. 아이는 열이 펄펄 끓어오르며 끙끙 앓고 있었다. 초점을 잃은 두 눈을 부릅뜨고, 얼굴은 새빨갛게 달아올라 있었다. 아이의 곁을 지키는 막달레나는 절망에 빠져 쓰러지기 일보 직전이었고, 안네다 숙모는 자신이 할 수 있는 모든 약재와 성인들에게 도움을 구했으나, 소용없는 일이었다.

안네다 숙모는 열에 효험이 있다는 특별한 성물을 가져와 펄펄 끓는 아이의 몸 곳곳에 성물을 갖다 대고 간절히 기도했다. 하느님, 성령님, 우리의 자비로운 마리아, 치유의 마리아, 푸른 언덕의 마리아, 산의 마리아, 기적의 마리아, 성스러운 영혼들, 바실리오 성인, 루치아 성녀, 성인의 피, 순결한 성인들. 하지만 아이의 열은 점점 더 심해질 뿐이었다.

처음 아이를 진찰했던 의사가 다시 와서 아이를 보고는 매우 심각한 상태라고 했다. 하지만 발진티푸스가 지나가기만 한다면 나을 수도 있다는 진단을 내렸다. 엘리아스는 창가에 서서 의사의 말을 듣고 있었다. 저 멀리 파레가 주먹을 불끈 쥐고 씩씩거리며 오솔길을 걸어 올라오고 있는 모습이 보였다.

'저놈이 오고 있군!'

'분명 내 염장을 지르려고 오는 거야! 아이는 아마도 세상을 떠날 테고, 난 침대 가까이 다가가 아이와 마지막 인사조차 나눌 수 없겠지. 그 모든 걸 저놈이 다 할 테니. 그래, 여기 왔군! 좋아, 난 이만 가봐야겠어. 저놈이 죽어가는 내 아이를 쓰다듬는 모습을 본다면, 나도 무슨 짓을 할지 모르니까.'

엘리아스는 의사와 함께 집을 나섰다. 가던 길에 엘리아스는 아이 걱정으로 얼굴이 초췌해진 파레와 마주쳤고, 그에게 아이의 상태에 대해 말했다.

"아이는 몹시 안 좋은 상태요. 그러니 제 엄마와 둘만 있게 가만 놔두시오!"

엘리아스가 무례하게 쏘아붙였다.

의사는 엘리아스더러 함께 돌아가자고 했고, 둘은 나란히 오솔길을 걸었다. 하지만 의사가 쉴새 없이 떠드는 동안, 젊은 신부는 먼 곳을 바라보고 있었다. 고통스러운 꿈을 꾸는 듯한 초점 없는 눈으로 그는 희미해져 가는 언덕 끝을 바라보았다.

엘리아스의 눈에 아이의 침대 곁에 앉아 있는 파레의 모습이 보였다. 슬프고 창백한 표정의 막달레나가 그의 곁에서 아이의 고통을 지켜보며 몸을 숙이고 있었다. 거구의 약혼자는 그녀의 슬픔을 위로하며, 작은 비둘기를 어루만지고 있었다.

상상에 빠져든 엘리아스에게 의사는 우물가에서 만났다는 뚱뚱하고 혈색이 좋은 아가씨 이야기를 늘어놓기 시작했다.

"그 여자가 그 사람 애인이라고들 하던데, 엉덩이가 끝내주더구먼! 솔직히 몸매가 아주 좋은 건 아니지만 말이야. 그 여자가 그 사람 애인이라는 게 사실일까요? 그렇다고 듣긴 했는데, 어떻게 생각하세요, 엘리아스 신부님?"

엘리아스는 화가 나서 그를 쏘아보았다. 아이가 죽어가고, 파레가 아비 노릇을 하는 마당에 어찌 그런 질문을 할 수 있단 말인가?

"무슨 말씀을 하시는 겁니까!"

엘리아스가 소리쳤다.

"왜 저한테 그런 걸 물어보느냐고요?"

"세상 사람들이 다 하는 질문 갖고 왜 그러세요? 신부님은 이 세상 사람이 아니랍니까?"

아, 그의 말마따나 엘리아스는 이 세상 사람이었다. 안타깝게도, 그는 여전히 이 세상 사람이었기에, 고통과 증오와 질투로 몸부림치고 있었다.

◆

저녁이 되자, 엘리아스는 다시 집으로 갔다. 아이의 상태는 점점 나빠지고 있었다. 막달레나는 부엌 화덕에서 간단한 먹을거리를 준비하고 있었다.

"어머니는 저기 계세요?"

아이가 누워있는 방으로 가며 엘리아스가 그녀에게 물었다.

"네."

엘리아스는 파레도 같이 있는지 그녀에게 묻고 싶은 걸 겨우 참았다. 그가 아이의 침대 곁에 있다는 걸 엘리아스는 온몸으로 느낄 수 있었다. 문틈으로 뒤룩뒤룩한 남자의 모습이 보였고, 헐떡이는 숨소리가 들려왔다. 참을 수 없는 고통이 밀려왔다. 엘리아스가 방문을 열었을 때, 파레는 침대 곁에 앉아 살진 몸을 앞으로 수그리고 있었다. 침묵을 지키며 숨을 몰아쉬던 그는 소리 없이 나타난 엘리아스의 모습에 깜짝 놀란 표정이었다.

'아이가 죽어가는 마당에 저기서 저러고 있다니. 저놈 탓에 난 아이에게 가까이 가지도, 아이를 쓰다듬지도 못하는구나!'

엘리아스가 씁쓸해하며 생각했다. 파레가 잠시 자리를 뜨려 하자, 엘리아스는 얼른 침대 곁에 가서 수줍은 시선으로 아이를 바라보았다.

"아프다네. 아이가 많이 아파."

이내 자리로 돌아온 파레가 넋이 나간 투로 혼잣말처럼 중얼거렸다.

잠시 후 엘리아스는 아무 말도 하지 않고 방을 나왔다. 끔찍한 밤을 보낸 다음 날 아침, 엘리아스는 일찌감치 집으로 향했다. 오솔길을 가로질러 가며, 그는 아이의 상태가 좋아졌을 거라는 희망으로 발걸음을 재촉했다. 엘리아스는 잰걸음으로 정원을 지나 부엌으로 가서 문을 활짝 열었다. 순간 그의 얼굴이 시퍼렇게 변했다. 자기보다 먼저 온 파레가 다시금 그 자리에, 아이의 침대 곁에 앉아 있었다. 거대한 체구의 남자는 몸을 구부리고, 침묵하며, 숨을 몰아쉬고 있었다. 막달레나가 그의 옆에서 훌쩍거리고 있었다. 엘리아스를 보자마자, 그녀는 앞치마로 눈물을 훔치며 다가와 울먹이는 소리로 아이가 죽어가고 있다고 말했다. 엘리아스는 창백하고 음울한 시선으로 그녀를 내려다보았다. 움직이지도, 말을 건네지도 않았다. 그리고는 잠시 후, 밖으로 나갔다. 안네다 숙모가 부엌을 지나, 정원으로 나가는 엘리아스의 뒤를 따라가며 놀라서 물었다.

"엘리아스, 내 아들아. 왜 그러니? 너도 몸이 아픈 거니?"

대문을 나서던 엘리아스가 문 앞에 멈춰 섰다. 어머니를 향해 몸을 돌린 그는 파레와 막달레나에 대해 쓴소리를 퍼붓고 싶어졌다. 그녀의 약혼자가 병든 아이의 곁에 붙어 있도록 왜 가만히 놔두는 거냐고 어머니를 다그치고 싶었지만, 고통으로 핏기마저 사라진 그녀의 자그마한 얼굴을 보는 순간 말문이 막혀 버렸다.

"아니요, 아프지 않아요."

작은 소리로 웅얼거리고, 그는 사라져 버렸다.

"뭐라고 했니? 안 들린다".

"저 아이마저 병에 걸린 걸까? 왜 저러는 걸까? 아, 우릴 도와주소서, 성 프란체스코여!"

◆

그 이후로 엘리아스는 집에 가는 일에 집착하게 되었다. 조금이라도 시간이 나면, 자신도 모르는 사이에 그의 발걸음은 집을 향하고 있었다. 그러나 오솔길에 다다르기도 전에 그는 자신의 자리를 차지하고 있는 파레의 존재를 느꼈다. 제발 그 반대이기만을 간절히 바라며, 그는 집 안으로 들어갔다. 하지만 증오스러운 형상은 그 자리에, 언제나 그 자리에 있었다.

엘리아스는 점차 망상에 빠져들었다. 그는 아이를 내려다보며, 입을 맞추고, 손으로 어루만지고, 애정 어린 말을 하고 싶다는 욕망에 차올라 집에 오곤 했다. 자신의 사랑의 힘으로 아이를 치료할 수 있다는 착각에 빠져들기도 했다. 하지만 집에 도착하자마자, 파레의 모습을 보노라면 온몸이 돌이 되는듯한 기분을 느꼈다. 속으로는 울분에 차서 고래고래 소리를 질러댔지만, 그는 죽어가는 아이의 얼굴에 손조차 갖다 댈 수 없었다.

베르테가 앓은 지 이레째 되던 날 저녁, 안네다 숙모가 엘리아스를 찾아와 울먹이며 말했다.

"오늘 밤을 넘기지 못할 거다."

"파레가 아직 거기 있나요, 어머니?"

"아니."

엘리아스는 곧장 작은 방으로 달려가서는, 침대 옆에서 훌쩍훌쩍 울고 있는 막달레나 곁에서 근심 어린 눈빛으로 아이를 내려다보았다. 아이는 죽어가고 있었다. 밝고 토실토실했던 아이의 얼굴은 감당할 수 없는 고통으로 일그러져 창백하고 앙상하게 변해 있었다. 마치 죽어가는 노인의 얼굴 같았다. 아이의 모습을 보고 흠칫 놀란 엘리아스는 감히 아이를 건드릴 수도, 입을 맞출 수도 없었다. 피에트로 형의 주검을 앞에 두고 있었을 때와 마찬가지로 죽음은 이미 코앞에 와 있었다. 그때까지도 그는 아이가 죽을 것이란 생각을 진지하게 해 본 적이 없었다. 하지만 아이는 이제 죽어가고 있었다. 왜 죽는단 말인가? 어떻게 죽을 수 있단 말인가? 모든 열정의 끝은 이런 것이란 말인가? 왜 그토록 파레를 증오했단 말인가? 왜 그토록 괴로워했단 말인가?

'아들아, 나의 어린 아들아.'

엘리아스가 속으로 울부짖었다.

'네가 이렇게 죽어가고 있는데 난 널 사랑하지 않았구나. 널 사랑하고, 돌보고, 죽음에서 구하는 대신, 난, 부질없는 분노와 질투에 사로잡힌 나는... 이제 다 끝났어. 더 이상 시간이 없어. 더 이상 아무것도 할 수 없어...'

아이를 두 팔로 안고, 먼 곳으로 데려가 살려내고 싶다는 맹렬한 욕망이 그는 덮쳤다. 하지만 어찌한단 말인가? 엘리아스는 어찌할 바를 알 수 없었다. 다가오는 죽음을 막으려는 듯 그는 아이의 몸에 덮인 이불 위로 두 팔을 뻗었다.

순간 파레가 방에 들어왔다. 그가 아이의 침대 곁으로 서서히 다가오고 있었다. 육중한 발소리와 거친 숨소리를 듣자마자, 엘리아스는 본능적으로 자리를 피했다. 파레는 자신의 자리로 가서 앉았다. 엘리아스는 자신과 아이의 영혼 사이에 또다시 높다란 장벽이 세워졌음을 느꼈다. 방구석으로 가 창가에 몸을 기댄 엘리아스의 눈이 흐릿한 초록빛을 발했다. 그가 망상에 빠져 생각했다.

'저 인간이 왜 또 저기 있는 거지? 왜 날 아이한테서 떼어내는 거야? 대체 무슨 권리로 날 쫓아내고, 밀쳐내는 거냐고? 저 자식 아이가 아니라 내 아이인데? 내 아이, 내 아이라고, 저 자식 아이가 아니라! 안 되겠어. 가서 저놈 멱살을 잡고 따귀를 갈겨버리겠어. 저 뚱뚱한 놈을 쫓아내 버리겠어. 저긴 저놈 대신 내가 있어야 할 자리야. 가서 따귀를 후려갈기고, 저 자식을 죽여 버릴 테야. 저놈의 피를 마셔버릴 테야. 난 저 인간을 저주해. 나한테서 모든 걸 앗아 갔어. 모든 걸, 모든 걸 말이야.'

엘리아스는 잠시 꼼짝도 하지 않고 그 자리에 서 있었다. 그리고는 부엌에 들어가 어머니께 말했다.

"조금 있다가 올게요."

그리고는 재빨리 사라져 버렸다.

자신의 골방으로 돌아간 엘리아스는 꿈속에서 눈을 뜬 듯한 기분이었다. 자신이 가야 할 길을 다시금 되새긴 그는 무릎을 꿇고 망상을 뉘우치는 기도를 드렸다.

"용서하소서. 주님, 저를 용서하시고 영생을 허락하소서. 제가 용서받지 못할 죄를 지었다는 사실을 잘 압니다. 다시는 그런 일이 없을 겁니다. 저는 고통받도록 지어진 존재입니다. 제가 저지른 잘못에 비하면 그 어떤 벌도 충분치 않습니다. 네, 그렇습니다. 어떤 벌도 달게 받겠습니다. 제가 의무를 다할 수 있도록 힘을 주시고, 제 마음속에 있는 헛된 열정을 없애 주소서. 제 자신을 이길 수만 있다면 무슨 짓이든 하겠습니다. 아기가 살든지 죽든지 더 이상 찾아가지 않도록 노력하겠습니다. 아이가 제 것입니까? 아닙니다. 저는 이 땅에서 아무것도 가져서는 안 되는 존재입니다. 자식도, 친지도, 재산도, 열정도. 저는 홀로 있어야만 하는 존재입니다. 오로지 당신 앞에서, 나의 하느님, 위대하고 자비로운 주님이시여."

한 시간 뒤에, 엘리아스는 집으로 급히 와 달라는 전갈을 받았다. 그는 요동치는 마음을 부여잡고 창백한 얼굴로 집을 향해 내달렸다. 밤이었다. 뿌옇고 고요한 가을밤이었다. 금빛으로 흩어지는 거대한 후광에 휩싸인 달이 옅은 안개가 자욱한 하늘에서 둥둥 떠다니고 있었다. 깊은 침묵, 베일에 싸인 애잔한 평화, 신비로운 무언가가 공기에 실려 흐르고 있었다.

엘리아스는 아이가 죽었다는 사실을 직감했다. 부엌으로 들어간 그는 손으로 머리를 감싸 쥐고 비통하게 울고 있는 막달레나의 모습을 보았다. 그녀의 모습은 모든 걸 빼앗긴 노예와도 같았다. 자유, 조국, 우상, 가족, 모든 걸 빼앗긴 한 여인의 처절한 슬픔이 엘리아스의 마음에 고스란히 전해져왔다.

'그녀는 자신이 저지른 잘못에 대한 벌로 아이가 죽었다고 생각하고 있을 거야. 주님께서는 고통을 통해 정결하게 하시고, 더 나은 길로 인도하신다는 사실을 그녀는 미처 깨닫지 못할 거야. 위대하신 주님께서 예비하신 길은 무한하도다!'.

엘리아스는 어두컴컴한 부엌을 둘러보았다. 사람들이 삼삼오오 모여 있었고, 파레의 모습은 보이지 않았다. 파레가 죽은 아이의 곁을 지키고 있을 거라고 생각하며, 그는 방 안으로 들어갔다. 하지만 파레는 그 자리에 없었다. 안네다 숙모 혼자서 창백한 얼굴로 울지도, 소리 내지도 않고, 작은 주검을 씻기고 옷을 갈아입히고 있었다. 엘리아스는 어머니가 하는 일을 도왔다. 서랍에서 양말과 신발을 꺼내 아이의 발에 신겼다. 병을 앓느라 앙상해진 아이의 발은 여전히 부드럽고 따뜻했다.

작은 주검에 옷을 입히고, 머리를 베개 위에 눕히고 안네다 숙모는 자리를 떴다. 어머니 곁에서 침착하게 일을 도왔던 엘리아스는 혼자 남게 되자, 몸이 덜덜 떨려왔고, 얼굴과 손이 얼음장처럼 차가워졌다. 그는 무릎을 꿇고서 아이를 덮어놓은 담요 사이로 얼굴을 파묻었다.

마침내, 마침내, 엘리아스는 아이와 단둘이 있게 되었다. 누구도 그에게서 아이를 앗아 갈 수 없었고, 누구도 그들 사이에 끼어들 수 없었다. 말할 수 없는 비통함을 뚫고 환희와도 같은 평화가 내려와 엘리아스를 감싸 안았다. 마치 신비로운 가을밤의 안개 같았다.

마침내 그의 영혼은 홀로 있게 되었다. 고통으로부터 나음을 입고, 인간의 온갖 열정으로부터 해방된 그의 영혼만이 위대하고 자비로운 주님 앞에서, 오직 혼자만이.

| 옮긴이의 말 |

번역을 끝마칠 무렵이 되자, 엘리아스의 모습이 눈앞에 보이는 듯하다.

호리호리한 몸매, 갸름한 얼굴, 하늘빛이 감도는 초록색 눈동자, 짧고 검은 머리카락, 나긋나긋한 말투. 이탈리아에서는 무리에서 튀는 사람을 일컬어 '검은 양'이라는 표현을 쓰는데, 거칠고 투박한 외모의 양치기들 사이에서 엘리아스의 모습은 정말이지 검은 양처럼 보였을 것이다. 섬세하고 감성적인 성격을 지닌 그는 형의 신붓감인 막달레나에게 첫눈에 반해버리고, 형에 대한 도리를 지키기 위해 안간힘을 써 보지만, 결국 형수와 부적절한 관계를 맺게 된다. 벗어나려고 하면 할수록 가혹한 사랑의 굴레는 점점 더 그를 옥죄어 오는데...

소설의 배경이 되는 누오로(Nuoro)는 사르데냐 섬 중동부 오르토베네 산기슭에 있는 작은 도시로 그라치아 델레다가 태어나서 자란 곳이기도 하다. 고향을 배경으로 한 그녀의 대표작들은 결혼 이후에 평생 거주했던 로마에서 탄생했다. 그녀에게 고향은 찬란한 추억이자, 지독한 저주이기도 했다. 당시만 해도 미지의 섬이었던 사르데냐의 원시적인 자연과 독특한 전통을 간직한 사람들을 그녀는 평생 잊지 않았고, 소설을 통해 손에 잡힐 듯 생생하게 재현해 냈다. 사후에 발간된 자전적인 소설 〈코지마〉에서 밝혔듯, 그녀는 '실제로부터 길어 올린 이야기'를 쓰겠노라고 다짐했고, 기억의 실타래를 풀어 이야기로 엮어냈다.

엘리아스가 막달레나를 보고 첫눈에 반하게 되는 성 프란체스코 축제는 해마다 룰라 산에서 열리는 사르데냐의 대표적인 축제다. 포르톨루 가족이 살아가는 모습을 통해 우리는 양치기이자 농부였던 당시 사르데냐 사람들의 모습을 짐작해 볼 수 있다. 그라치아 델레다는 사실주의 작가로 구분되지만, 그녀의 작품 속에서 자연은 사람만큼이나 큰 비중을 차지한다. 사계절의 변화에 따른 하늘과 땅, 바다와 들판, 나무와 꽃, 동물들에 이르기까지, 그녀는 살아 있는 모든 크고 작은 존재들을 향해 경의를 표한다. 작품 속에서 자연은 인간의 동반자이자 때로, 인도자이기도 하다. 숲을 스치는 바람의 목소리, 외눈박이 달의 시선, 나무와 바위에도 작은 귀가 달려 있는가 하면, 시냇물이 자장가를 들려주기도 한다. 양을 비롯한 염소, 말, 망아지, 개와 고양이들도 작품 속에서 쏠쏠한 역할을 담당하고 있다. 그녀가 기억하는 고향의 풍광은 광활하고, 쓸쓸하고, 형언할 수 없을 만큼 아름답다.

엘리아스 포르톨루는 결국 사랑에 관한 이야기다. 형의 아내가 될 여자에게 첫눈에 반하고, 형수와 부적절한 관계를 맺고, 실수를 만회하려 안간힘을 쓰지만 결국 운명의 소용돌이에 휘말리고 마는 엘리아스 포르톨루라는 한 인간의 이야기가 주축을 이룬다. 그 외에도 다채로운 사랑의 모습들이 펼쳐진다. 부모 자식 사이의 사랑, 형제의 사랑, 인생의 선후배 사이의 사랑, 인간과 신, 인간과 자연 사이의 사랑에 이르기까지, 우리의 삶을 이끌어 나가는 건 사랑이고, 사랑이며, 사랑이다.

엘리아스의 이야기를 따라가는 동안, 갑갑하고 속상했던 적이 한두 번이 아니었다. 우유부단하고, 엉뚱한 짓을 하고, 자꾸만 다른 길로 가는 얼빠진 양 같은 그의 모습을 보며 제발 그러지 말라고 다독거리고 꾸짖고 싶어지곤 했다. 그럼에도 불구하고 도저히 그를 미워할 수 없었던 이유는 나 또한 사랑에 빠졌고, 상처를 주고받았고, 충고를 귀담아듣지 않았고, 갈 바를 알지 못했기 때문이다. 나를 비롯한 우리 또한 스치는 바람에도 구부러지는 나약한 갈대이기 때문이다.

나윤덕. 2023년 5월 3일

엘리아스 Elias Portolu

1판 1쇄 찍음 2023년 6월 25일
1판 1쇄 펴냄 2023년 6월 30일

지은이 그라치아 델레다
옮긴이 나윤덕
편집 김효진
디자인 위하영
펴낸곳 마르코폴로

등록 제2021-000005호
주소 세종시 다솜1로9.
이메일 laissez@gmail.com

ISBN 979-11-92667-24-9 03880

책값은 뒤표지에 있습니다. 잘못된 책은 구입하신 서점에서 바꿔 드립니다.